백석 시와 서술적 서정성

푸른사상 현대문학연구총서 25

백석 시와 서술적 서정성

인쇄 · 2013년 2월 1일 | 발행 · 2013년 2월 10일

지은이 · 지주현
펴낸이 · 한봉숙
펴낸곳 · 푸른사상
주간 · 맹문재 | 편집 · 김재호 | 교정 · 김재호, 김소영

등록 · 1999년 7월 8일 제2-2876호
주소 · 서울시 중구 초동 42번지 아시아미디어타워 502호
대표전화 · 02) 2268-8706(7) | 팩시밀리 · 02) 2268-8708
이메일 · prun21c@hanmail.net / prun21c@yahoo.co.kr
홈페이지 · http://www.prun21c.com

ⓒ 지주현, 2013

ISBN 978-89-5640-976-4 93810
값 21,000원

푸른사상 현대문학연구총서 25

백석 시와 서술적 서정성

지주현

Narrative Lyricism

푸른사상
PRUNSASANG

애초 학문의 길을 구하려 마음먹었던 일이 지극한 만용은 아니었을까. 한결같은 사모(思慕)의 정과 다른 길들에의 포기에도 불구하고, 도달해야 할 지점과의 거리는 날마다 더 멀어지는 것 같기만 하다. 진리의 세계라는 망망대해를 눈앞에 둔 채 조각배를 젓고 있는 어린아이의 심경이라고나 할까.

지금까지 남다른 관심으로 백석 시를 연구해오면서 차곡차곡 모아두었던 논문을 하나의 책으로 묶는다. 긴장 가운데 채워 넣었던 논문의 지면 지면들, 조마조마한 마음으로 한 걸음씩 내딛고 아쉬움을 지닌 채 마무리했던 기억들이 생생하다.

1부는 「백석 시의 서술적 서정성 연구」라는 제목의 논문을 담았다. 이 글 본론의 1장에서는 서술적 서정과 세계 인식의 문제를 주로 살펴보았다. 1절 '환유적 전망과 장소성'에서는 1930년대를 기준으로 당시의 역사 문화적 이상향 및 분단 이후 재북 시 사회주의의 현실을 실존적 장소성과 결부지어 논하였다. 이어 2절에서는 은유적 성찰에 의한 주체의 내면 풍경을 공간성과 연결시켜 언급하였다. 이 대목에서는 특히 시적 화자의 실존적 고뇌와 허무가 은유라는 방식을 빌어 잘 표현되고 있다. 또한 장소성과 공간성, 환유와 은유의 구별된 작용이 관심을 끈다.

본론의 2장은 서술적 서정의 배경이 된 세계 인식의 내용을 바탕으로 서사의 속성을 가진 이야기가 어떤 방식을 통해 서정적으로 형상화되는지에 대하여 말한다. 먼저 1절은 주관적 성격을 벗어버린 묘사와 보고적인 서술이 만나 이야기가 서정화되고 있는 양상을 보여준다. 이어지는 2절은 서술적 서정에 조합된 기억의 특질로서 들뢰즈가 피력한 순수 기억, 즉 무의지적 기억에 대하여 소개하고 있다. 다음으로 3절에서는 이미지가 그 자체로 사건을 응축하는 양상과 함께 시간이 공간화되는 형상이 드러난다.

한편 본론의 3장에서는 이야기의 서정적 형상화가 이루어지면서 부각되는 미적 특질들을 보여주고 있다. 1절에서는 환유의 적절한 도입으로 인해 서술성이 긴장을 잃지 않고 유지되는 특성이 부각되고 있다. 이어지는 2절에서는 서술적인 속성을 내포한 서정성에 탄력을 부여하기 위한 장치로서 의미의 함축 및 리듬 강화에 크게 기여하고 있는 반복의 기법에 대하여 소개한다. 또한 3절에서는 백석 시세계의 기본 성격인 서술성이라는 특성 때문에 그만큼 더 보충되어야만 하는 서정성 고취를 목적으로 한 이미지성의 강화 양상에 관하여 기술하고 있다.

이상의 내용을 토대로 고찰한 바에 의하면 이 논문은 백석 시세계의 서술적 서정성을 화두로 하여 세계 인식의 측면과 이야기의 서정화를 보여주는 기제 및 서술적 요소의 시적 형상화 과정에서 돋보이는 미적 특질들에 대하여 효과적으로 언급하였다고 여겨진다. 결론적으로 가장 한국적인 시세계 중 하나로 꼽히는 백석 서정시들에 배인 서술성의 면면들과 서정성의 고취와 관련된 측면들이 부각되었다. 더불어 이 시세계는 서정성과 서술성의 조화라는 면에서 매우 탁월한 성취를 보여주었다고 생각된다.

2부에서는 1부와 관련이 있는 2편의 글을 소개하였다. 하나는 백석의 전체 시세계를 '은유'라는 관점에서 조명한 글이고, 다른 한 편은 '서술성'이라는 주제 아래 백석 시를 포함한 서정주·이용악·이성복 시세계의 개성적 특질에 대하여 고찰한 뒤 각각 타입화하고 상호 비교의 시각에서 접근한 글이다.

수많은 분들께 큰 빚을 진 채 살아간다. 적지 않은 나이에도 불구하고 그다지 살뜰하지 못할 뿐 아니라 여전히 부족함이 많은 저를 관용으로 인내해주는 가족들, 투명한 도화지 위에 밑그림을 그려주시고 물감을 곱게 섞어 색칠하는 법을 가르쳐주셨으며 지금도 지표가 되어주시는 은사님들, 카오스의 세상 속에서 코스모스의 안식을 바라보게 해 주시는 영적 양육자님들, 고단한 여정의 위로와 격려가 되어주시는 동료들과 선·후배님들 및 마음의 닻과 나침반이 되어주시는 몇몇 지인들께 머리 숙여 감사드린다. 가르침으로서 진정한 배움을 알게 하는 제자들과 아낌없이 도와주신 푸른사상사의 여러분들께 또한 진심어린 고마움을 전하고 싶다.

2012년 12월
다시 사라져가는 묵은 해의 끝자락에서
새해의 서광을 마주하면서
지주현

제1부

서정, 서술과 만나다

제1장 **서론**

1. 연구 목적

본 논저는 한국 현대시의 연대기상에서도 매우 지난했던 한 시기를 밝힌 백석의 시세계를 주목하고자 한다. 이 시세계는 그 시대선취적 성격과 풍부함으로 말미암아 이미 많은 이들로부터 사랑받아왔다. 시대선취적 성격이라 함은 그가 시도한 언어적 측면에서의 실험 및 기법과 스타일의 개성적 측면을 말하며 시창작 시점으로부터 70여 년이 지난 현재에도 오히려 관심을 더하게 하는 주요인이기도 하다. 최근 들어서는 특히 세련된 서술성, 일련의 언어적 요소와 장치들, 표현의 기제 등과 관련된 백석 시의 선구적 측면들에 대한 논의가 상당히 집적되는 양상을 보인다.

또한 이 시세계는 그 미감이 두텁고 다양함으로 말미암아 시에 관한 이론서들이 소개하는 거의 모든 요소들과 관련되어 적절히 논구될 수 있는 다채성을 자랑한다. 실제로 시공부의 주요 테마인 리얼리즘, 모더니즘, 시간과 공간, 리듬(운율), 각종 비유, 화자와 어조, 신화, 여성 등의 어느

면과 결부시키더라도 이 시세계는 의미있는 논의들을 생산해낼 수 있다. 이와 같은 시적 스케일과 정의적 감동 및 지적 사유의 측면을 동시에 충족시키는 유효성은 연구자들을 비롯하여 보다 대중적인 시학습자들과 시 창작에 관심을 둔 이들까지 폭넓게 매료시키는 요인이 되고 있다.

백석 연구가 정점을 향하여 진행해가는 듯한 시점에서 행해지는 이 논의는 현재까지 이루어진 연구들을 토대로 하며 따라서 그간 연구자들의 노고에 십분 빚지고 있다. 본 논문에서는 지금까지 논의된 성과들을 바탕으로 하여 백석 시세계의 고유한 백석 시다움과 그것들을 가능케 한 주요 요소들 및 자질들을 밝히고자 시도할 것이다.

본고는 백석 시의 가장 대표적인 미적 특질을 서정성과 서술성이 적절히 결합된 서술적 서정의 성취에 있다고 보고 그 내용이 무엇인가 밝히는 데 주력하려 한다. 백석의 시는 한마디로 말하면 뚜렷한 의미성을 추구하는 서술적인(이야기) 시이다. 여기에 일차적으로 부연하면 조금도 지루하지 않고 서정미가 물씬 풍기는 뚜렷한 의미성을 추구하는 서술적인(이야기) 시라 할 수 있다. 보충하여 덧붙인다면 세련된 모더니즘의 기반하에 개성적인 형상화의 기법과 유의미한 수사들의 자연스런 사용 및 상호간의 유기적 상관으로 인해 지극히 산문적이면서도 조금도 지루하지 않으며 탄력 있는 고도의 서정미를 담보해낸 시이다. 그리고 이 시편들은 주변에 맞닿은 장소에서의 생활상을 주요 대상으로 하며 이와 관련된 명료한 메시지를 전달하고 있다.

백석의 시들은 구체적 장소를 중심으로 현실의 삶을 드러내는 내용, 세련된 이미지 운용 안에서 사건(이야기)을 서정화하는 형상화 방식들,

유의미한 수사적 장치들을 각각의 꼭지점으로 하는 정삼각형 안의 한 지점에 자연스럽게 위치해 있다. 백석의 시세계는 이 꼭지점의 각 요소들을 유기적으로 결합시켜 완성도 있는 서정미의 경지를 실현한 것으로 보인다. 또한 한국 현대시사에서 이 세 축을 동시적으로 재료로 삼아 작품화를 의도한 작가도 찾아보기 어렵거니와 설령 시도했다 하더라도 백석만큼 돋보이는 미적 경지를 보여준 시인은 거의 전무후무하다 해도 과언이 아니다. 따라서 백석에 대한 진정한 평가는 이러한 점들을 염두에 두고 근본적이며 종합적인 비평적 시각에서 이루어져야 한다고 본다. 이와 같은 특질과 관련하여 본론에서 규명될 요소는 크게 세 가지 정도로 정리할 수 있겠다.

첫 번째는 시의 정신성(시의식)과 밀접한 부분으로서 구체적인 장소를 중심으로 한 세계 인식의 다양한 측면에 대한 고찰이다. 여기서는 현실적 삶을 이루는 있는 그대로의 대상들을 공평하고 핍진한 시선으로 담아내고자 하는 동기하에 주로 환유적 전망과 관계된 세계 인식이 나타난다. 그러나 외부 세계에의 객관적 전망을 상실한 시점에서는 예외적으로 은유적 성찰을 주제로 한 주관적인 시편들도 보여지고 있었다.

두 번째는 서술적인 백석의 시가 어떻게 절제되고 압축되며 이미지를 그 기반으로 하여 이야기를 서정화하고 시간(기억)과 공간의 변용 및 대상의 확대를 성취하는지에 관한 탐구이다. 이와 관련하여 서술적 요소가 더해진 시에 여전히 높은 강도의 서정성을 담보하게 하는 시적 형상화 방법으로서의 개성적 측면들에 관한 구체적인 논의들을 개진하고자 한다.

세 번째로는 백석 시의 특질을 충분히 드러내는 데 공헌하는 요소로서 환유 미학의 실현 양상과 시적 수사의 측면을 주시하고 그 전모를 밝히는 것이다. 다양한 수사들 중에서도 가장 유의미한 것으로 보이는 환유의 성격과 그를 보완하는 반복의 장치를 조명하게 될 것이다. 또한 서술성이 증대되는 정도에 비례하여 상대적으로 서정적 탄력을 높이는 자질로서의 이미지 활용이 강화되는 면모 역시 주의하여 살피고자 한다.

위 작업을 통하여 백석 시세계의 본질이 좀 더 이해하기 쉽게 드러나기를 기대한다. 더불어 잠정적으로는 백석 시에 관한 본고가 그 시세계의 풍부함과 폭넓음에 기인하여[1] 한국 현대시사의 깊이와 넓이를 표현하는데까지 유의미하게 기여할 수 있으리라 생각한다.

2. 연구사 검토

지금까지 이루어진 백석 시세계에 관한 연구의 양은 상당히 방대한 것으로 여겨진다. 학술지와 문예지에 실린 소논문 및 평문의 수도 많거니와 학위논문만 추려보더라도 250여 편이 넘는다. 백석의 작품집에 대하여 본격적으로 논의된 시점이 1980년대 이후라는 사실을 상기한다면 이는 평균적인 수위를 훨씬 뛰어넘는 수치라 할 수 있다. 그리고 백석 시에 대한

---

1) 백석 시의 우수성은 설화 및 민속의 시적 수용, 방언과 토속어의 효과적 구현, 이야기체의 말하기 방식 도입 등 여러 가지 면에서 드러난다. 그러나 무엇보다도 이러한 실험들을 통해 그의 시세계가 한국 근대시의 전통지향성과 근대지향성이 접점을 이루고 모더니즘과 현실주의가 서로 적절히 결합될 수 있는 어떤 지점에 도달했다는 데 큰 의의가 있다. (오세영 외, 『한국현대시사』, 민음사, 2007, 187쪽.)

많은 연구자들의 다양한 관심을 반영하는 결과이기도 하다.

백석은 중심 활동 시기였던 1930년대를 구성한 문단 내부의 주류에서 다소 비껴나 있던 시인이었다. 당대 문단이 성향을 달리하는 문학유파나 동인지를 중심으로 하여 창작 활동과 문학 이론 구축에 박차를 가하였음은 주지의 사실이다. 그러나 백석은 문단 내의 어느 유파에도 가담하지 않았으며 당시 문단 내 문인들과의 개인적인 교류가 활발했던 것도 아니었다.

그에 더하여 시와 소설, 번역과 아동문학 등에 걸쳐 다양한 장르의 글을 생산해낸 작가였음에도 불구하고 그는 개인적인 시론이나 창작론을 집필하지 않았을 뿐 아니라 자신의 시작업에 대한 어떠한 견해나 설명도 덧붙이지 않았다. 이와 같은 점은 사실상 자신의 시에 대한 시인 스스로의 주석이 거세되었음을 의미하며 따라서 보다 정확한 안내 지침을 필요로 하는 연구자들에게는 아쉬운 일이 아닐 수 없다.

백석과 그의 시에 대한 연구사가 방대한 것은 방언과 전통적인 소재를 기반으로 독특한 이야기성을 드러내면서도 동시에 개성적인 고도의 서정성을 결합시킨 데서 온 백석 시의 미감이 그만큼 많은 연구자들의 마음을 사로잡았기 때문이라 말할 수 있을 것이다. 연구사의 양이 방대한 만큼 백석의 시세계는 여러 각도에서 다양한 시선과 방법으로 접근되고 조명되었다.

민속과 향토성, 민족애와 전통 및 주체성, 평북 방언의 사용과 구어체, 리얼리즘, 음식 등의 구체적 생활상, 모더니즘과 근대성, 병렬 등의 어법, 시어 분석, 사설시조나 판소리 등 전통 양식과의 친연성, 시간과 공간, 모성과 신화, 화자와 어조 등 백석 시의 일부분을 이룬다고 생각되는 수많은 특성들이 이미 주제화되었다. 대개의 경우는 논제에서 하나의 주제를 문제로 삼았다 하더라도 논의의 전개에서는 전술한 요소들 중 두 가지 이상이 함께 거론되는 모습을 보였다.

연구의 질적 측면에서도 양적 범위가 넓은 만큼 상당히 깊이 있는 논의들이 이루어졌으나 아쉬운 점들 역시 적지 않았다. 먼저 다양한 연구의 주제들을 큰 주요 고리로 분류하면 시정신과 관련된 주제론적 측면, 창작의 기제나 기법과 관계되는 방법론 및 개성적 스타일과 연관된 언어 요소와 형식적 측면으로 정리된다. 그런데 워낙 백석 시의 성격이 입체적이어서 상당한 관심 아래 많은 논의가 양산된 것은 좋은 일이나 그러다보니 개개 연구자들이 한정된 방위에서 비교적 단편적으로 시세계를 규명하고 있을 뿐, 백석 시의 고유함에 대한 종합적 고찰이나 전체적 투시가 제대로 이루어지지 못하고 있었다.

경우에 따라서는 시의식과 형식적 장치를 연결시켜 한층 총체적이고 근본적인 논의를 꾀하고자 하였지만 이러한 시도 역시 궁극적이며 유기적인 고찰에 이르기엔 역부족인 느낌이다. 아니 아직도 많은 연구자들 사이에서 백석의 시는 기본적인 시적 특질들에 관한 최소한의 합의조차 명확히 이루어지지 못한 실정이다. 예를 들면 시의 정신면에서는 리얼리즘적 성격의 유무를 두고, 창작의 기제 및 방법적 측면에서는 모더니즘의 요소의 비중에 관하여 여전히 의견이 분분한 상황이다. 리얼리즘이라 보는 견해를 반박하는 점은 유년의 고향에로의 추억(회귀)과 그로부터 파생한 낭만성 등일 것이며, 모더니즘을 교란하는 성격은 무엇보다도 방언 및 토속적 소재와 이야기성을 들 수 있으리라 생각된다. 그리하여 백석에 관한 여러 연구자들의 분분한 고찰들 중 공통되게 하나로 의견이 모이는 곳은 고작 보기 드문 스타일리스트라는 점 정도가 아닐까 한다. 그러나 백석 시의 스타일의 측면에서도 단편적인 많은 언급들이 이루어지고는 있지만 대표적인 특질들이 몇 가지로 정리되지는 못한 상태이다.

이와 같은 사정으로 말미암아 아직도 백석에게는 고정적으로 붙여지는 대표적인 비평적 타이틀이 부재한다. 현재까지 '민족시인 백석', '향토성의 시인', '이야기의 시인', '평북 방언과 구어(자연어)의 시인', '전통 계승의 시인', '리얼리즘의 시인', '모더니즘의 시인', '근대적 시정신의 시인' 등 그 이름 아래 수많은 수식이 있지만 백석을 명료하게 대표하는 단 한 문장의 합의된 이름은 붙여지지 않았다. 따라서 백석의 시세계를 대상으로 하는 또 하나의 고찰인 1부에서는 지금까지 이루어져 온 수많은 백석 연구의 지엽성과 그에 따른 산만성을 극복하는 것을 연구의 기본적인 전제로 삼으려 한다.

기존 연구사의 검토는 이 시세계가 지닌 특성상 크게 세 가지의 시기로 나누어 살펴보고 후에 테마에 의한 분류를 덧붙이고자 한다. 세 시기란 첫 번째는 시집 『사슴』[2]이 나왔던 당대를 말하고, 다음은 해방 이후부터 1980년대 이전까지의 시기를 지칭하며, 마지막 시기는 본격적인 연구가 이루어지기 시작한 1980년대 이후에 해당한다.

백석 시에 관한 당대의 논의는 비교적 짧은 감상 내지 인상비평의 성격을 가진 것으로서 김기림, 박용철, 오장환 등에 의하여 이루어졌다. 김기

---

2) 이 시집은 1936년 1월, 100부 한정판으로 선광인쇄주식회사에서 발행되었다.

림은 백석의 시가 "외관의 철저한 향토 취미에도 불구하고 주책없는 일련의 향토주의와는 명료하게 구별되는 '모더니티'를 품고 있다"[3]고 평했다. 향토주의와 모더니티라는 일견 대립적으로 보일 수 있는 특질을 당시 백석 시의 본질로 파악한 점은 특히 주목할 만하다.

박용철은 백석의 시를 "수정없는 방언에 의하여 표출된 향토생활의 시편들"이 "서슬이 선 생명의 본원과 접근해 있는 예술"이라 언급하며 방언의 가치에 의미를 부여함과 아울러 백석이 "전체를 통해 냉연한 산문적 포즈"를 취한다[4]고 평가하였다. 박용철은 백석의 시어 사용 측면과 문체의 특질을 주시했던 것으로 보인다.

최재서는 "상당한 역량을 가지고 꾸준히 시작을 발표하건만 한 번도 그 작품을 정면으로 문제삼아주는 사람이 없는 그러한 시인이 왕왕 있다. 백석 씨가 그러한 시인이다. 그것은 결국 그 시를 어떤 카테고리에 넣고 평하여야 좋을지 모르기 때문이다."[5]라고 비평하였는데 이러한 언급은 백석 문학의 우수성과 잠재적 파장을 간파한 데서 온 것이라 본다.

반면 오장환은 백석의 시세계에 대하여 "형식의 난잡과 인식의 천박"이 드러난다고 보았으며 "가진 사투리와 옛이야기, 연중행사의 묵은 기억 등을 그것도 질서도 없이 그저 곳간에 볏섬 쌓듯이 구겨넣은 데"[6] 불과하다며 혹평하였다. 오장환이 본 백석 시의 무질서함이란 그저 생각나는 시제

---

3) 김기림, 「『사슴』을 안고」, 『조선일보』, 1936. 1. 29.
4) 박용철, 「백석 시집 『사슴』평」, 『박용철전집 2』, 동광당서점, 1940, 122쪽.
5) 최재서, 「二月詩壇評」, 『인문평론』, 1940. 3, 62~63쪽.
6) 오장환, 「백석론」, 『풍림』 5, 1937. 4, 19쪽.

들을 이야기하듯이 열거한 방식과 관련된 것이겠으나 일견 질서 없어 보이는 글들이 자연스레 드러내는 시적 효과에 대해서는 제대로 간파하지 못한 것으로 생각된다. 당대의 평가들은 대체로 구체적이지 못하고 단순한 수준에 그치고 있지만 백석 시의 특징들을 조금씩 밝혀내고 있을 뿐 아니라 이후의 연구에도 지속적으로 영향을 미친다는 점에서 그 의의를 지닌다.

분단 이후 백석은 재북작가로 분류된 까닭에 연구 대상에서 제외되어 있었다. 그러다가 백철이 『신문학사조사』에서, 김현·김윤식이 『한국문학사』를 통해 백석을 언급하기 시작하였고 김용직, 정한숙, 김종철 등의 논의가 더해져 비로소 연구의 중심 반열에 오른다.

백철은 "백석의 시에서 우리는 눌박한 민속담을 듣고 소박한 시골 풍경화를 보고 구수한 흙냄새를 맡을 수 있다"[7]고 언급하면서 백석 시학에 드러난 토속적 소재와 민속성에 주목하였다.

김현·김윤식은 백석에게서 "한국어의 질감을 되살려내려는 노력"을 발견하였고, "민속"을 "노골적인 방언"의 사용으로 표현하여 한국적인 "상상력의 원초적 장"을 구축한 시인으로 평가했다. 그러나 반면 "샤머니즘의 세계에서 인간의 자유의지와 결단을 건져내지 못하고 체념, 수락의 태도와 수동적 세계관으로 후퇴한다"[8]는 지적을 함께 하고 있다. 그러나 이와 같은 언급은 백석 시의 소재적 측면에 경도된 나머지 문면의 배면에

---

7) 백철, 『신문학사조사』, 신구문화사, 1989, 540~541쪽.
8) 김현·김윤식, 『한국문학사』, 민음사, 2003, 352~357쪽.

숨은 시정신의 본질을 놓치고 있는 데서 기인한 것이 아닌가 사료된다.

김종철은 백석이 그려낸 고향의 세계에 대하여 "현실성을 가지고 살아 있는 세계"를 보여주었다고 평가하였으며 그의 시작업이 궁극적으로 "자기 존재의 근원"[9]에 대한 탐구임을 명백히 하였다.

김용직은 향토성이 물씬 풍기는 "토속적 세계의 구현"과 "세련된 언어의 차원과 기법"[10] 측면에서의 근대성을 백석 시의 양면적 특성으로 보았다. 이와 같은 평가는 당시 여타 비평가들의 그것에 비하여 백석의 모더니즘 시인으로서의 면모에 주목한 것으로서 눈여겨보아야 할 대목으로 생각된다. 일견 대립적으로 보일 수 있는 두 가지 특성을 백석이 그의 시세계 안에서 조화시킨 것으로 비평한 안목은 이 시기의 다른 견해들과 구별되는 점이기도 하다.

정한숙은 백석의 시집 『사슴』에 대하여 언급하면서 "식생활에 대한 구체적 어휘"에 더하여 "아이들의 순진한 장난과 가족의 유대"[11]까지를 잘 드러냈다고 분석하였다.

이 시기의 백석에 대한 언급과 평가는 당대의 인상비평적 평가에 비하면 다소 나아졌다고 볼 수 있겠으나 전체적으로 여전히 단편적 논평의 수준에 그치고 있다. 또한 재북작가를 대하는 시대적 분위기의 경직성으로 인해 백석 시세계에 관한 활발한 논의들이 개진되기에는 아직 다소 무리가 있었던 것으로 보인다.

9) 김종철, 「30년대의 시인들」, 『문학과 지성』, 1975년 봄호.
10) 김용직, 『한국현대시사 2』, 한국문연, 1996, 389쪽.
11) 정한숙, 『현대한국문학사』, 고려대 출판부, 1982, 195쪽.

백석에 대한 본격적인 연구는 1980년대가 되어서야 비로소 이루어진다. 전기적 생애를 비롯한 다수의 자료들이 수집됨과 아울러 백석에 관한 학위논문들이 생산되기 시작하여 논의의 무게가 더해지는 것도 이 시기에 이르러서이다.

최두석은 1930년대 시의 표현 양상을 언급하면서 백석의 개성적 시표현 방법이 "서사와 종속절에의 삽입"[12]에 있다는 점을 밝혔으며 그가 모더니즘의 세례를 받았을 뿐 아니라 모더니즘을 자기 식으로 소화하여 창조적으로 수용하였다는 점을 간파함으로써 의미 있는 논의를 전개하였다.

신범순은 백석 시의 전통성에 관하여 지속적으로 관심을 두고 백석의 시세계가 "공동체적 의식의 형상화"[13]에 성공한 점에서 큰 의의를 가진다고 보았다. 그에 따르면 백석의 시들은 단순히 고전적 유물들을 모아놓은 데 그친 것이 아니라 소멸해가는 과거의 세계관과 새롭게 다가오는 근대적 세계관을 아울러 드러내려 하고 있다. 또한 백석이 되살려낸 전통의 풍요로움은 읽는 이들로 하여금 과거의 삶 속에서 자신들을 충족시켜 주었던 대상들이 무엇이며 그러한 대상들이 어떻게 소멸해가고 있는지 되돌아보고 반성케 하는 역할을 한다.

김재홍은 백석의 시가 "비관적인 현실 인식과 체념이 따뜻한 운명애로 고양"[14]되어 시적 비장미를 성취하였을 뿐만 아니라 이미지즘이 활용되

---

12) 최두석, 「백석의 시세계와 창작 방법」, 고형진 편, 『백석』, 새미, 1996, 140~154쪽.
13) 신범순, 「백석의 공동체적 신화와 유랑의 의미」, 『한국 현대 시사의 매듭과 혼』, 민지사, 1992.
14) 김재홍, 「민족적 삶의 원형성과 운명애의 진실미―백석」, 고형진 편, 앞의 책, 191~201쪽.

었다는 데 주목하여 언급하였다. 그러나 이미지즘이 근본적인 시적 원리로서가 아닌 단순한 형태적 방법론의 일부로만 사용되었다고 본 데서 한계를 지닌다.

이동순은 최초로 『백석시전집』을 출간하여 연구에 활기를 불어넣었는데 이 전집에는 어석과 작품 연보 등이 첨부되어 있다. 주로 백석 시의 시정신을 밝히는 데 주력하였으며 시정신을 테마로 한 분석이 다소 추상적이고 모호한 느낌은 있지만 방언의 사용을 외세에 대응하기 위한 전략적 방법으로 본 점은 이전의 논의들에 비해 진일보한 것이다. 그는 백석의 시정신에 있어서 특히 "민족의 주체성 확보"라는 측면을 강조[15]하였다.

고형진은 백석만을 대상으로 한 최초의 학위논문[16]을 발표하였는데 이 논문에서 백석 주변의 사람들과 직접 대면하여 수집한 자료들과 결과물을 종합하고 그를 통한 전기사를 선보이고 있다. 또 이후의 박사논문[17]에서는 논의를 더욱 심화시켜 백석의 시가 전통적인 서정 양식의 미적 구조에서 이탈하였다고 전제한 후, 서정 장르 안에 '말하기' 기법 등 서사 양식의 미적 특성을 수용하여 성공적으로 형상화하였음을 언급한다.

정효구는 백석의 시가 대상들과 일정한 미적 거리를 유지함으로 인해 시의 리얼리티를 살리고 있다고 언급하였으며 수사법으로는 '병렬법'의 언술 특성으로 시구성에 크게 기여함을 밝혔다. 백석의 시의식에 대해서는 '객관주의적 시정신'이라 규정하였으며 북한에서 발표된 시들까지 연

---

15) 이동순, 「민족 시인 백석의 주체적 시정신」, 『백석시전집』, 창작과비평사, 1987, 177쪽.
16) 고형진, 「백석 시 연구」, 고려대 석사논문, 1983.
17) 고형진, 「1920-30년대 시의 서사지향성과 시적 구조」, 고려대 박사논문, 1991.

구의 대상으로 넓혔다는 점[18]에서 또 다른 의의를 지닌다.

이숭원은 의성, 의태어 및 토착 방언이 주는 생생함과 구어 표현의 자연스러움이 백석 시의 주된 창작 방법이라 보고 이에 대하여 '눌변의 미학'이라 이름하였다. 또 백석 시의 시기적 변모 양상에 관심을 두고 그 추이를 조명하고자 하였는데 백석의 시창작 활동이 1935년에서 1941년 사이에 집중되어 있음을 염두에 둘 때 이는 다소 무리가 있는 문제제기가 아니었나 여겨진다.

1980년대 이후에 이루어져 온 연구들은 크게 주제론적 연구와 형식론적 연구로 나누어지는 양상을 보이며 초창기에는 우세하게 많은 논의를 양산한 전자의 작업에 비하여 후자의 연구들이 다소 미흡한 편이다. 최근으로 올수록 형식론 쪽의 논의가 보다 활기를 띠고 있는데 많은 연구자들의 관심이 집중되는 대목으로서 언술의 특징적 요소나 창작 방법과 연계된 모더니즘 등에 관한 연구들[19]이 여기에 해당한다.

이와 같은 논의들 이외에도 1990년대 이후에 이르러 고찰의 폭은 다각적으로 확대되는 모습을 보인다. 이 중 백석 시의 시간의식이나 공간성을 분석한 연구들[20]과 어석 작업을 비롯하여 시어를 깊이 분석한 연구[21]들도 일

---

18) 정효구, 「백석 시의 정신과 방법」, 『한국학보』 57, 일지사, 1989. 12.

19) 이경수, 「한국 현대시의 반복 기법과 언술구조」, 고려대 박사논문 , 2002; 최정례, 「백석 시의 근대성 연구」, 고려대 박사논문, 2004 등.

20) 박태일, 「한국 근대시의 공간 현상학적 연구」, 부산대 박사논문, 1991; 심재휘, 「1930년대 후반기 시 연구」, 고려대 박사논문, 1997; 곽봉재, 「백석 문학 연구」, 경희대 박사논문, 1999 등.

21) 이동순, 「낱말풀이」, 앞의 책; 송준, 「백석시어사전」, 『백석시전집』, 학영사, 1995; 이숭

군의 비평적 성과에 해당한다. 그리고 본고와 밀접한 관련성 아래 놓인 현대시의 산문화나 서술성에 대한 연구[22]들도 집적되고 있으나 백석 시가 독자적으로 보이는 서술성에의 깊이 있는 고찰은 미흡한 실정이다.

한편 최동호 등에 의해 편찬된 『백석 시 읽기의 즐거움』[23]은 본격적인 학술서라고 볼 수는 없겠으나 평론가, 시인 등 다양한 집필진의 시각으로 접근한 백석 시편들에 대한 자세한 해설을 소개하여 연구자들과 일반인들이 백석의 시에 좀 더 쉽게 다가가도록 돕는 역할을 하고 있다.

3. 연구의 방법과 대상

먼저 본론의 첫 번째 논의에서는 백석 시의 기저에 자리한 정신성과 현실 인식 및 세계관의 측면을 조명하고자 하였으며 이와 관련하여 인간 실

원, 「백석 시의 난해 시어 연구」, 『인문논총』 8, 서울여대 인문과학연구소, 2001. 12; 이지나, 『백석 시의 원전 비평』, 깊은샘, 2006. 6; 박순원, 「백석 시의 시어 연구」, 고려대 박사논문, 2007 등.

22) 고형진, 「서사적 요소의 시적 수용: 백석과 신경림을 중심으로」, 『고려대 한국어문교육』 3, 고려대 국어교육학회, 1988. 8; 유종호, 「소리지향과 산문지향」, 『작가세계』, 1994년 봄호; 한용환, 「서사 유형의 통합적 개념」, 『동국어문학』 8, 동국대 사범대학 국어교육과, 1996. 12; 문혜원, 「서술시 논의의 확산과 가능성」, 『민족문학사 연구』 13, 민족문학사학회 민족문학사연구소, 1998. 12; 서지영, 「한국 현대시의 산문성 연구: 오장환·임화·백석·이용악·이상 시를 대상으로」, 서강대 박사논문, 1999; 고현철, 「한국 현대서술시의 서술방식 연구」, 『부산대 인문논총』 55, 부산대 인문과학연구소, 2000. 6; 강연호, 「백석 시의 미적 형식과 구조 연구」, 『현대문학이론연구』 17, 현대문학이론학회, 2002. 6 등.

23) 최동호·방민호·유성호·김수이 외, 『백석 시 읽기의 즐거움』, 서정시학, 2006.

존의 집인 장소의 관점에서 논의의 틀을 세우고자 하였다.

　장소란 인간의 삶에서 매우 중요한 의의를 지닌다. 공간의 개념들 중에서도 인간이 살아가는 현장의 실제적 구체성을 전제하는 이 장소에 대하여 생각지 않고서는 인간 행위의 개별적인 측면들이 명료하게 이해되기 어려울 것이다. 장소란 인간이 생을 영위해가기 위한 주요 기반인 동시에 개별적 존재를 담는 물리적 용기가 되며 인간과 그의 삶 자체라고도 말할 수 있다. 장소에는 정체성이 존재한다. 에릭 에릭슨은 자아정체성을 말하면서 정체성이란 용어는 자신의 내부에 들어있는 면면들의 지속적인 동일성을 뜻하는 한편, 어떤 종류의 특성들을 타자와 지속적으로 공유하는 것까지 동시에 함의한다[24]고 말한 바 있다. 케빈 린치는 장소의 정체성 개념을 논의하면서 이에 대하여 어떤 장소에 개별성을 부여하거나 다른 장소와의 차별성을 주어 독립된 하나의 실체로 인식케 하는 토대가 되는 것[25]이라 정의하였다.

　장소가 그 자신으로서의 고유한 역할을 수행하는 것에 더하여 인간의 실존에까지 영향을 끼친다는 사실을 상기하면 그와 결부시켜 어떠한 장소에 대한 사랑을 공유하는 특성을 지닌 공동체의 의미까지 되짚어볼 수 있다. 장소에의 경험에서 물리적 환경의 양이 증대하고 보통의 경우 주변의 물리적 경관이나 환경에 그리 집중하지 않는다 해도 그러한 양상의 장소가 더 무의미해지는 것은 아니다. 에드워드 랠프는 이 사실에 대하여

24) Erikson, "Identity and the life-cycle", *Psychological Issues* 1 (1), 1959, p.102.

25) Lynch, *The Image of the City*, MIT Press, 1960, p.6.

사람들이 흔히 자신의 외모나 친구의 외모를 평이하고 당연한 것으로 받아들여 스스로의 정체성에 큰 거부감 없이 포함시키는 것과 같은 맥락이라[26] 비유하였다.

위에 언급한 실존적 장소를 기준으로 할 때 일정한 장소를 공통적으로 실존의 준거로 삼는 사람들은 보다 쉽게 공동체의식을 가질 수 있을 것이다. 공동체와 장소 사이의 관계는 밀접하다. 그래서 공동체가 장소의 정체성을, 장소가 공동체의 정체성을 강화시키며 이 같은 관계 속에서 공유하는 경관은 공통된 믿음과 가치의 표출이자 개인 상호간의 관계맺음의 표현[27]이 된다. 어떤 사람의 실존적 장소들을 아는 것이 존재를 이해하는 단서가 되는 것은 바로 이 같은 맥락에서 연유한다.

공동체의 정체성을 강화시키는 장소들 가운데서도 고향에 대한 애착은 인류의 보편적인 정서라 할 것이다. 고향에서의 유대가 얼마나 다양하고 지속적이었는가에 따라 다소간의 차이는 존재하겠지만, 고향이라는 장소에 대한 사랑은 논리적인 이유를 붙이기 이전에 성립하는 것으로 보인다. 여타의 다른 장소라면 가시적 기호나 일종의 이정표를 가지고 사람들의 정체감을 인위적으로 북돋아 공동체의식을 함양시켜야겠지만 고향이란 장소에 대한 인간의 잠재의식적인 애착은 그저 친숙함과 편안함, 양육과 안전의 보장으로부터 온 안정감, 익숙한 소리와 냄새에 대한 기억, 오랜 시간 축적되어 온 공동의 활동들과 느긋한 즐거움에 수반[28]되는 것이

---

26) 에드워드 랠프, 『장소와 장소 상실』, 김덕현·김현주·심승희 역, 논형, 2005, 86쪽.
27) 위의 책, 86~87쪽.
28) 이-푸 투안, 『공간과 장소』, 구동회·심승희 역, 도서출판 대윤, 1995, 254~255쪽.

기 때문이다. 특히 본고에서 논의하고자 하는 시세계가 보여주는 보다 전근대적인 농촌공동체로서의 고향은 공동의 활동 및 공유 부분이 많음으로 인하여 그 공동체성이 더욱 강화될 수 있다.

일정 시대 일정한 장소를 기준으로 드러나는 세태의 풍속적인 지점들은 문화론적 연구와도 맞물린다. 문화에 대한 연구 작업은 정체성이라는 복잡한 특징을 조율하는 한 준거가 될 수 있고 매우 다양한 방식으로 정체성이 형성되고 경험되며 이행되는 방식을 탐구[29]해왔다. 어떠한 공동체가 지니는 문화적인 정체성은 그 공동체의 일원들이 향유하는 공통의 정체성일 것이며 또한 공동체의 구성원들이 함께 경험하는 실존적 장소들 자체의 정체성으로 기능하리라 여겨진다.

백석의 시세계 안에서도 공동체의 문화적 정체성이란 문제는 중요한 의의를 담고 의도적으로 추구되고 있다. 풍속을 주로 하여 시 창작 시기의 문화를 담아내는 시인의 작업은 단순한 풍속의 소개에 더하여 작품이 생산된 시대의 정치 및 사회문화적 맥락을 보여주는 데 기여하는 것으로 생각된다. 비교적 최근의 연구들이 말하는 것처럼 풍속론적 연구와 동일시되는 문화론적 연구는 크게 보아 정치적 연구를 지향하는 입장들의 한 경향으로까지 볼 수 있으며 정치적인 것을 포괄한 사회적 소통의 양식 및 표상 형태들과 밀접한 관련[30]을 지니고 있기 때문이다. 따라서 문화와 풍속은 표면화되지 않는 정치성을 함의하는 것으로도 이해된다.

---

29) 조나단 컬러, 『문학이론』, 이은경·임옥희 역, 동문선, 1999, 79쪽.
30) 천정환, 「문화론적 연구의 현실 인식과 전망」, 『상허학보』 19집, 깊은샘, 2007, 17쪽.

문학작품 속에 드러나는 풍속과 세태, 그들을 아우르는 문화는 한 공동체가 지닌 정체성을 표상하는 의미를 지닐 뿐 아니라 그 시대의 문화상과 문화 수준을 통하여 사회정치적인 맥락의 다양한 흔적들을 반영하고 있다. 또한 일정 지역을 중심으로 한 문화공동체를 부각시키는 것은 이면에 존재하는 다른 형식의 공동체를 배제 혹은 소외시키는 효과를 가져옴으로써 은밀한 이데올로기적 의도를 불러오기도 하는데, 식민 대 피식민의 구도가 지배하는 특수 상황하에서는 이와 같은 측면이 불가피하게 증폭되어졌다고도 볼 수 있겠다.

작품에 시화되는 풍속들은 현실의 헤아릴 수 없이 폭넓은 문화적 스펙트럼의 선상에서 작가에 의해 의식적, 무의식적으로 취택된 내용인 만큼, 작품 안에 수용되었다는 사실 자체만으로도 특별하게 강조되고 의미부여되는 효과를 얻는다. 그리고 그 내용들은 문맥에 묘사되는 풍속으로서의 풍속의 가치를 넘어서서 그 풍속과 풍속을 길러온 장소를 공유하는 문화적 공동체의 가치를 주장하고 존재 의의를 정당화하는 것으로 증거될 수 있다. 문화 혹은 풍속에의 관심과 연구는 얼마만큼 인간이 문화적인 형식에 의해 조종될 수 있는지, 그리고 얼마나 혹은 어떠한 방식으로 인간이 다른 목적을 위해서 그것들을 사용할 수 있는지, 그리하여 소위 말하는 행위자가 될 수 있는지[31]를 묻고 답하는 장치이기도 하다.

다음으로 본론의 두 번째 논의에서 주요 목표가 된 고찰의 대상은 백석 시의 절제와 압축의 방식 및 세련된 이미지 운용과 상상력의 요소가 기반

---

31) 조나단 컬러, 앞의 책, 78쪽.

이 된 시 산출의 주요 기제들과 관련된 것이다. 일반적으로 이미지란 시를 시가 되도록 만드는 데 필요 불가결한 요소인 만큼 많은 학자들의 관심이 집중된 자질이기도 하다.

이 논의에서는 백석의 서술적 서정이 보여주는 이야기의 서정화에 대한 독특한 시사점과 신빙성 있는 사건의 보고화를 위해 정서와 주관이 최대한 걸러진 객관적 어법 및 탈주관적 묘사의 양상이 조명될 것이다. 또한 감각과 현실적 대상인 물질이 결합하여 과거의 기억이 현현되어지는 모습과 이와 같은 과정을 통한 역사적 시공간의 정체성 규정 역시 논의하고자 하는 주요 테마에 포함된다.

베르그송과 들뢰즈의 논의[32]에 따르면 기억은 현재의 관점에서 과거를 재구하는 형식의 '습관적 기억'과 어느 한 순간 무의식적 메커니즘으로 과거가 현재 안에 현현하게 되는 '순수기억'으로 대별된다. 백석의 시에서 주로 보여지는 기억은 후자의 것이며 이와 같은 기억의 방식이 먼 과거 속의 시공간까지 효과적으로 수용케 하는 데 기여하고 있다.

이미지를 주축으로 하여 서술(이야기)이 서정화되는 방식이나 사건과 사연이 응축되어 제시되는 기법 및 그에 따른 시간의 공간화 양상 역시 고찰의 대상이다. 이 대목의 논의에서는 백석의 시편들 안에서 서술적 서정이 요구하는 상상력의 확대 방식 및 대상의 확장이라는 문제가 어떻게 해결되고 있는지에 대한 답을 보일 수 있으리라 기대한다. 두 번째 논의

---

32) 베르그송, 『물질과 기억』, 박종원 역, 아카넷, 2005.
들뢰즈, 『프루스트와 기호들』, 서동욱·이충민 역, 민음사, 1997.

에서는 이와 같이 서술적 서정을 본질적 특성으로 하는 백석 시세계가 그 본질을 획득하고 유지하기 위하여 확보한 작품 산출의 주된 형상화 방식들을 밝히게 될 것이다.

정리하자면 첫 번째 절에서는 서술적 서정에 걸맞는 어법(담화)의 특성과 이야기의 서정화 및 탈주관적 묘사에 관하여 언급된다. 두 번째 절에서는 서술적 서정이 담보해낸 확장된 스케일의 시공간적 양상을 감각과 물질의 결합 및 기억의 요소와 관련지어 살핀다. 이와 같은 기억의 구사는 시공간의 역사적 정체성을 구명하는 데도 기여하는 것이다. 마지막 절에서는 사건(사연)을 응축하는 이미지를 근간으로 하여 상상력의 확장 및 자연스런 대상 확대를 꾀하는 시간의 공간화 문제를 탐구한다.

본론의 세 번째 논의는 시세계를 아우르는 환유 미학의 특성 및 유의미한 수사적 방법론으로서 환유와 반복의 상호보완적인 면모를 다루었다. 더불어 서술성이 가미된 시세계 안에서 서정성을 고취시키는 데 기여하는 강화된 이미지 사용의 면모들을 구체적인 작품 분석과 더불어 살펴보고자 한다.

문학적 언어의 다양한 수사들 가운데서도 대표적인 것이 비유라면 그 중 은유는 여러 가지 다른 성격의 사상 혹은 대상들에 대하여 동일성 혹은 유사성을 강조한다. 즉 다양한 개별성들을 유사성의 원리 아래 재조합함으로써 새롭게 의미를 부여하려는 한편, 중심과 주체의 입장에서 대상들을 통일시키는 데 기여하는 특성의 수사이다. 은유와는 또 다른 수사인 대유는 대개 제유와 환유를 아우르는데 전자가 부분으로 전체를 대표하는 특성을 보이는 반면, 후자는 대상의 속성으로서 그 대상을 지칭하는 방식에 기초한다.

탈근대와 더불어 한층 주목되는 환유의 미학은 은유와는 달리 인접성에 입각하여 대상들을 긴밀한 연관성이나 연쇄성의 기준으로 결합시키고자 한다. 이 방식은 구심을 향한 뚜렷하고 단일한 의미를 지향하는 것이 아니라 대상을 감각적이면서도 구체적으로 지각하려는 지각 자체와 대상들의 개별성을 인정하는 것과 그에 수반된 다양한 의미 생산을 중시한다. 따라서 환유는 의미의 중심이 아닌 파편을 지향하며 은유와 같이 대상들의 유사성을 취함으로써 차이를 버리는 대신, 개별적이며 주변적인 요소들을 두루 인정하고 존중하는 방식을 취하게 된다. 이 때 은유의 상황은 논리적 토대가 주로 작용하여 비교적 실재의 세계와는 동떨어진 성격을 지니게 되는 반면 환유는 구체적인 삶과 체험의 역사가 그 바탕이 되는 만큼 실재에 밀접하게 맞닿아 있다.[33]

한편 환유의 미학은 대상들 간 의미의 차등 없음을 지향하는 고로 본의 아니게 때론 의미의 강약 체계가 나약해져서 구심이 없는 허무로 치달을 위험성을 지니기도 한다. 본고에서는 환유 미학 안에 잠재된 이러한 위험 요소를 극복해내고 있는 주요한 요소로서 반복의 장치가 폭넓게 쓰이고 있음을 살폈다. 반복이라는 언술적 전략은 작품 안에서 흔히 전후의 관련성을 긴밀히 하는 동시에 모순 없이 내용을 잘 전달하는 데 기여하곤 한다.

그레마스의 기호학에 따르면 의미의 주제가 되는 문맥소가 2회 혹은

---

33) Jakobson, *Language in Literature*, ed. Krystyna Pomorska and Stephen Rudy, Harvard University Press, 1987, p.97.

그 이상 되풀이되는 현상은 하나의 의미핵을 만들어낸다. 그리고 의미핵이 성립되면 그것을 중심으로 하여 텍스트의 다른 기호들이 누적적으로 쌓여간다. 다시 이들은 일련의 만들어진 항들과 대립적인 관계에서 또 다른 의미 차원을 지향해 만들어진 또 하나의 문맥소 그룹과 연계함으로써 이야기의 동질적 독해를 용이하게 하는 소위 의미동위체 구조를 형성해낸다.[34]

광범위하게 산재한 문맥소들 가운데 저자의 의도에 의해 특별히 선택되어진 여러 층위에서의 반복소들은 독자들로 하여금 의미동위체의 구조를 즉시 포착하도록 하는 안내 표지의 역할을 한다. 또한 전달하려는 의미를 부각시킴으로써 강조하는 동시에 부가적으로 다양한 리듬의 효과까지 창출해낸다. 본고를 통해 연구될 시세계 안에서 반복의 수사는 의미 강화의 패턴을 보이며[35] 환유의 미학과 유의미한 짝을 이루고 있다.

한편 백석의 시세계를 다루면서 기존의 논의들이 그의 시들이 담고 있는 이야기적인 요소와 결부시켜 백석의 시들을 이야기시 혹은 서술시라 칭하는 것[36]을 접하게 된다. 그런데 이 때 이야기 혹은 서술이란 개념은 다소의 모호성[37]을 가진 것으로서 단지 서정시이지만 서정적이지 않은

---

34) 위르겐 링크, 『기호와 문학』, 고규진 외 역, 1994, 민음사, 96~98쪽.

35) 반복의 어법이 때로 의미의 강화보다는 의미 형성을 방해하고 생성된 의미마저 교란시키는 해체적 성격을 보이는 경우도 있으나 백석의 시세계에서는 일관되게 메시지의 강조를 돕는 장치로 드러난다.

36) 많은 논자들에 의하여 언급되어진 이 용어는 이제 백석의 시세계를 대표하는 타이틀이라 말해도 좋을 만큼 그 쓰임이 굳어진 것으로 보인다.

37) 여기서 쓰이는 '서술'은 서사와 정확히 일치하는지의 문제에서 혼동을 일으키고 '이야기'

특성들까지 지녔다는 사실에 대한 강조의 의미로 이해될 만하다. 전통적인 정의에서 서정시란 '정서와 느낌, 그리고 직접 체험한 것에 대한 감정적, 주관적 표현'[38]을 말했던 데 비해 오늘날에 와서 이와 같은 제한은 약화되었다. 다만 현재까지도 비교적 변함없이 인정되는 서정시의 주요 요소들로는 외적 형식과 관련하여 운율, 운과 연의 쓰임, 짧은 길이 등이 있고 내적 형식면에서는 언술의 집중성, 복잡한 내용의 축약, 의미의 함축성 및 의미심장함 등[39]이 꼽힌다.

에밀 슈타이거는 문학 양식을 서정적, 서사적, 극적 양식으로 구분한 뒤 순순히 서정적인 작품, 순순히 서사적인 작품 혹은 순순히 극적인 작품이란 거의 존재하지 않는다고 언급한다. 그에 따르면 서정시에 대하여 단순히 그것이 시이기 때문에 서정적이라고만은 말할 수 없으며 서정시라 할지라도 다른 장르 이념에 관여하고 있음을 인정해야 한다. 오직 여러 가지 자질들 가운데서도 서정적인 것이 우위를 차지하고 있기 때문에 운문을 서정적이라 일컬을 수 있다.[40] 슈타이거의 견해에서 보듯이 특히 현대시에서는 전통적인 시각에서 운문의 요소로 생각되지 않았던 자질들이 운문의 특성 안으로 자연스레 수렴되고 있다. 이와 같은 맥락에서 본다면 백석 시에 대하여 전통적 의미의 서정시에 대한 구별의 표현으로 사

란 그 범위가 너무 넓을 뿐 아니라 서사의 한 차원인 story로 오해되거나 이야기하는 행위 자체를 가리킬 수도 있는 등 명확지 못한 측면을 지닌다.

38) 한독문학번역연구소, 『도이치문학 용어사전』, 서울대 출판부, 2001, 490쪽.

39) 위의 책, 같은 쪽.

40) 에밀 슈타이거, 『시학의 근본개념』, 오현일 역, 삼중당, 1978, 277~278쪽.

용되었던 '서술시'나 '이야기시'란 개념은 더 이상 유효적절하지 못할 수도 있을 것 같다.

'이야기'와 '서술'이 동일한 의미로 쓰일 수 있느냐의 문제 역시 탐구의 대상이다. 서술을 서사적 언술로 이해한다면 서술에 대하여 서사에 준한 개념을 부여해도 좋을 것인즉, 프랑스에 의하면 서사란 한두 명 혹은 여러 명의 서술자에 의해 한두 명 또는 여러 명의 듣는 이에게 전하는 하나 내지 여러 개의 현실 안 사건 혹은 허구의 사건에 대한 일련의 보고를 말하며, 특히 이런 사건들의 결과와 경과 및 관여자와 그 행위, 구조와 구조화의 보고[41]를 지칭한다.

간략히 말하면 서사는 서술자에 의해 듣는 이에게 전해지는 현실 혹은 허구의 사건에 대한 보고를 말하는 것이다. 그러나 서사에 대한 규정은 이론가들마다 조금씩 다를 수 있고 특히 최근에는 서사가 인쇄 매체 뿐만 아니라 비인쇄 매체까지 대상으로 하여 영화나 오페라와 같은 장르를 포괄하는 등 보다 넓은 의미로 확장[42]되는 추세이다.

한편 '이야기'라는 용어 역시 사용되는 문맥에 따라 조금씩 다른 의미로 쓰여지므로 지시하는 영역에 혼란을 가져올 수 있다. 이와 관련된 한 연구는 이야기라는 용어의 다의성을 문제 삼으면서 존재 양식으로서의 이야기에 대하여 좀 더 정밀하게 규정하고자 한다. 그에 의하면 현재 일반적으로 쓰이는 '이야기'란 용어는 크게 허구적인 이야기로서의 '이야기 문

---

41) 제랄드 프랭스, 『서사론사전』, 이기우 · 김용재 역, 민지사, 1992, 162쪽.
42) 한명숙, 『이야기 문학교육론』, 박이정, 2007, 189~190쪽.
　　오탁번 · 이남호, 『서사문학의 이해』, 고려대 출판부, 1999, 31쪽.

학'과 사실적인 이야기로서의 '이야기'로 나눌 수 있고 '이야기 문학'의 하위 범주들은 신화, 전설, 민담 등 고유한 장르의 명칭을 가진다. 그러므로 이를 제외한 나머지 사실적인 이야기들만을 구별하여 '이야기'라 칭해야 한다는 입장[43]을 보인다.

이상에서 살펴본 바와 같이 서정과 서사의 엄격한 구별이 사라지고 서사에 대한 개념이 크게 확대되며 이야기라는 용어의 규정에 대하여 명확한 일치가 이루어지지 않은 상황들을 두루 고려하여 본고에서는 백석의 시세계의 특성을 '서술적 서정'이란 개념으로 일컫고 이 개념이 아우르는 특성과 관계된 측면들을 중심으로 논의를 구성하고자 한다.

'서술적 서정'에서 서정이란 슈타이거의 견해에서 보듯이 여러 자질들 가운데 서정적인 것들이 우위를 차지하고 있음을 명기한다. 서술적 서정은 서정적 자질이 우위를 차지하는 가운데 서술적인 특성이 들어있음을 말하는 것이다. 여기서의 서술이란 앞에서 논의한 바, 언어적 혹은 비언어적 대상을 동시에 포괄하는 서사와도 같지 않고 허구적, 비허구적 장르를 통틀어 포괄하는 이야기와도 다르다. 백석의 시세계를 지칭하는 서술적 서정에서의 '서술'은 대상의 범위에 있어서 언어적인 것만을 지시하며 문학적인 영역 내의 것을 경계로 삼기로 한다.

이와 같은 규정이 함의하는 내용 안에는 1인칭 화자의 옛날이야기에 가까운 「가즈랑집」, 「여우난곬족」류의 시편들과 「여승」, 「팔원」 등 현실 인식 및 그와 관련된 플롯 구조가 드러나는 시편들, 그리고 대상에의 숙고

---

43) 한명숙, 위의 책, 335~336쪽.

와 의미부여의 흔적이 강한 「목구」, 「국수」 등 짧은 수필에 준하는 시편들까지도[44] 무리없이 포함될 수 있을 것이다. 한편 이 개념[45]은 그 자체로 서정시에의 서술성의 결합이 어떠한 배경 아래 어떤 방식으로 이루어져 어떠한 미감을 획득하는가라는 본고의 기본적 주제에 대한 관심과 문제 의식을 내포하고 있기도 하다.

본론에서는 먼저 서술적 서정이라는 이 같은 개념을 토대로 시세계의 개성이 되는 미학적 구조들과 서술적 서정을 이끌어낸 동인으로서 세계 인식의 면모를 장소 인식의 측면과 결부시켜 살펴보고자 한다. 그리고 이어 서술적 서정의 자질을 이루어내고 안정된 것으로 만들어가는 방법론적 면모들과 미학적 특질들이 고찰될 것이다.

본격적인 논의를 전개함에 있어 연구의 대상은 백석의 문학 중 소설, 번역물, 동화작품 등을 제외한 일련의 모든 시작품으로 규정하고자 한다. 재북하여 남긴 친체제적인 시작품들 역시 그 안에서 백석의 고유성을 보여주는 유의미한 측면이 발견되어지므로 굳이 제외할 이유가 없다고 판단하였다.

---

44) 크게 나누어 백석의 시편들은 초기 단형의 일부 이미지즘 계열 시편들을 제외하면 플롯 구조가 돋보이는 시편들 및 옛날이야기와 닮은 기억(과거) 시편을 포함한 짧은 수필에 가까운 일련의 시편들로 그 타입이 구분되어질 수 있겠다.

45) 람핑의 '지시적 서정시'는 이 논고의 서술적 서정과 근사한 개념으로 볼 수 있다. (디이터 람핑, 『서정시: 이론과 역사─현대 독일시를 중심으로』, 장영태 역, 문학과지성사, 1999, 189쪽.) 그러나 그가 지시적 서정시의 범주로 소개한 세 층위의 시들, 즉 사상시 전통의 성찰적 서정시, 보고를 위주로 하는 이야기체의 서정시, 단순히 객관적 묘사를 담은 계통의 시들은 백석 시인의 「목구」, 「국수」와 같은 시편들을 적절히 설명해내지 못한다.

제2장　서술적 서정과 세계 인식 |

1. 환유적 전망과 장소성

1) 역사문화적 이상향의 구현

백석 시정신의 중심에는 공동체주의가 자리하고 있는 것으로 보인다. 이는 말 그대로 개인보다는 공동체를, 나보다는 우리를 근간으로 하는 정신세계를 뜻한다. 백석 시인이 가장 왕성하게 창작 활동을 펼쳤던 1930년대에서 40년대 초기의 시대적 상황을 재고하면 이 같은 시의식은 그리 낯선 것이 아니라 할 것이다. 당시는 문자 그대로 역사의 암흑기였으며 민족의 국권이 회복될 가능성이 요원하게만 느껴질 수밖에 없었기에 그러했다.

일제에 종속되어 살아갈 수밖에 없는 식민지인의 시선으로 볼 때 민족의 앞날이란 불투명하기 짝이 없었으리라 여겨진다. 또한 시인이 교육받은 지식인으로서 가졌을 개인적인 정체성 확립의 문제와 이상과 현실의 만날 수 없는 장벽으로 인한 괴로움이 만만치 않았으리라는 짐작을 해 볼 수 있다. 그러나 동시대의 여타 지사적 문인들이 보다 개인적 차원의 좌절과 갈등에 집중했었던 데 비해 백석의 관심은 여기에서 훨씬 더 확장된 모습을 보인다.

당시 식민지 조선은 일제의 강경한 탄압정책으로 말미암아 창씨개명과 신사참배의 요구에 시달리고 있었다. 뿐만 아니라 형식적, 비형식적인─고등교육자들의 일본 유학은 배제하고라도─일본 정신의 주입은 물론이고 일본어 교육이 제도적으로 시행됨과 아울러 모국어인 한국어는 언제라도 역사 속에 사장되어 버릴 서글픈 운명이었다. 그와 함께 오천 년을 한결같이 스러지지 않고 보존되었던 민족의 얼과 혼 역시 겨레말과 함께 스러질 위기에 직면했을 정도로 역사적 비운이 깊어가는 시점이었다. 민족주의자 백석에게 그동안 쌓아온 민족의 모든 것이 오롯하게 사라져버릴지도 모른다는 무의식적 의식은 그 어떤 개인적 영달마저도 우선적 가치로 그를 안착시키지 못할 만큼 위험하고 공포스런 무엇으로 다가왔던 것 같다.

한 인간의 개인사에서도 '주체성'과 '자기정체성'은 중요한 의미를 가진다. 인간은 자의식을 갖는 존재이고 그 자의식에 의하여 자신을 인식하며 그러한 의식의 기반에서 과거를 돌아보고 현재를 직시하여 미래를 만들어 간다. 이러한 자기존재에 대하여 스스로 무리 없이 수긍할 수 있을 때 비로소 개인은 자기 이미지를 보존하며 삶을 자신 있게 영위해나갈 동력을 얻을 수 있을 것이다. 삶에서 일어나는 여러 가지 다양한 사건과 개인을 둘러싼 상황의 변화들이 정체성을 위협하지 않을 정도로 비교적 연속적일 때 개인은 변함없이 확고한 주체성을 소유하며 살아갈 수 있다. 그러나 살아가면서 삶을 주재하는 다양한 변인들의 합성된 파장의 여파에 따라 때로 개인은 더 이상 그 이전까지의 자신의 정체성(자기 이미지)을 고수하지 못하고 주체성마저 상실하게 되기도 한다.

개인에게 다가와 개인사에 크고 작은 영향을 미칠 수 있는 삶의 절편들을 그 영향력의 성격에 따라 들뢰즈는 3개의 선을 들어 제시하기도 하였다. 그에 따르면 삶을 지배하는 3개의 선이란 그램분자적인 거대집합들과 그 원소로서의 개인들을 영토화하는 견고한 분할선(절단선), 암시와 함축들로 구성되어 영토성과 탈영토성 사이를 배회하는 유연한 분할선(파열선), 이 두 선의 폭발과 충돌 등을 표시하는 비절편적인 도주선(단절선)을 의미[46]한다. 도주선에 해당하는 것들은 개인을 흔들어놓는 것에 그치지 않고 나아가 개인이 속한 집단과 혹은 더 큰 단위의 공동체를 온통 흔들어놓기도 한다. 오늘 갑자기 찾아온 영향력 있는 일들은—그 이전에 간간히 드러난 예비적 표지들에 비하여 어느 한 순간 놀랍게 강력한 폭발로 다가와선—사건이 일어나기 전과 일어난 후를 괴리시켜 버린다. 역사의 선상에 균열과 불연속점을 남기고 탈영토화를 초래하는 것이다. 그리하여 긍정적으로든 부정적으로든 사건의 근접지대에서는 특수한 시공간과 그에 따른 특수한 실존의 양식이 자리할 수밖에 없게 된다. 탈영토화를 일으킨 단절 속에서 과거의 물질은 휘발될 뿐만 아니라 지나간 것의 형식과 휘발성 물질 안에서 일어난 지각할 수 없는 무언가의 형식들은 더 이상 존재하지 않게[47] 되어버린다.

---

46) 들뢰즈 · 가타리, 『천 개의 고원』, 김재인 역, 새물결, 2001, 372~380쪽.
47) 위의 책, 381쪽.

바로 그와 같은 역사적 도주선의 현장이었던 식민지 조선에서 자의식 강한 청년 지식인 백석이 주체적 자아를 살려내고 보존하는 데 동참하는 것은 가장 우선되는 시대적 사명이었다. 백석 시에서 강조되는 주체성은 개인들이 갖는 주체성의 문제라기보다 오히려 개인들의 확장으로서의 공동체가 가지는 주체성의 문제라 할 것이다.

그리고 '공동체주의'는 그의 절실한 문제에 대한 최선의 해답이었던 것으로 여겨진다. 화자는 어떻게 해서든지 민족의 주체성이 존중되고 보존되어야 한다는 내적 신념 아래서 민족공동체를 복원하고자 애썼다. 그와 같은 의도하에 평북 방언이 시어로 취택되었고 가족의 시시콜콜한 신상에서부터 잘 알지도 못하는 막연한 이웃들의 사람 사는 모습들까지 시화되었으며 민족적 주체성을 논리적으로 설득하고 지원하는 노력들이 시도되었다. 일제의 불합리한 내선일체정책으로부터 멀어지고 저항하고 싶어질수록 민족의 주체성을 강조하는 작업들은 격렬해졌다. 그리하여 그의 시들은 '나'의 이야기이자 '너'의 이야기이며 '우리'의 이야기인 것이 가능해진다. 그러한 연유로 그의 이야기는 나의 이야기인 동시에 민족의 이야기이며 개인적 고백인 한편 민족의 고백이 되는 것이다.

백석 시창작의 기본 배경은 조선의 일제하 식민지 현실이었고 그로 인하여 자신이 하고 싶은 말을 모두 내뱉을 수 없었던 열악함이 극에 달한 상황이었다. 많은 예술가들이 침묵하거나 짐짓 딴청을 부리거나 온전히 자연합일하거나 모든 현실적인 메시지를 거세한 작업들에 충실할 수밖에 없던 시절이었다. 그러한 상황에서 민족주의자이자 시인 백석은 작업을 포기하지도, 하고 싶은 이야기를 포기하지도 않았다. 역사와 현실에 관한 메시지를 무조건 거세할 수도 없었다.

　일제의 강압적 식민동화정책은 무겁기 짝이 없었고 재일(在日)하여 영문학을 수학하며 느낀 역사의 분위기 또한 조선의 현실을 도울 기미는 없어 보였지만 청년 백석은 오직 하나의 정열에 불타고 있었다. 잠시 열강의 속박에 무너지고 말았지만 한민족의 오랜 기상은 사그러들지 않을 거란 믿음, 우리 얼과 우리말과 우리 민족이 보존되고 영원하리라는 소망, 그 믿음과 소망을 위하여 젊음을 제련해 만들어냈던 시작품들은 바로 그 자신의 사명이며 신념이자 시대적 열망이었다. 그의 붓은 한 번도 일제와 식민지와 독립에 관한 말을 직설적으로 내놓은 적이 없었다. 그러나 백석은 자신의 시편들을 통해 가장 효과적으로 일관성을 가지고 말하기 어려운 것들에 관한 이야기를 공표했다. 이것이 그의 대표시로 「남신의주 유동 박시봉방」 이외에 「북방에서」가 자주 꼽히는 이유이기도 하다.

　백석은 시인이기 이전에 민족상실의 공포와 불안 속에서 누구보다 의연하게 독립과 자존의 꿈을 포기하지 않았던 선각자요 지식인이었다. 유년의 눈으로 돌아가 공동체의 모태가 된 장소인 고향에 대한 사랑을 드러내며 민족의 정수와 문화를 더듬는 일련의 시편들에서 그러한 정신을 엿볼 수 있다. 유랑과 기행 속에서 혈연의 확장인 동포들의 삶 면면들과 정든 풍물 하나하나를 정묘한 언어로 담아낸 작품들을 통하여 읽을 수 있다. 검고 차가운 밤에 홀로 고뇌에 눌려 토로하지 않을 수 없었던 고백적이고 자성적 어조의 주관 시편들에서도 확인 가능한 것은 그가 끊임없는 정열로 하나의 꿈을 꾸고 있었다는 사실이다. 그에게 이웃은, 가족은, '나는, 사랑하는 '민족'을 대표하는 이음동의어일 뿐이다.

시인은 이 공동체주의를 시로 형상화해야 했다. 그것이 자아도 살고 민족도 살리고 나아가 조선의 얼과 조선말을 살리는 길이었다. 따라서 시적 화자는 유년의 시점을 빌어 대가족으로서의 혈연공동체를 노래하고 그 혈연공동체의 연장선상에서 농촌공동체─대가족의 확장 혹은 씨족공동체의 속성을 가진─를 완성해냈다. 「여우난곬족」, 「북방에서」 등에 표현되듯 1인칭 화자를 표방하여 그저 자신의 이야기인 듯 태연히 가장하면서 민족공동체의 쓰라린 현실을 우회적으로 이야기했다. 어쩌면 역사의 뒤안으로 설화적 여운과 함께 사라져버릴지도 모르는 그 많은 공동체의 흔적들을 민족적 삶의 구체적인 현장 안에서 시적 화자는 생생하게 붙잡아내야만 했다. 그것은 어쩌면 백석의 많은 시창작이 해방 전까지의 십여 년 동안에 그리도 숨가쁜 정열로 집중된 이유이기도 할 것이다. 또한 백석의 시작 안에는 단순한 향토애를 넘어서서 민족적 삶의 기반인 다양한 구체적 장소들에 대한 애정이 전제되어 있다.

이와 관련하여 에드워드 렐프는 장소에 대한 인식과 생생한 구체화가 돋보이는 까뮈의 산문을 예로 들면서 장소의 정체성을 이루는 가장 기본적인 요소로 정적인 물리적 환경, 인간의 활동, 의미를 제시[48]하였다. 물리적 환경, 인간의 활동, 의미의 3자는 장소 정체성의 원재료가 된다 말할 수 있고 요소들 간의 상호관계는 장소의 정체성을 구조화하는 의의를 지닌다. 실제로 장소들은 이 세 가지 측면을 기준으로 하여 그 성격을 고찰

---

48) 에드워드 렐프, 앞의 책, 112~114쪽.

할 때 적절한 정체성들이 드러난다고 하겠다. 어떠한 장소는 누군가에게 그저 순간의 작용성만을 갖는 피상적인 물상과 풍경으로만 스쳐 지나갈 수도 있지만 또 다른 장소는 그의 존재 자체를 떠받치는 지반이 된다. 그리하여 물리적 환경 아래 일어나는 활동과 그 활동들에 부여된 의미 여하에 따라 장소의 정체성이 바로 자아정체성으로까지 이어지기도 한다. 또한 위에 제시된 세 가지의 요소들을 인간의 행위 차원에 대입해보면 각각 행위의 물리적 측면, 행위의 활동적 측면, 행위의 심리적 측면과 상응하고 각각의 요소들 간에는 변증법적인 상호작용이 성립한다.

한편 관념적인 방식으로 공간을 인식하는 대신 생생하고 구체적인 체험 현실 속에서의 공간 경험을 지향하는 태도는 실존적 장소론에 대한 이해를 낳았다. 볼노브는 삶의 현실들을 묶어내는 공간의 문제를 거주의 문제로 바라보았는데 집과 같은 기본적 거주 공간이야말로 인간의 현존을 파악하는 바탕이 된다고 보았다.[49] 그리고 이러한 거주 공간으로서의 집의 문제는 슐츠에 이르면 '장소' 혹은 '중심'이란 말로 굳어진다.[50]

슐츠의 견해에 따르면 인간은 장소의 의미를 개별화하고 추상화해가는 능력, 곧 상징화하는 힘을 빌어 각각의 장소들을 실존적 의미와 연결된 것으로 만들어낸다. 그는 실존 공간의 기초적 조직이 중심 혹은 장소, 방향 혹은 통로, 구역 혹은 영역이라는 세 가지 요소로 이루어진다고 보았다. 방향 혹은 통로란 어떠한 목표에 이르기까지 따르게 되는 지향성의

---

49) 볼노브, 『삶의 철학』, 백승균 역, 경문사, 1979, 235쪽.
50) 슐츠, 『실존, 공간, 건축』, 김광현 역, 산업도서, 1981, 40~85쪽.

과정을 의미하며 앞에 놓인 이르러야 할 도달장소와 뒤에 있는 출발장소 사이에서 생기는 긴장을 내포하기도 한다. 구역 혹은 영역은 인간의 모든 활동을 이끌어낼 수 있는 숨은 힘을 가지는 장소로서 작용하며 환경을 구조화하여 실존 공간을 통합하는 역할을 한다. 개인은 이렇게 구성된 실존적 공간 안에서 삶을 계획하고 활동을 만들어내고 그 활동에 대한 의미를 부여하며 평가한다. 뿐만 아니라 개체의 사적인 실존 공간이 공적인 실존 공간과 일정한 특성들을 공유함으로써 비로소 사회에 참여케 된다. 그리고 이와 같은 시각하에서 장소는 더 이상 인간에게 외부의 대상으로 생경하게 존재하는 객관물이 아니라 인간의 실존을 만들고 지탱하는 성격의 것으로 화한다.

　장소가 인간의 활동을 의미화한다는 맥락에서 보면 문학작품 역시 세계 안에 자신을 구축하고 심고자 하는 글쓴이의 실존 공간이라[51] 말할 수 있을 것이다. 특히 구체적인 장소와 공간들에 대한 인식과 관심 및 그 안에서의 체험이 다양하게 드러난 작품들에서 이는 명백해진다. 작품에 드러난 장소들에 대한 비전은 장소사랑이라 일컬어지는 용어로도 말해질 수 있을 것인데 이를 바슐라르에 기대면 적대적인 힘에서 방어되고 사랑받는 행복한 공간에 대한 인간적 가치를 규명하는 내면 심리 연구이고, 이-푸 투안에 기대자면 그러한 인간적 가치들을 구체적 환경에 부여하는 사람들의 인지도식으로 설명될 수 있다.[52] 이처럼 장소사랑에 기인하여

---

51) 박태일, 『한국 근대시의 공간과 장소』, 소명출판, 1999, 40쪽.
52) 바슐라르, 『공간의 시학』, 곽광수 역, 민음사, 1990, 108쪽.
　　Tuan, Y. F., *Topophilia*, Prentice Hall Inc, 1974, pp.90~100.

잘 설명되는 문학작품들은 장소 체험이 나날의 삶을 조직하는 방식과 그 것이 아우르는 역학관계, 곧 지배와 복종의 권력관계나 우위와 동의의 권위관계를 이끌어내는 삶의 모든 행태를 조망한다는 측면에서 볼 때 하위 정치적 전망의 틀을 나타낸다[53]고도 하겠다.

시적 화자는 인간 실존의 모태인 고향이라는 장소를 기반으로 한 '공동체'에 대한 인식을 가져올 수 있는 가능한 한 모든 재료들을 시 안으로 끌어들이는 데 효과적으로 성공하고 있다. 그 선상에서 시인의 고향 정주의 풍토와 서북지방의 갖은 동물들을 지칭한 고유명사들과 식물군들이 시 전면에 배치된다. 사람살이의 모습들은 장터에서, 주막에서, 지나치는 거리에서마다 세밀한 터치와 함께 더없이 정겹고 그리운 것이라는 정조를 내비치며 그려진다. 유년을 추억하는 형태로 전개되는 대가족공동체의 면면은 친족관계를 명시하는 호칭들과 더불어 그들에게 공동체의 정체감을 부여했던 실존적 장소로서의 집이란 공간 곳곳을 들추며 혹은 그들과 함께 나눈 음식들을 하나하나 자세히도 열거해가는 중에 드러나고 있다. 어린아이에게나 어른에게나 공동체적 삶의 활력소인 동시에 1년 단위인 농경생활의 시계에 분절음(분기점)이 되기도 하는 명절날의 흥성한 모습[54]과 세시풍속을 둘러싼 놀이와 관습 등은 놓치고 싶지 않은 공동체생활의 꽃이기도 하다. 더불어 농경을 주업으로 삼는 공동체 안에서 크고 작은 생사화복을 주관하는 것으로 믿어진 각종 속신에의 제의와

---

53) 박태일, 앞의 책, 41쪽.
54) 내빌날, 백중날의 정경에 대한 묘사 등이 여기에 해당한다.

샤머니즘을 포함한 다양한 무속적 요소들 역시 결코 빠져서는 안 되는 부분이다.

백석의 시적 자아는 장소들에 대한 환유적 전망 안에서 삶의 총체적 현실을 재구하고 형상화하는 데 효과적으로 성공하였다. 탁월한 모더니즘적 기법의 체화 아래 민족의 고유가락이 내재한 구수한 언어의 사용, 흔들리지 않는 민족의 주체성과 정체성 구현의 신념으로 그는 한민족의 일상에서 펼쳐지는 구체적인 현실 이야기들을 정직하고 핍진성 있게 그려내었다.

많은 논자들에 의하여 그의 일련의 시편들에 대하여 '풍물시'니 '민중시'니 하는 이름들이 붙여진 것은 엄밀히 말해 충분히 제대로 표현된 것이 아니다. 정밀하게 표현하여 그의 이러한 시들은 '문화시'라 칭해져야 한다. 문화를 어떤 시대 한 공동체의 '전(全) 생활 양식'이라 정의내릴 때 백석의 시편들에 대한 명명으로 이보다 더 적절한 용어는 없을 것이기 때문이다.

이들 문화시편들은 생활에 맞닿은 구체적 현실을 대상으로 하였음으로 말미암아 생명력과 소탈함이 넘치며 더없이 진실하다. 선이 굵고 거칠 것 없이 웅활한 북방정서가 숨쉬고 있으면서도 연약하고 사라져가는 것들을 애타게 붙잡고 싶은 공감과 연민의 정서로 인하여 작고 소소하고 소외된 것들이 생생하게 살아 있다. 그는 자신의 시에서 단 한 번도 '우리'라는 언급을 하지 않았지만 완벽하게 우리만의 것들을 이야기하였고 그러다 보니 우리 문화를 보여주게 되었으며 그 문화를 재료로 한 민족적 정체성과 주체성을 언급하였다. 그리하여 그의 '우리'에 대한 격조 높은 이야기들은 시간과 공간의 시대적 제약을 뛰어넘어 일제 강점기의 민족 현실을 그

어떤 소설보다도 효과적으로, 그리고 감동적으로 그려내고 있다[55]는 의
미 있는 평가에 값한다.

> 아득한 옛날에 나는 떠났다
> 扶餘를 肅愼을 渤海를 女眞을 遼를 金을
> 興安嶺을 陰山을 아무우르를 숭가리를
> 범과 사슴과 너구리를 배반하고
> 송어와 메기와 개구리를 속이고 나는 떠났다
>
> 나는 그때
> 자작나무와 이깔나무의 슬퍼하든 것을 기억한다
> 갈대와 장풍의 붙드든 말도 잊지 않았다
> 오로촌이 멧돌을 잡어 나를 잔치해 보내든 것도
> 쏠론이 십리길을 따러나와 울든 것도 잊지 않았다
>
> 나는 그때
> 아모 이기지 못할 슬픔도 시름도 없이
> 다만 게을리 먼 앞대로 떠나 나왔다
> 그리하여 따사한 햇귀에서 하이얀 옷을 입고 매끄러운 밥을 먹고 단샘을
> 마시고 낮잠을 잤다
> 밤에는 먼 개소리에 놀라나고
> 아츰에는 지나가는 사람마다에게 절을 하면서도
> 나는 나의 부끄러움을 알지 못했다
>
> 그동안 돌비는 깨어지고 많은 은금보화는 땅에 묻히고 가마귀도 긴 족보를

---

55) 윤여탁 · 이은봉 편, 『시와 리얼리즘 논쟁』, 소명출판, 2001, 372쪽.

이루었는데

　이리하야 또 한 아득한 새 넷날이 비롯하는 때

　이제는 참으로 이기지 못할 슬픔과 시름에 쫓겨

　나는 나의 넷 한울로 땅으로— 나의 胎盤으로 돌아왔으나

　이미 해는 늙고 달은 파리하고 바람은 미치고 보래구름만 혼자 넋 없이 떠
도는데

　아, 나의 조상은 형제는 일가친척은 정다운 이웃은 그리운 것은 사랑하는
것은 우러르는 것은 나의 자랑은 나의 힘은 없다 바람과 물과 세월과 같이 지
나가고 없다

　　　　　　　　　　　　　　　　　　　—「北方에서—鄭玄雄에게」

　이 시는 부제에서도 드러나듯이 백석이 만주 신경에 머물러 있을 때 정
현웅의 연락에 대한 답신의 의미로 씌여진 것이다. 웅활한 북방정서의 흐
름과 특유의 자연스러운 필치가 돋보이는 작품으로 작가의 민족에 대한
동일시와 애정이라는 측면과 인간 이외에 자연을 비롯한 우주만물을 포
용해내는 개성적인 공동체 지향의식이 문면 가득 드러나고 있다. 사사로
움의 토로가 그대로 부족집단의 파토스로 연결되어 있는 위 텍스트의 무
의식[56]은 민족의 확장으로서 공동체의 역사와 시적 화자의 개인사가 분
리되어 존재할 수 없음을 의미하는 것이다. 시적 화자인 '나'는 중의적 성
격을 띤다. 하나는 시인 개인에 대한 일인칭으로서의 화자라면 다른 하나
는 '우리'로 대체될 수 있는 한민족을 대표하는 상징적 의미의 '나'이다.

---

56) 유종호, 『다시 읽는 한국 시인』, 문학동네, 2002, 243쪽.

화자는 호방하고 유장한 가락 속에 가늠하기 어려운 넓이와 깊이의 시공간을 보여주며 겨레의 정체성을 더듬는 작업을 해낸다.

첫 연에서는 '아득한 옛날' 만주를 비롯한 북방지역을 역사의 주요 무대로 삼았던 우리 조상들이 좀 더 따뜻하고 농산물이 풍부한 남방으로 이주해오던 무렵의 배경을 두 문장으로 압축하고 있다. '부여'와 '숙신'과 '발해'와 '여진' 및 '요'와 '금'이 차례로 언급된 것은 만주 땅을 비롯한 북방의 한때를 누리며 흥망을 거듭한 구체적 나라들을 강조하려 한 의도로 보인다. 이어 그 지역의 산맥과 수원인 강이 '흥안령', '음산', '아무우르', '숭가리'라는 고유명사로 뒤따르고 북방에 흔했을 동물들과 어류 및 양서류까지 고루 언급되고 있다. 이는 갈등과 적자생존의 이해관계에서 자유로워도 좋았던 시원의 이상향에 대한 상정이라 하겠으며 시적 자아가 동경한 이상 세계의 모습을 단적으로 보여주는 것이기도 하다. 시적 자아가 바라보고 있는 먼 옛날 이상향으로 존재하던 그곳은 인간들뿐 아니라 나라와 부족들 간에도 다툼이 없으며 인간과 자연과의 관계도 평화롭고 여타의 모든 동물 및 미물들과도 공존공생하는 우주적 공동체이다.

합일하며 상생하던 공동체의 나머지로부터 이탈하여 제 길을 나왔기에 화자는 '배반하고', '속이고' 떠나왔다는 표현을 쓰고 있으며 이 같은 정서는 2연에도 계속된다. 2연에서는 1연 끝행에 제시된 '송어'와 '메기' 및 '개구리' 등의 어류, 양서류에 이어 식물군과 다소 생소한 북방에 거주하던 유목민족의 이름들이 언급되고 있다. '자작나무'와 '익갈나무', 그리고 '갈대'와 '장풍'은 식물군을 대표하는 성격을 가지며 '오로촌'과 '쏠론' 역시 당시 북방지역에 공존하던 이민족 중 선택된 것이다. 떠나가는 제 몸

같은 공동체의 일부에 대하여 그들의 반응은 '슬퍼하든 것'과 '붙드든 말' 이었으며 '멧돌을 잡어 잔치해 보내든 것'이었고 '십리길을 딸어나와 울든 것'이었다. 개인이기도 한 동시에 민족 전체인 '나'는 그렇게 잡으려하며 아쉬워하던 대상들을 그곳 이상향에 놓아두고 떠나온 것이었다.

그리하여 점차 한반도를 터전으로 삼아가는 역사의 과정은 면면히 진행되었다. 3연의 2행부터는 무심한 심경으로 '이기지 못할 슬픔도 시름도 없이', '다만 게을리 먼 앞대로' 떠나온 이후 '나'의 여정이 펼쳐지고 있다. 3연은 민족사의 특징을 더할 나위 없는 표현으로 시화하고 있다. 4행은 북방지역에 비해 온후한 기후로 인해 농경민의 삶에 안착한 모습을 형상화한 것으로 보이며 5, 6행에서는 잦은 외침으로 수난을 겪으면서도 상황마다에 적응하며 살아온 민족사에 대한 애정 섞인 회한을 드러낸다.

다음 4연의 첫 부분은 시의 호흡에 잠시 전환과 휴지를 주면서 이전 부분과 이후의 부분을 가르는 분기점이 된다. 또한 1행은 유구한 역사적 세월을 한 행으로 압축해내면서 막연하게 느껴지는 고대 내지 중세사와 시작(詩作) 당시를 기준으로 한국 근현대사를 연결시키는 배경으로서 기능하고 있다. 인간사의 흐름을 나타내는 소재로 '돌비'와 '은금보화'와 '가마귀'를 등장시킨 것은 인간과 자연과 물질과 동식물까지도 하나의 카테고리로 묶을 수 있는 시인의 원융합일적 세계관과 폭넓은 스케일을 엿보게 하는 요소이기도 하다. 4연의 2행부터는 시의 뉘앙스도 반전의 분위기를 드러낸다. 이전까지 시적 화자의 정서가 북방에서 떠나온 것에 대한 미련과 안일하게 지내온 것에 대한 '부끄러움'의 회감 정도였다면 이제부터는 여지없이 나라를 빼앗겨버린 비운의 처지를 직시하여야 하겠기 때문이다.

4연 2행에 명시된 '또 한 아득한 새 넷날'이란 당시 일제가 대동아공영권을 표방하던 시점이 아닌가 여겨지며 시어 '아득한'은 '답답하고 아찔한' 정도의 의미로 읽혀진다. 옛 선조들이 호령하던 시대의 만주 땅이 아닌 일제의 거점이 된 현실의 만주 땅에 돌아온 시적 화자의 심정은 차마 억누를 길 없는 절망일 것이다. 3연에서 '익이지 못할 슬픔도 시름도 없이 다만 게을리' 북쪽 땅을 떠나온 것과는 반대로 '이제는 참으로 익이지 못할 슬픔과 시름에 쫓겨' 돌아온 '나'는 4연과 5연에서 말을 제대로 잇지 못하고 있다. '나의 胎盤으로 돌아왔으나'와 '보래구름만 혼자 넋없이 떠도는데'로 문장을 완결시키지 않은 채 각 연을 마치고 있음은 회복에의 열망을 가져서는 안 될 정도로 황폐하고 불가능해 보이는 현실의 상황에 대한 말로는 다할 수 없는 고뇌를 말하는 것이다. 다른 연에 비해 매우 짧게 1행으로 한 연을 이룬 5연에서 이와 같은 심경을 형상화하는 감정이입의 도구로서 '해'와 '달'과 '바람'과 '보래구름' 등 전 우주적 대상들이 전경화되는 점도 주의를 요한다.

먼 옛날 북방을 호령하고 우주적 공동체를 이루어 공존공생하던 그 세계는 더 이상 존재하지 않는다. 모든 것을 잃어버린 시점이지만 잃어버린 것들에 대한 애정과 미련을 버릴 수도 없는 상태에서 '나'는 애통함을 지나 처연한 쓸쓸함으로 탄식에 가까운 체념을 보이고 있다.

마지막 연에서 시적 자아는 '아, 나의 조상은 형제는 일가친척은 정다운 이웃은 그리운 것은 사랑하는 것은 우러르는 것은 나의 자랑은 나의 힘은 없다 바람과 물과 세월과 같이 지나가고 없다'고 말한다. 평화로운 우주적 공동체로 표상되는 그곳의 상실로 주저앉은 사나이의 막연한 모습에서 역설적으로 잃어버린 것을 간절히 희구하는 고독한 시대의 열망을 읽는다.

마을에서는 세불 김을 다 매고 들에서
개장취념을 서너번 하고 나면
백중 좋은 날이 슬그머니 오는데
백중날에는 새악씨들이
생모시치마 천진퓌치마의 물팩치기 껑추렁한 치마에
쇠주푀적삼 항나적삼의 자지고름이 기드렁한 적삼에
한끝게 상 나들이 옷을 있는 대로 다 내 입고
머리는 다리를 서너켜레씩 들여서
시뻘건 꼬둘채 댕기를 삐뚜룩하니 해 꽂고
네날백이 따백이 신을 맨발에 바꿔 신고
고개를 몇이라도 넘어서 약물터로 가는데
무썩무썩 더운 날에도 벌 길에는
건들건들 씨연한 바람이 불어오고
허리에 찬 남갑사 주머니에는 오랫만에 돈푼이 들어 즈벅이고
광지보에서 나온 은장두에 바눌집에 원앙에 바둑에
번들번들 하는 노리개는 스르럭 스르럭 소리가 나고
고개를 몇이라도 넘어서 약물터로 오면
약물터엔 사람들이 백재일치듯 하였는데
봉갓집에서 온 사람들도 만나 반가워하고
깨죽이며 문주며 섭가락앞에 송구떡을 사서 권하거니 먹거니하고
그러다는 백중 물을 내는 소내기를 함뿍 맞고
호주를하니 젖여서 달아나는데
이번에는 꿈에도 못잊는 봉갓집에 가는 것이다

봉가집을 가면서도 七月 그믐 초가을을 할 때까지
평안하니 집사리를 할 것을 생각하고
애끼는 옷을 다 적시어도 비는 씨원만 하다고 생각한다

—「七月백중」 전문

백석 시의 화자가 지속적으로 보여주는 민족의 삶과 전통적인 것에 대한 애정과 집착은 점차로 단순히 민족의 등가선상에 있는 고향 혹은 공동체에의 지향을 뛰어넘는다. 그리하여 위 시는 한(韓)민족 내부에 응축된 다양한 면모와 의식주를 비롯한 생활 전반의 켜켜묵은 문화 양상까지 반영해내는 경지를 보여주고 있다.

먼저 26개의 행이 단 두 문장 안에 담긴 위 시는 내용적인 면과는 별개로 형식 측면에서도 전통 양식과의 친연성을 고스란히 드러내는 모습이다. 율격은 대체로 4음보에 맞추어 전개되고 있으며 '-고', '-면', '-는데' 등 연결 어미들의 적절한 사용에 힘입어 열거와 나열의 방식 속에서 사설시조나 판소리에서 느낌직한 '엮음'의 가락[57]이 살아난다. 전체적으로 몇 개의 비슷한 통사구조를 보이는 이 시는 전환의 의미를 내포하기도 한 '-는데'의 어형을 기준으로 의미상의 분절 역시 가정해 볼 수 있다.

첫 부분은 1행에서 '오는데'로 끝나는 3행까지로 이루어진다. 이 대목은 시의 주제인 '백중'의 성격에 대한 표현으로서 농사일 중 가장 힘든 김매기 시기가 마무리되고 진(盡)한 기운을 보하는 '개장취념을 서너번 하고 나면' 음력 7월 보름인 백중날이 '슬그머니' 온다. 고된 노동 끝의 달디단

---

57) 고형진은 이에 관한 자세한 고찰을 보인 바 있다. (고형진, 「백석 시와 판소리의 미학」, 『현대문학이론연구』 21, 현대문학이론학회, 2004. 4.)

휴식은 휴식을 목표로 기다려서 오는 것이라기보다 일념으로 일에 매진한 결과 부록처럼 따라오는 무엇이기에 '슬그머니' 올 수밖에 없으며 노동의 무거움에 반비례하는 크기만큼 너무나 '좋은' 것이다.

4행에서부터 '가는데'로 마쳐지는 11행까지는 그 '백중 좋은 날'이 와서 마치 여름 휴가를 가는 처녀들처럼 들떠 흥분한 '새악씨들'의 모습이 그려지고 있다. 일 년 농사 중 가장 바쁜 대목에 자신들에게 맡겨진 책임을 기꺼이 완수한 이들의 뿌듯한 마음은 평상시라면 구경조차 하기 힘든 화려한 의상과 치장의 모습으로 나타난다. 여기서부터 위 시의 문화시적인 특성이 읽혀지는데 이 부분에서는 '의복, 머리장식, 신발'의 순서로 처자들의 예사롭지 않은 외양이 재치 있게 묘사된다. '생모시치마 천진퉤치마의 물팩치기 껑추렁한 치마에', '쇠주퉤적삼 항나적삼의 자지고름이 기드렁한 적삼에', '머리는 다리를 서너켜레씩 들여서', '시뻘건 꼬둘채 댕기를 삐뚜룩하니 해' 꽂은 모습이 멋있다. 이어 '네날백이 따백이 신을 맨발에 바꿔 신고' 발걸음도 경쾌하게 새악씨들이 향하는 곳은 다름아닌 '약물터'인데 이 약물터가 백중과 같은 의미 있는 날 공동체를 이루는 사람들이 다같이 모여 기쁨과 정담을 나누는 축제의 장으로 기능함을 알 수 있다.

다음 12행에서 역시 연결형 어미 '하였는데'로 끝나는 18행까지에서는 새악씨들이 약물터로 이동해가는 동안의 신나는 정경을 담아내고 있다. 이날 비록 날은 덥지만 '벌 길에는' '씨연한 바람'이 불어 더위조차 이들의 흥을 깨지 못하며 '허리에 찬 남갑사 주머니'엔 '오랫만에 돈푼이 들어' 흐믓하고 평소 아껴둔 물건인 '은장두'에 '바눌집', '원앙', '바둑'에 '번들번들 하는 노리개'까지 착용하니 남부러울 것 없는 모양새가 나 즐겁다. 약물터까지는 고개를 넘고 또 넘어야 하지만 그저 설레는 마음에 노리개가 '스르럭 스르럭' 소리를 내도록 가뿐한 걸음으로 도달하고 보면 벌써 그곳에는 '사람들이 백재일치듯' 많이 모여 있었다.

19행에서부터 22행까지는 여기저기서 치장하고 약물터로 모여든 사람들이 서로 반가워하는 모습을 묘사한다. 이들은 '깨죽이며 문주[58]며' 혹은 '송구떡'을 함께 나누어먹기도 하고 '백중 물을 내는 소내기'를 맞기도 하면서 정을 나눈다. 그리고 첫 번째 문장이 드디어 마무리되는 23행은 좋은 날을 맞아 '꿈에도 못잊는 봉갓집'에 친구를 만나러 가는 기쁨을 강조하고 있다.

23행까지로 이뤄진 첫 문장이 칠월(七月) 백중을 맞은 농민들의 기쁨과 약물터의 정황을 표현했다면 다른 한 문장으로 구성된 24행부터 26행까지에서는 그 이전까지 전혀 드러나지 않았던 화자의 심경이 그려진다. '-하다고 생각한다'라는 생각 자체를 대상화하는 서술어의 사용[59]으로 화자와 독자 사이의 거리를 넓히고 주관적 감회에 객관성을 덧입히고 있는 이 대목은 화자의 생각을 빌어 농촌공동체 구성원들의 마음을 엿보게 하고 있다. 이들의 만족스런 마음은 '七月 그믐 초가을을 할 때까지 평안하니 집사리를 할 것'을 생각하는 데서 오는 것이며 그 만족감에 '애끼는 옷을 다 적시어도 비는 씨원만' 할 뿐이다.

위 시의 화자는 특유의 호흡과 가락 안에 잔칫날의 들뜬 농촌공동체의

---

58) '문주'는 부침개를 의미한다.

59) 이와 관련한 한 선행 연구는 '생각하다'라는 인지동사의 사용으로 화자와 화자의 관념 사이에도 거리를 확보하는 백석 시의 인용적 어법에 대하여 논의하였다. (박현진, 「백석 시의 인용적 어법과 시의식」, 고려대 석사논문, 2006.)

모습을 '껑추렁한', '기드렁한', '삐뚜룩하니', '무썩무썩', '건들건들', '스르럭 스르럭', '함뿍' 등 생생한 의성, 의태어 표현에 힘입어 형상화해냈다. 외양을 묘사하는 옷과 머리 장신구, 소지품 및 신발 등을 지칭하는 고유명사와 축제의 공간에서 나누는 음식명들이 '七月백중'의 의미를 효과적으로 부각시키는 자연스런 도구가 되고 있음은 충분히 주목을 요한다.

사건이나 정황의 설명보다도 음식과 의복에 대한 집요한 묘사를 강조하여 축제를 표상하려 한 것은 시 안에 전통적인 문화 양상 전반을 담아내고 언어적으로 보존하고자 한 시적 의도의 소산으로 보아야 할 것이다. 이것이 위 시의 가치가 민족과 공동체에 대한 단순한 애정의 소산으로 끝나지 않고, 민족의 삶의 바탕인 장소에 대한 애착 위에 민족 문화유산의 보존 및 그를 통한 민족적 주체성 및 정체성을 구현하고자 한 한 차원 높은 문화시로서의 위상에 올려지게 하는 이유이다.

> 1) 아 진달래 개나리 한창퓌엿구나
>   가까이 잔치가잇서서
>   곱디고흔 건반밥을 말리우는마을은
>   얼마나 즐거운 마을인가
>
>   어쩐지 당홍치마 노란저고리입은 새악시들이
>   웃고살을것만가튼 마을이다
> ──「固城街道─南行詩抄 3」 부분
>
> 2) 화라지송침이 단채로들어간다는 아궁지
>   이 험상구즌아궁지도 조앙님은 무서운가보다

농마루며 바람벽은 모두들 그느슥히
힌밥과 두부와 튀각과 자반을 생각나하고

하폄도 남즉하니 불기와 유종들이
묵묵히 팔장끼고 쭈구리고앉었다

—「古寺—咸州詩抄 3」 부분

3) 여우가 우는밤이면
　잠없는 노친네들은일어나 팟을깔이며 방요를 한다
　여우가 주둥이를향하고 우는집에서는 다음날 으레히 흉사가있다는 것은
　얼마나 무서운말인가

—「오금덩이라는곧」 부분

위에 인용한 시편들에서도 앞서 언급한 것과 마찬가지로 민중의 삶 안
에 어우러진 의식주와 신앙의 모습을 포함한 전반적인 문화 양상을 잘 엿
볼 수 있다. 첫 번째 시편은 경남 고성을 여행하는 중 그곳 마을에서 느낀
소회를 드러내고 있는데, 뭔가 좋은 일로 잔치 음식을 준비하는 마을 사
람들의 들뜬 모습이 담긴 작품이다. '진달래', '개나리'는 색색의 건반밥을
형용한 은유적 표현인 것으로 이해되며 이어 새악시들의 '당홍치마', '노
란저고리'의 색상으로도 고스란히 옮겨지고 있다.

2)와 3)은 종교와 속신에 관한 모티프를 잘 보여주는 시편들이다. 2)는
제목에서도 알 수 있듯이 마을 주변에서 어렵지 않게 찾을 수 있는 오래
된 절을 배경으로 민간 신앙의 대상인 부뚜막신(조왕신)에의 숭배를 보
여준다. 조왕신은 한 집안의 부엌을 관장하는 대표적인 가신으로 여겨
졌으며 꺼뜨려서는 안 될 부엌의 불씨를 관장하는 신성한 대상이기도

했다. 문화의 원초적 부분이라 할 수 있는 민간신앙에서부터 출발한 이 조왕신 숭배는 이후 불교 안에 수용되어 사찰에 조왕단이 별도로 설치 되는가 하면 민간에서 조왕신은 사람이 지은 업의 선악을 가려 화복에 영향을 준다고 믿어지기도 했다. 3)은 '~라는 곧(곳)'이라는 제목에서부 터 이미 그 공간의 샤머니즘적 특성이 강조되고 있는데 토속적 습속이 강한 시골 마을 사람들의 미신적 신앙이 내용 안에 깔려 있다. '여우가 우는 밤', '팥'을 깔고 방뇨하는 것이란 민중들 사이에서 크고 작은 재앙 을 가져다주는 귀신들을 물리치고자 행해졌던 미신적 관습의 일종이다. 이는 또한 동일한 공동체적 장소에 살면서 그 장소가 주는 아우라와 더 불어 동일한 정체성을 향유하는 이들의 문제 상황에 대한 집단 의지의 표현이라 여겨도 좋을 것이다. 인간의 힘을 벗어나는 어려움에 봉착하 여 현실을 넘어선 세계와 정해진 의식을 통해 회유하고 타협하는 양상 으로 문제를 해결하고자 하는 민중들의 노력과 지혜가 담긴 대목이기도 하다.

지금까지 작가가 보여주는 세계 인식이 장소성, 그중에서도 안락하고 따스한 원초적 공동체의 기반으로서의 고향과 그 장소의 정체성에 밀접 히 닿아있음을 보았다. 이와 같은 장소에 대한 사랑은 장소가 가지는 정 체성과 그곳에 거하는 이들의 정체성을 하나로 보는 데서 기인하며 장소 와 그 안에 거주하는 인간을 한데 묶어 긍정적인 의미를 부여함을 알 수 있었다. 이와 같은 장소에서 인간은 진정한 장소감을 누리게 되는데 진정 한 장소감이란 무엇보다도 어떤 공간의 밖이 아닌 내부에 존재한다는 느 낌이며, 개인으로서 그리고 공동체의 일원으로서 남이 아닌 나의 장소에 속해 있다는 의식[60]이다. 나의 장소로서의 기본 단위는 일차적으로 양육자와 보살핌이 존재했던 집과 그 집의 삶으로부터 배웠던 문화의 뿌리인 고향(혹은 지역)공동체가 될 것이다. 그러나 국가가 영토라는 장소성을 기본 조건으로 한다는 점에 입각하여 시각을 확대시킨다면 국가 역시 집과 고향이 확장을 이룬 방식의 장소로 생각할 수 있다.

이러한 시각은 시작 당시의 농촌공동체를 대상으로 풍속과 문화를 수평적으로 시화한 일련의 시편들 이외에 그와 변별적으로 집과 고향의 편안한 장소감을 통해 장소를 공유하는 이들의 정체감을 확인하고 장소가 주는 정체감을 역사와 결부시켜 수직적으로 국가(의 영토) 차원에까지 확대시킨 계열의 시편들을 통하여 잘 드러난다. 또한 후자의 시들은 문화나 풍속을 주제로 한 문학 혹은 문학 연구가 암암리에 가지고 있는 것으로 생각되는 장소의 정치성을 내포한 것으로 보이며 이는 식민 대 피식민의 시대 상황 속에서 더욱 유효해지는 것으로 판단된다. 장소사랑을 토대로 펼쳐진 공동체와 그 문화에 대한 애착과 가치평가는 기본적으로 그 공동체와 장소에 대한 확고한 정체감과 더불어 변함없는 영속에 대한 믿음과 소망으로부터 출현한다고 할 것이다.

2) 사회주의 현실에서의 장소 재구성

일부의 연구자들은 시인 백석이 현실의 구체적인 소재와 모티브들을

---

60) 에드워드 렐프, 앞의 책, 92쪽.

대상으로 보이는 것들을 핍진하게 그려내었다는 이유만으로 섣불리 그가 리얼리즘적 가치관을 지녔던 것처럼 평하곤 한다. 백석 시인이 현실을 객관적인 눈으로 관찰하고 그중 본인이 취사선택한 요소들을 최대한 진실하게 드러내려 한 것만은 사실이나 그렇다 하여 단지 그것만으로 백석의 시세계가 리얼리즘적이라 단정한다거나 그를 리얼리스트라 칭하는 것은 현명한 일이 아닐 것이다.

　백석의 시는 근본적으로 말하고 싶은 것들이 명확히 존재하며 그 안에 독자적인 관념과 정신이 숨어있기도 하다. 한편 시세계가 남다른 이야기성을 포함하고 있음에도 불구하고 갈등이나 투쟁의 요소는 배제된 채 한결같이 대상에의 동일시를 보여주는 측면에서 세계를 바라보는 방식에 있어 독특한 이상주의적 가치관이 스며있음을 발견한다. 앞서 살펴본 대로 민족공동체와 휴머니즘을 지향한 그가 이상주의자의 면모를 가졌으리라 추측하는 것이 그리 억지만은 아닐 것이다. 현실주의와 이상주의의 대각적 구분이란 기실 낡은 이분법에 입각한 것이라 구태의연하긴 하지만 백석 시세계를 논구함에 있어 한 번 이상은 검토되어야 할 주제이기도 하다. 만약 시인 백석이 이상주의자의 면모를 지녔다면 그와 같은 증거와 흔적들이 시작업 안에서 구체적으로 찾아질 것이기 때문이다.

　백석의 이상주의자로서의 면모는 해방의 감격과 더불어 서울에서 활동할 수 있었음에도 불구하고 굳이 재북하여 남은 인생을 구상했던 행보에서 단편적 근거를 발견할 수 있지 않을까 싶다. 그는 당시 유행했던 모더니즘의 세례를 받은 시인이었던 한편 인간 본성에 대해서는 매우 이상적 태도를 가졌던 것으로 사료된다. 일단 많은 시편들을 통하여 평자들에 의해 붙여진 이름대로 '이야기시'인 그의 이야기들 안에 위에서 언급한 것처럼 갈등이나 투쟁과 연관지을 수 있는 요소들이 거의 없는 것이 일차적인 근거이다. 또한 재북하여 활동하며 체제 옹호의 이념시편들을 창작한 면모와 아동문학에 예술가로서의 투혼을 쏟은 면모 역시 그러한 특성과 별개로 말해질 수 없는 사실들이다.

백석은 북한 공산주의의 초엽, 원하여 재북했고 북에서 여러가지 활동을 하며 또한 생을 마감했던 공산주의자다. 아마도 이상주의에 가깝고 관념적인 공산주의 이데올로기가 그의 예술가적 정신, 휴머니즘을 원하는 소박성, 공동체에의 사랑 등을 두루 만족시켰을 수 있겠다. 민족시편(문화시편)들에 점점이 잘 드러나 있듯이 오백 년 조선사를 뒤돌아볼 때 민족성의 기본적인 뿌리 또한 자본주의보다는 공산주의에 더 가까웠던 것[61]으로 여겨진다. 먼저는 사농공상(士農工商)이라는 데서도 일별되듯 물질과 돈에 대하여 초연함을 미덕으로 삼은 정신이 그러하고 '장남-장손'으로 이어지는 가장의 절대적 헤게모니 아래 모든 대가족의 구성원들이 하나 된 삶을 지향하여 운명공동체로 존재했던 것이 더욱 그런 추정의 이유를 제공한다. 이에 더하여 '군사부일체'와 충효 이데올로기의 강조는 개인적 욕망의 분출을 최대한 지양시킨 토양이 되기도 했을 것이었다.

위와 같은 맥락하에서 창작된 백석의 재북시편들은 체제에 대한 옹호와 찬양이 분명한 주제로 드러난 작품들인데도 불구하고 더할 나위 없이

---

61) 이동하, 『한국문학 속의 사회주의와 자본주의』, 새미, 2006, 134쪽.

유려하며 자연스럽다. 생경함이나 인위적인 요소에도 불구하고 서정성이 최대한 실현된 이념시가 있다면 바로 시인 백석의 친체제시편들일 것이다. 예의 이야기시이며 생생하고 명료한 이미지의 요소가 드러나 있으면서도 역시나 갈등과 투쟁의 모티브는 거의 배제되어 있다. 주변의 이웃 이야기들을 여전히 정감 있는 어조로 따스함을 담아 표현하고 있는 것이다. 당의 지도에 대한 찬탄이 들어가 있지만 시창작의 기본적인 성격에서는 해방 이전 시편들과의 큰 차이를 발견하기 어렵다. 물론 체제 옹호에 주제를 맞춘 것이나 주제의 한계로 말미암아 '이념'적 옹호가 강조된다든지 세부적인 디테일, 즉 수사나 어휘의 사용에 약간의 변화가 나타나는 것은 공산주의 사회하의 시생산 작업이 전제하는 어쩔 수 없는 요인 때문이다. 관념적 이상주의에서 시작한 공산주의는 그 실행 양상에 있어 대중성을 획득하기 쉽지 않았지만 백석과 같이 휴머니스트이면서 공동체적 이상을 지향한 지성인 예술가에게는 오히려 흥미진진한 매력으로 작용했을 수도 있다. 기본적으로는 이 점이 그의 사회주의 예술의 토대를 제공했을 것으로 본다. 물론 비예술적 측면을 강요하는 체제적 압력 속에서 끝내 시인이 절필하게 되고야 마는 점은 그지없이 유감스런 대목이다.

아이들 명절날처럼 좋아한다.
뜨락이 들썩 술래잡기, 숨바꼭질.
퇴 위에 재깔대는 소리, 깨득거리는 소리.

어른들 잔칫날처럼 흥성거린다.

정주문, 큰방문 연송 여닫으며 들고 나고
정주에, 큰방에 웃음이 터진다.

먹고 사는 시름 없이 행복하며
그 마음들 이대도록 평안하구나.
새로운 둥지의 사랑에 취하였으매
그 마음들 이대도록 즐거웁구나.

아이들 바구니, 바구니 캐는 달래
다 같이 한부엌으로 들여오고,
아낙네들 아끼여 갓 헐은 김치
아쉬움 모르고 한식상에 올려놓는다.

왕가마들에 밥을 짓고 국은 끓어
하루 일 끝난 사람들을 기다리는데
그 냄새 참으로 구수하고 은근하고 한없이 깊구나
성실한 근로의 자랑 속에……

밭 갈던 아바이, 감자 심던 어버이
최뚝에 송아지와 놀던 어린것들,
그리고 탁아소에서 돌아온 갓난것들도
둘레둘레 둘려놓인 공동 식탁 위에,
한없이 아름다운 공산주의의 노을이 비낀다.

　　　　　　　　　　　　　　　　—「동식당」 전문

　　재북하여 주로 외국문학의 번역과 아동문학의 창작에 주력하던 시인은
1958년 삼수군 관평리에 있는 국영협동조합에 소속되는 신변상의 변화와

더불어 시창작이 살아나는 모습을 보여준다. 물론 이 무렵 이루어지는 시창작은 공산주의 사회하에서 당국의 노선에 발을 맞춰 이루어질 수밖에 없는 친체제적 성격의 것이다. 1958년은 북한 정치사에서 볼 때 생산관계의 사회주의적 개조 완성 시기, 즉 사회주의 건설에로 진입하던 시기였고 이후로 문학예술인들에 대한 노동당의 정치사상적 통제가 본격화[62]되었다. 백석 시의 선뜩한 서정미가 이 시기에 와서 상당 부분 상쇄된 것은 사실이나 계몽과 선동적 성격을 전제로 하는 친체제시의 특성을 고려한다면 여전히 상당한 시적 성취를 이룬 것으로 볼 수 있다.

인용한 시 「동식당」은 국영협동조합으로 옮긴 뒤 그곳에서 접한 공동식당의 분위기를 묘사하는 것으로 시작된다. 첫 두 연은 잔치 혹은 명절날이나 되어야 연출될 법한 격의 없고 떠들썩한 나눔의 자리에 대한 기쁨이 가득하다. 자연스러운 산문체나 밀도 있는 묘사의 솜씨는 어느 모로 보나 백석의 것이고 해방 전 식민 치하에서 보여주었던 「여우난곬족」류의 공동체 지향이 그대로 드러나 있다.

다만 다른 점이 있다면 일제하에서는 당시 시대사회적인 특수성으로 말미암아 역사의 시공간적 배경을 보존하고자 하는 도구로서 눈에 띄게 활용되던 서북지방의 동식물군 고유명사의 쓰임이 배제되었다는 것이다. 이전의 백석 시세계를 대표하던 특징 중 하나였던 평북 방언의 노골적 사용이 이 시기에 이르러 완화된 점 또한 주목할 만하다. 이는 역설적으로 식민 치하에서 발표되었던 시편들의 방언 편향이나 생활 문화적 소재의

---

62) 목원대 국어교육과 편, 『북한문학의 이해』, 국학자료원, 2002, 214~216쪽.

범람 및 향토성과 관계되는 동식물군의 고유명사 표현들이 시인의 사회 정치적인 의도적 대응이었음을 반증하는 것으로 여겨진다. 한편 초기의 공동체를 그리던 시편들이 유년화자를 빌어 과거시제로 표현되었던 것이 이제는 비로소 성인화자의 현재시제로 드러나는 점 역시 주목을 요한다. 이는 시인이 새로운 시대 안에서 이상적 공동체에 대한 새로운 전망을 획득[63]했다는 사실과도 결부시킬 수 있는 대목이다.

아마도 시인은 중앙집권적 관료구도의 평양권에서 벗어나 산간 벽지의 협동농장생활에 입문했을 때 비로소 마음 속에 간직하고 있던 이상적 공동체에 대한 향수가 되살아남을 느끼고 다시 시작에 매진할 동기를 얻지 않았나 여겨진다. 물론 깊숙한 곳에 숨겨진 이상향에 대한 동경이 비로소 과거의 기억 속이 아닌 현실에서 실현되려하는 흥분의 시점이기도 했을 것이다.

위 시의 첫 두 연은 백석의 초기 작품의 색채와 크게 다르지 않으나 3연 이후로는 분위기가 달라진다. 3연과 4연에서는 함께 노동하고 함께 먹으며 서로의 것을 내 것 네 것 없이 나누는 협동조합의 공동생활에 대한 옹호와 찬탄의 표지가 드러나고 이러한 분위기는 이내 고조되고 만다. 5연과 6연에서 '왕가마들에 밥을 짓고 국은 끓어', '둘레둘레 둘려놓인 공동식탁 위에'로 훈훈한 음식이 함께 하는 정겨운 공동체의 모습을 보여주려 하지만, 궁극적인 의미의 구심은 아쉽게도 '성실한 근로의 자랑'과 '한없이 아름다운 공산주의의 노을'에 귀결되고 마는 것이다.

---

63) 김재용 편, 『백석전집』(증보판), 실천문학사, 2003, 539~545쪽.

이 먼 타관에 온 낯설은 손을
이른 새벽부터 집으로 청하는 이웃 있도다.

어린것의 첫 생일이니
어린것 위해 축복 베풀려는 이웃 있도다.

이깔나무 대들보 굵기도 한 집엔
정주에, 큰방에, 아이 어른– 이웃들이 그득히들 모였는데.
주인은 감자 국수 눌러, 토장국에 말고
콩나물 갓김치를 얹어 대접을 한다.

내 들으니 이 집 주인은 고아로 자라난 사람.
이 집 안주인 또한 고아로 자라난 사람.
오직 당과 조국의 품안에서
당과 조국을 어버이로 하고 자라난 사람들.

그들의 목숨도 사랑도 그리고 생활도
당과 조국에서 받은 것이어라.
그리고 그들의 귀한 한 점 혈육도
당과 조국에서 받은 것이어라.

이 아침, 감자 국수를 누르고, 콩나물 데워
이웃 사람들을 대접하는 이 집 주인들의 마음에
이 아침 콩나물을 놓은 감자 국수를 마주하여
이 집 주인들의 대접을 받는 이웃 사람들의 마음에
가득히 차오르는 것은 어린아이에 대한 간절한 축복
그리고 당과 조국의 은혜에 대한 한량없는 감사.

나도 이 아침 축복 받는 어린것을 바라보며,

당과 조국의 은혜 속에 태어난 이 어린 생명이

당과 조국의 은혜 속에 길고 탈 없는 한평생을 누리기와,

그 한평생이 당과 조국을 기쁘게 하는 한평생이 되기를 비노라.

― 「축복」 전문

위 시는 「동식당」과 마찬가지로 협동조합으로 이동한 초기 무렵에 쓰여진 것이고 총 7연의 구조로 이루어져 있다. 역시 공동생활이 가져다주는 가난하지만 인정이 깃든 공동체적 장소 안에서 시인 특유의 이상향과 휴머니즘에 대한 지향을 읽어내려는 의도가 엿보인다. 그러나 앞의 첫 두 연이 시가 쓰여지게 된 전후 사정을 말하고 있고 4, 5연이 시인을 초대한 이웃 부부에 대한 체제와 연관지은 소개이고 보면 공동체적 삶의 정취가 제대로 살아나고 있는 곳은 3연과 6연 정도이다.

3연의 '감자 국수', '토장국', '콩나물', '갓김치' 등의 음식물 관련 소재는 오감의 언어를 사용하는 백석 시의 특징을 잘 보여주면서 토속적 향취를 전달하는 역할까지 겸한다. 6연에서는 3연에 나온 음식물의 명칭 '감자 국수'와 '콩나물'이 다시 한 번 언급되면서 소탈한 음식들을 앞에 놓고 기쁨을 나누는 이웃들의 표정이 선연히 그려지고 있다.

내외가 모두 고아 출신이라 더욱 당에 충성스런 동지일 것이 분명한 자상한 이웃의 아이 돌잔치는 간소하지만 풍요롭다. 또한 그 음식만큼이나 모인 이들의 마음 역시 소박하지만 넉넉하다. '이 아침', '이 집 주인들의 마음에' 그리고 '대접을 받는 이웃 사람들의 마음에', '가득히 차오르는 것은' 오직 첫 생일을 맞은 '어린아이에 대한 간절한 축복'이다.

그러나 시의 마지막 연이 말하듯 이와 같은 귀한 생명에 대한 간절한 축복 역시 체제의 요구와 적절히 부합하는 것이어야 한다. 축복의 주요 내용인 즉 '당과 조국을 기쁘게 하는 한평생이 되기'를 빌어주는 것이다. 재북시편 중 비교적 그 선전성과 친체제적 성격이 약하게 드러남에도 불구하고 시 전체를 통하여 '당과 조국'이라는 동일어휘가 8회나 반복되어 쓰인 점도 인상적이다.

비록 사상성에 가려진 서정성이란 한계를 안고 있긴 하지만 시인의 재북시편들은 긍정적 정체감을 부여하는 장소로서 시골의 협동농장생활 중에 탄생되었다. 협동농장이라는 실존적 장소 안에서 창작 초기부터 보여지던 이상적 공동체에 대한 소회를 찾고자 하는 시인의 흔적이 뚜렷하게 발견되고 있다.

> 1) "삼수갑산 내 고향 같은 곳
>   어디를 가나 다시 없습데.
>   홍원 전진 동태 생선 좋기는 해도
>   삼수갑산 갓나물만 난 못합데."
>
>   그런데 이 처녀 아나 모르나.
>   한달 열흘 고향을 난 동안에
>   조합에선 세톤짜리 화물자동차도 받아
>   내일 모레 쌀과 생선 실러 가는 줄,
>   내일 모레 이 고장 갓나물 실어 보내는 줄.
>
>   삼수갑산 심심 산골에도
>   쌀이며 생선 왕왕 실어 보내는

크나큰 그 배려 모를 처녀 아니나,

그래도 제 고장 갓나물에서

더 좋은 것 없다는 이 처녀의 마음.

삼수갑산 갓나물같이 향기롭구나ー

ー「갓나물」 부분

2) 햇볕 따사롭고 바람 고로옵고

　　이 골짝, 저 골짝 진달래 산살구꽃은 곱고

　　이 숲속 저 숲속 뻐꾸기 멧비둘기 새소리 구성지고

　　동쪽 집 처자는 높은 산을 몇이라도 넘어

　　먼먼 보천 땅으로 간다는데

　　보천 땅은 뒷재 위에서도 백두산이 보인다는 곳.

　　사람들 동쪽 집 처자를 바래 보낸다

　　먼 밭, 가까운 밭에, 웅기중기 일어서

　　호미 들어, 가래 들어 그의 앞날을 축복한다.

　　말하자면 이 어린 처자는 그들의 전우

　　전우의 앞날이 빛나기를 빈다.

　　하루에 감자밭 천평을 매 제끼는 솜씨ー

　　이 솜씨 칭찬하는 마음도 이 축복에 따르고

　　추운 날 산 위에 우둥불 잘도 놓던 마음씨ー

　　이 마음씨 감사하는 마음도 이 축복에 따르누나.

ー「전별」 부분

1)의 시는 타지역의 조합에서 얼마간 일하고 돌아온 뒤 더욱 고향에의 감사와 애정이 깊어진 한 처녀에 대한 내용이다. 화자는 처녀의 '제 고장 갓나물에서/더 좋은 것 없다'고 하는 넉넉한 향토애와 그 향토에서 생산된 식물에의 애착을 강조하고 있으며 또한 그 마음을 '삼수갑산 갓나물'에

빗대어 향기롭다고 찬탄해 마지 않는다. 감탄형으로 끝난 말미의 '향기롭구나'에서는 화자 자신도 역시나 지역의 고유한 특성과 또 그 특성으로부터 나온 특유의 산물에 대하여 남다른 애착을 갖고 있음이 드러난다. 또한 이 애착은 공동체의 토대를 이루는 동시에 긍정적 장소감을 주는 곳에 대한 사랑이기도 하다.

2)의 시편은 협동조합에 소속하여 공동체를 이룬 이들이 그 일원인 한 처녀를 다른 지역으로 시집보내면서 느끼는 소회에 대하여 잘 피력하고 있다. 이 시에서는 하나의 협동조합의 단위가 '진지'로, 그 구성원들을 '전우'로 표현하여 삶의 전투성과 노동 현장의 치열함까지 보여주려 하였다. 생과 사를 함께 하는 전우를 다른 곳으로 보내야만 하는 심정은 더할 나위 없이 안타까운 것이겠으나 공동체를 이룬 이들은 한마음으로 합심하여 처녀의 행복을 빈다. 공동생활에서 보여주었던 '하루에 감자밭 천평을 매 제끼는' 성실한 솜씨나 '추운 날 산 위에 우등불 잘도 놓던' 착하고 배려할 줄 아는 마음씨는 처자의 앞길이 빛나길 비는 축복의 재료가 된다.

지금까지 동고동락해온 터전을 떠나 다른 공동체에 속하게 될 어린 처자는 이제 또 다른 장소에서 자신의 새로운 삶을 일구어 나갈 것이다. 또한 전별의 아픔에 한동안 상심하긴 하겠으나 전우들과 나누었던 동지애는 언제까지나 변함없이 삶의 따뜻한 자양분으로 가슴 한켠에 남아있을 것이다.

이상과 같이 살펴본 친체제시편들을 보면 전체적으로 이념성에 가려진 서정이라는 한계가 나타나기는 하지만, 적어도 화자는 다음 절에서 언급될 내면에 치중한 일련의 주관시편들에서 후퇴한 것처럼 보였던 장소에의 사랑을 충분히 회복하고 있는 것 같다. 이와 같은 관점에서 볼 때 이 절에서 다룬 시들은 평북지방의 정취를 가득 담은 배경들 아래 풍속과 문화 및 장소에의 정체성을 공유한 공동체가 담기고 혹은 그러한 성격을 담보한 공동체의 확장으로서 국토라는 장소의 역사성까지 포괄한 초기 시편들의 연장선상에 고스란히 존재한다.

정치적 체제가 달라짐에 따라 체제 옹호의 내용이 부각되고 어휘 등의 면에서 모양새가 다소 변화한 점은 상이한 부분이지만 실존적 장소에서의 구체적인 장소사랑과 따뜻하고 만족스런 장소감 및 같은 장소감을 공유하는 공동체에 대한 각별한 애착이 드러나는 점은 공통적이다. 이러한 시편들에서는 앞선 주관시편들이 보였던 외부와의 분열이나 단절감은 사라지고 없다. 체제의 변화에도 불구하고 변함없이 드러나는 장소사랑과 구체적 장소에의 정체성이 일치하는 타인들과 깊이 연대하려는 화자의 모습에서 건강한 공동체주의자의 의지를 엿보게 된다.

2. 은유적 성찰과 주체의 내면 공간

프랑스의 철학자 가브리엘 마르셀은 개인이 자신의 장소와 별개가 아니며 그가 바로 장소 자체[64]라고 표현한 바 있다. 인간이 존재하는 장소에 자신의 정체성을 투사하며 그 안에서 안정감과 친밀감을 느낄 수 있을 때 그

---

64) Matoré , "Existential space", *Landscape 15* (3) 5~6 , 1966, p.6에서 재인용.

는 만족스런 장소감을 맛볼 뿐 아니라 진정한 장소사랑 위에 스스로의 가치를 긍정하기가 용이할 것이다. 그러나 반대의 경우 거주하는 장소가 만족스런 정체감을 주지 못하거나 혹은 현실의 상황이 거칠고 열악하여 장소에 대한 유의미한 정체감을 실현하게 되리라는 소망조차 가지지 못할 때 그의 장소는 불안한 것이 되고 결핍의 의미를 드러낼 수밖에 없다. 또한 정체감을 결여한 장소에 거주하는 존재 역시 불안한 모습을 나타낼 것이다.

한 장소에 뿌리를 내리고 그로부터 편안함을 부여받는다는 것은 세상을 내다보는 안전지대를 확보하는 일일 뿐만 아니라 사물의 질서들 속에서 자신의 입장을 확실히 파악하는 것이며 특정한 어딘가에 의미 있는 정신적이고 심리적인 애착을 가지는 일[65]이다. 마찬가지로 한 장소에 뿌리내리지 못하고 장소로부터 편안함을 얻지 못함이란 사물의 질서가 흐트러지고 그 안에 확고한 자신의 입장이 있을 수 없으며 그러므로 어디에도 의미 있는 정신적 지향을 두기 어려운 부유와 절망의 상태에 가깝다.

식민 통치가 극에 달했던 시기에 작품화된 일련의 주관시편들에서 이러한 불안들이 감지된다. 같은 식민 치하의 삶이라 할지라도 작가의 의식과 구체적인 삶 안에서 생겨나는 장소에의 정체감은 그 양상을 달리할 수 있고 그 변화의 양상이 아무리 미묘할지라도 시의 뉘앙스를 통해 드러나기 마련이다. 이 장에서 언급하게 되는 시편들에서 화자는 그 시선을 자

---

65) 에드워드 렐프, 앞의 책, 95쪽.

신의 내부에 고정시키고 내면 속으로 침잠해간다. 이제 그의 거주 공간은 더 이상 편안한 장소감을 주거나 혹은 그러한 장소감을 회복할 수 있으리라는 소망과 믿음을 주는 곳이 아니다. 실존적 장소는 안락함을 주지 못하고 불안한 실존적 장소 안에 거하는 화자 역시 그러한 장소처럼 흔들린다. 그리하여 존재는 실존의 어두운 무게에 휩싸이고 감당하기 어려운 비애 속에 허우적거린다. 고독과 쓸쓸함과 결핍의 정서가 일관되게 문면을 휘감고 있다. 더 이상 풍속의 시화와 공동체의 확장으로서의 민족애가 그 가치를 인정받지 못하고 장소사랑이 의미없게 되었다고 느껴지는 상실의 지점에서 또 한 계열의 일련의 시편들이 쓰여진다.

> 포근한 봄철날 따디기의 누굿하니 푹석한 밤이다
> 거리에는 사람두 많아서 흥성 흥성 할것이다
> 어쩐지 이사람들과 친하니 싸단니고 싶은 밤이다
>
> 샛파란 피ㅅ대를 바라보며 나는 가난한 아버지를
> 가진것과 내가 오래 그려오든 처녀가 시집을간것과
> 그렇게도 살틀하든 동무가 나를 벌인일을 생각한다
>
> ―「내가생각하는것은」 부분

외적으로나 내적으로 쉽게 풀어지지 않을 것만 같은 문제 아래 놓여 있을 때 내부적 성찰의 필요성은 커지기 마련이다. 위 시에서 시적 자아는 이 좋은 봄철날 사람들이 흥성거릴 것만 같은 밤에 잃어버린 것들과 가질 수 없는 대상들을 거듭 생각하는 모습을 보여준다. 흥성거릴 게 분명한 사람들의 틈으로 끼어들고 싶은 마음이 전혀 없는 것은 아니지만 그 마음

을 행동으로 기꺼이 옮기기엔 생각하고 성찰해야 할 일들이 적지 않은 듯
하다. 마음을 짓눌러 어쩔 수 없이 '생각'하게 되는 것은 아버지로부터 물
려받은 가난과 또 마음에 두고 있었던 여인이 자신을 떠났던 것과 살뜰하
게 서로 위하며 지냈던 동무가 자신을 배신한 일 등이다. 어느 하나 한 인
간의 삶에 있어서 결코 사소한 동인이라고는 볼 수 없는 아픔에 해당한다
할 것이다.

수긍하기 어려운 현실적 고뇌 안에서 화자는 있는 그대로의 자신의 처
지를 거듭 돌아보며 생각하고 성찰한다. 스스로에게 최대한 객관적 방식
을 취하려 노력하면서 좌절과 슬픔을 인정하되 너무 깊이 함몰하지 아니
하고 자신의 내적 장소를 만들어 그 안에서 위안을 찾으려는 모습이다.
이어질 시편들은 이와 같은 시적 자아의 모습과 내적 장소 안에서 주체가
거주하는 방식을 더욱 구체적으로 보여주고 있다.

> 어느 사이에 나는 아내도 없고, 또,
> 아내와 같이 살던 집도 없어지고,
> 그리고 살뜰한 부모며 동생들과도 멀리 떨어져서,
> 그 어느 바람 세인 쓸쓸한 거리 끝에 헤매이었다.
> 바로 날도 저물어서,
> 바람은 더욱 세게 불고, 추위는 점점 더해 오는데,
> 나는 어느 목수네 집 헌 삿을 깐,
> 한 방에 들어서 쥔을 붙이었다.
> 이리하여 나는 이 습내나는 춥고, 누긋한 방에서,
> 낮이나 밤이나 나는 나 혼자도 너무 많은 것 같이 생각하며,
> 딜옹배기에 북덕불이라도 담겨 오면,

이것을 안고 손을 쬐며 재우에 뜻 없이 글자를 쓰기도 하며,

또 문 밖에 나가디두 않구 자리에 누어서,

머리에 손깍지 벼개를 하고 굴기도 하면서,

나는 내 슬픔이며 어리석음이며를 소처럼 연하여 쌔김질하는 것이었다.

내 가슴이 꽉 메어 올 적이며,

내 눈에 뜨거운 것이 핑 괴일 적이며,

또 내 스스로 화끈 낯이 붉도록 부끄러울 적이며,

나는 내 슬픔과 어리석음에 눌리어 죽을 수밖에 없는 것을 느끼는 것이었다.

그러나 잠시 뒤에 나는 고개를 들어,

허연 문창을 바라보든가 또 눈을 떠서 높은 턴정을 처다보는 것인데, 이 때 나는 내 뜻이며 힘으로, 나를 이끌어 가는 것이 힘든 일인 것을 생각하고,

이것들보다 더 크고, 높은 것이 있어서, 나를 마음대로 굴려 가는 것을 생각하는 것인데,

이렇게하여 여러 날이 지나는 동안에,

내 어지러운 마음에는 슬픔이며, 한탄이며, 가라앉을 것은 차츰 앙금이 되어 가라앉고,

외로운 생각만이 드는 때 쯤 해서는,

더러 나줏손에 쌀랑쌀랑 싸락눈이 와서 문창에 치기도 하는 때도 있는데,

나는 이런 저녁에는 화로를 더욱 다가끼며, 무릎을 꿀어보며,

어니 먼 산 뒷옆에 바우 섶에 따로 외로이 서서,

어두어 오는데 하이야니 눈을 맞을, 그 마른 잎새에는,

쌀랑쌀랑 소리도 나며 눈을 맞을,

그 드물다는 굳고 정한 갈매나무라는 나무를 생각하는 것이었다.

— 「남신의주 유동 박시봉방」 전문

위 시에서는 불안하기 짝이 없는 장소와 그 불안한 장소 안에서 더욱 배가된 불안에 위협당하는 자아의 모습이 잘 드러난다. 백석 시인의 시인

으로서의 진일경을 잘 나타낸 절창이기도 한 위 작품에 대하여 한 평자는 한국인의 생활 철학과 인생관이 집약된 대표적인 사상시이며 시인에게 있어 절정의 노래임[66]을 선언하기도 하였다.

전연시로 이루어진 시이지만 구체적인 분석을 용이하게 하기 위하여 먼저 '기-승-전-결'의 네 부분으로 나누고자 한다. 일단 첫 번째 부분은 1행부터 15행까지로 묶어볼 수 있겠다. '기'에 해당하는 이 부분은 호흡이 긴 위 시의 발단에 해당하며 시적 화자의 현실적인 모습을 알기 쉽게 드러내고 있다. 다시 이 대목을 전반부와 후반부로 나눌 수 있겠는데 전반부에 해당하는 1행부터 8행까지는 화자가 처한 현실의 외적 조건에 초점을 맞추어 묘사적으로 서술하고 있다.

과거에 만족스럽게 채워져 있었던 부분의 결여는 원래 가지지 못했던 것들의 결여에 비하여 현저한 공허감을 불러오기 마련이다. 시의 도입부에서는 이러한 결여의 요소들로부터 시적 자아의 쓸쓸함을 조명하고 있다. 이제는 아내도 없고 집도 없고 부모형제들과도 멀어져버린 어느 사나이의 모습은 낮에 세상 밖에 나와 있을 때도 쓸쓸하지만 날이 저물어 밤이 되면 더욱 그러하다. 모두들 삶의 울타리가 되어주는 이들과 보금자리 안에 단란하게 거하는 시간인 밤, 7~8행에서는 결코 포근하거나 따뜻하다고 생각할 수 없는 '헌 샅을 깐 한 방'에 들어 몸을 추스르는 사나이의 모습이 나타난다. 쓸쓸함은 고독의 정서로 이어지고 9행부터 15행까지에서는 시적 화자가 안타까움 속에서 자신의 궁핍한 상황과 대면하는 모습

---

66) 유종호, 『비순수의 선언』, 민음사, 1995, 115쪽.

을 볼 수 있다. 앞에서 보인 외부적 조건이 결여의 연속이기에 그러한 이유들로 인해 '이리하여', 화자인 '나'는 나의 쓸쓸함과 이 쓸쓸함을 불러일으키는 현실적 상황에 대하여 생각하고 생각하고 또 생각한다.

첫 부분의 후반부에서 한국어로 쓰인 시구 중 가장 아름다운 구절 중의 하나로 꼽힐 명구들이 시적 자아의 쓸쓸함을 대변하고 있다. 아무리 생각해도 쉬 해답이 떠오르지 않고, 생각지 않으려 해도 생각지 않을 수 없는 현실의 모순적 문제를 안고 사나이는 밤낮 고뇌를 거듭한다. 그러다 보니 '나 혼자도 너무 많은 것 같이' 여겨지며 그저 누추한 자리에 홀로 누워 '내 슬픔이며 어리석음이며를 소처럼' 자꾸자꾸 "쌔김질"할 수밖에 없다는 것이다. 의인법을 즐겨쓰는 시인이 이 대목에서는 거꾸로 인간을 동물에 비유하고 있다는 점도 재미있다. 아직 이 부분까지는 화자의 쓸쓸함과 슬픔이 객관적 거리를 둔 채로 담담하게 표현되어진다. 그러나 객관적으로 드러나던 이러한 정서가 16행부터 19행까지에서는 심화되고 있음을 본다. 이제는 단순한 쓸쓸함과 슬픔의 감정을 넘어서서 서러움과 소외와 불안에 휩싸이는 연약한 사나이의 내면이 정면으로 진솔하게 표현되면서 시의 전개가 점차 무르익어간다.

무언지 모르게 맺힌 덩어리가 있어 가슴은 '꽉 메어' 오고 눈에는 어느새 '뜨거운 것이 핑' 괴어오며 이제 돌아보니 지난날 저지른 과오들이 부끄러워 '스스로 화끈' 얼굴이 붉어지고 만다. 소외와 소외로 인한 불안 속에서 시적 화자는 급기야 자신의 애통함과 어리석음을 생각할 때 차라리 삶보다 죽음이 낫겠다는 처연한 결론에까지 도달한다. "나는 내 슬픔과 어리석음에 눌리어 죽을 수밖에 없는 것을 느끼는 것이었다"에서는 인간적 유한성과 극한 상황에서의 한계가 적나라하게 드러나고 있다. 그리고 수긍하기 어려운 환경 앞에서 삶을 포기하고픈 서늘한 유혹 앞에 직면한 사나이의 아픈 모습을 본다.

그러나 그것도 잠시, 세 번째 '전'에 해당하는 다음 부분에서는 사나이의 상태가 반전되고 있음을 알 수 있다. 20행부터 26행까지에서는 화자가 불안과 절망에서 서서히 벗어나는 것을 느끼게 된다. 이 대목의 전반부에 해당하는 20행에서 22행까지는 '내 뜻이며 힘으로, 나를 이끌어 가는 것이 힘든 일인 것'을 인식하는 인간적 한계에 대한 명징한 이해가 이루어진다. 이어 화자는 '이것들보다 더 크고, 높은 것이 있어서, 나를 마음대로 굴려 가는' 것이라 스스로를 위로하며 애써 울력한다. 이 구절은 동양의 운명적 체념을 떠올리게 하기도 하지만 반대로 마음의 욕심을 비워내고 그럼으로써 또 다른 소망을 키워내는 여정의 출발이기도 하다. 이어지는 23행 이하 25행까지에서는 이와 같은 과정이 구체적으로 자세히 드러난다.

'여러 날이 지나는' 숱한 불면의 시간들 속에서 어지럽고 요동하던 사나이의 마음은 어느새 정화되고 차분해지기 시작한다. 이제 "슬픔이며, 한탄이며, 가라앉을 것은 차츰 앙금이 되어 가라앉고" 그저 조금 '외로운 생각만' 드는 듯하다. 이 대목에서 주의하여야 할 점은 결핍에 대한 공허의 감정에서 출발하였던 시의 정조가 반전하고 있다는 점이다. 시적 자아는 이제 더 이상 부족한 현실에 눈을 두지 않는다. 모든 부정적인 감정의 편린들을 걸러내고 마치 불순물을 제거하여 증류수를 만들어내듯이 자신의 마음을 투명하게 정화시키고 있다. 이는 삶의 한계에 직면하여 자신을 매몰시키거나 포기하는 대신 다시 또 다른 새로운 이정표를 세우고 그에 기반하여 자신을 추스리려는 화자의 의지적 선택을 보여주는 것이기도 하다.

이후부터 끝행까지는 극한의 절망적 상황에서 새로운 활로를 모색한 사나이의 신념에 찬 결의가 돋보이는 대목이다. "더러 나줏손에 쌀랑쌀랑 싸락눈이 와서 문창에 치기도 하는", '이런 저녁에는' 무릎을 꿇은 절대절명의 마음가짐을 하고 화자는 아무리 현실이 자신을 더욱 괴롭게 할지라도 소신을 굽히지 않고 타협하지 않으며 결코 절망하거나 포기하지 않으리라 다짐해본다. 그에 더해 힘든 길을 걸어갈 동안 변치 않는 벗이 되어줄 대상을 속으로 발견해내고 넌지시 흡족해하기까지 하고 있다. 마치 군자를 애타게 꿈꾸었던 옛 조상들이 '매, 난, 국, 죽'을 벗으로 삼아 자신들과 동일시하며 즐겨 칭송했듯이 이 순정하고 용감한 사나이도 그러한 대상을 발견해내곤 그를 통하여 자신의 신념을 재확인하는 것이다. 이 사나이의 내부에서는 겸허하고 경건한 구도자의 자세마저 풍긴다. 진지하고 강하고 관조하는 가운데 따스한 휴머니즘의 시선을 잃지 않은 채로 고통 속에서도 스스로를 재발견하고 존재의 모순을 수용하는 부드러우면서도 강인한 정신의 고귀한 의지를 읽을 수 있다.

그리하여 "어니 먼 산 뒷옆에 바우 섶에 따로 외로이 서서,/어두어 오는데 하이야니 눈을 맞을, 그 마른 잎새에는,/쌀랑쌀랑 소리도 나며 눈을 맞을,/그 드물다는 굳고 정한 갈매나무라는 나무"를 통해 새로운 자신을 바라보고 있다. 갈매나무는 시적 자아의 스승이 되고 거울이 되어 마침내 서로 깊이 합일되고 있다. 이제 화자는 이 굳고 정한 갈매나무가 되어서 한동안 요동치거나 흔들림 없이 나아가게 될 것이다.

오늘저녁 이 좁다란방의 힌 바람벽에

어쩐지 쓸쓸한것만이 오고 간다

이 힌 바람벽에

히미한 十五燭전등이 지치운 불빛을 내어던지고

때글은 다낡은 무명샷쯔가 어두운 그림자를 쉬이고

그리고 또 달디단 따끈한 감주나 한잔 먹고싶다고 생각하는 내 가지가지

외로운 생각이 헤매인다

그런데 이것은 또 어인일인가

이 힌 바람벽에

내 가난한 늙은 어머니가 있다

내 가난한 늙은 어머니가

이렇게 시퍼러둥둥하니 추운날인데 차디찬 물에 손은 담그고 무이며 배추

를 씻고 있다

또 내 사랑하는 사람이 있다

내 사랑하는 어여쁜 사람이

어늬 먼 앞대 조용한 개포가의 나지막한 집에서

그의 지아비와 마조 앉어 대구국을 끓여놓고 저녁을 먹는다

벌서 어린것도 생겨서 옆에 끼고 저녁을 먹는다

그런데 또 이즈막하야 어늬사이엔가

이 힌 바람벽엔

내 쓸쓸한 얼골을 쳐다보며

이러한 글자들이 지나간다

─나는 이 세상에서 가난하고 외롭고 높고 쓸쓸하니 살어가도록 태어났다

그리고 이세상을 살어가는데

내 가슴은 너무도 많이 뜨거운것으로 호젓한것으로 사랑으로

슬픔으로 가득찬다

그리고 이번에는 나를 위로하는듯이 나를 울력하는듯이

눈질을하며 주먹질을하며 이런 글자들이 지나간다

―하눌이 이세상을 내일적에 그가 가장 귀해하고 사랑하는것들은 모두

　　　가난하고 외롭고 높고 쓸쓸하니 그리고 언제나 넘치는 사랑과 슬픔속에 살

　도록 만드신것이다

　　　초생달과 바구지꽃과 짝새와 당나귀가 그러하듯이

　　　그리고 또 「프랑시쓰·쨈」과陶然明과 「라이넬·마리아·릴케」가 그러하듯이

　　　　　　　　　　　　　　　　　　　　　　　―「흰 바람벽이 있어」 전문

　위 시는 불안한 자아가 현재 직면한 한계와 모순의 정체를 잘 보여주고
있다. 첫 문장에 명시된 '쓸쓸한것'들의 내용은 결코 범박하거나 단순한
차원에 속하지 않으며 이후의 전체 문면을 통해 보여지듯이 치열함을 수
반한 시적 자아의 고뇌 자체를 포함한다.

　3행 이하에서 시적 자아는 시의 주제이기도 한 '쓸쓸한것'들에 관하여
예의 돋보이는 객관적 시선과 절제된 어조로 찬찬히 언급하고 있다. 효과
적인 드러냄을 위하여 '흰 바람벽'이라는 시적 상관물을 도입한 점은 훌륭
한 낯설게하기의 장치이기도 하다. 현실적으로는 시가 쓰여지고 있는 공
간적 배경이지만 실제로는 내면적 거울에 해당하는 이 대상을 통하여 화
자는 자신의 내면에 직면케 된다.

　위의 시는 또한 흰 바람벽을 흡사 스크린처럼 가정하여 그곳에 영사물
을 띄우는 것과도 같은 구성을 보인다. 영사물의 제목은 '쓸쓸함에 대하
여' 정도가 될 것이며 대략 4개의 장면으로 나누어 볼 수 있겠다. 그리고
이 4개의 장면들은 각기 다른 층위에서 실존자인 시적 자아의 쓸쓸함 즉
고독과 그에 관련된 결핍의 상황들을 다루어낸다.

　첫 번째 장면은 3행부터 6행까지 드러나 있는데 주로 외적 자아의 현
실적(사회경제적) 소외와 쓸쓸함을 반영한다. 이 장면을 채우는 대상은

'히미한 十五燭전등'과 '때글은 다낡은 무명샤쯔'와 '달디단 따끈한 감주나 한잔 먹고싶다(고 하)는 생각'이다. 이들은 차례로 '지치운'이란 형용사로 묘사되고 '어두운 그림자'의 이미지이며 '외로운' 무엇일 뿐이다. 비유적인 문맥을 읽어본다면 희미한 전등에서는 누추한 보금자리를, "다낡은 샤쯔"에서는 초라한 행색을, 감주 한 잔이 애타게 그리운 심경에선 매우 좋아하는 음식들조차 접하기 어려움을 연상케 된다. 따라서 이들은 의식주의 곤핍함을 빌어 극한 현실적 결핍을 알려주는 표지로도 기능한다.

다음 장면은 7행부터 16행까지이다. 이 부분에서는 흰 바람벽을 통하여 시적 화자에게 주요한 타자의 역할을 하는 두 사람의 타인이 등장하고 있다. 한 사람은 어머니이고 다른 한 사람은 사랑하는 여인이다. 전자가 무의지적으로 인연을 맺은 가족 및 친족과의 애정과 유대에 대한 상징이라면 후자는 의지가 개입되어 관계가 맺어진 각별한 이들에 대한 상징적 표현에 해당할 것이다. 또한 이들은 시적 자아에게 존재 의의를 부여했던 정서적 조건이기도 했다.

그러나 안타깝게도 이들 타인과의 관계에서 역시 화자는 절대적으로 소외를 느낄 뿐인데 그것은 관계의 양상이 역시 결핍과 부조리를 벗어나지 못하기 때문이다. 두 번이나 표현이 중복된 '내 가난한 늙은 어머니'는 곁에 부재할 뿐만 아니라 '이렇게 시퍼러둥둥하니 추운날인데 차디찬 물에 손은 담그고 무이며 배추를 씻고 있'는 서글픈 모습이다. 마찬가지로 2번 강조된 '내 사랑하는 사람'은 내 곁을 떠나 있는 데서 나아가 이제는 돌이킬 수 없이 다른 남자의 아내가 되어 있는 동시에 '어린것'의 엄마이기도 한 상황이다.

세 번째 장면은 17행부터 28행까지로 이전의 현실적 소외와 관계에서의 소외 상황에 이어 내면적 자아의 소외를 잘 보여주고 있다. 이번엔 전등같은 물질적 대상이나 감주나 한잔 먹고 싶은 생각이나 잊을 수 없는 타자가 아닌 치열한 고뇌에 직면한 주체적 자아의 내면이 흰 바람벽 안에 몇 개의 문장으로 전경화되고 있다. 한편 18, 19, 20행에서는 바람벽에 띄워진 글자들이 "내 쓸쓸한 얼굴을 쳐다보며" 지나감으로써 시적 상관물이 시적 주체인 화자를 압도하기 시작한다. 이는 이 부분이 위 시에서 강조되고 있음을 드러내는 것이라고도 하겠다.

강조하는 내용은 화자가 객관적인 시선으로 치열하게 발견해낸 내면적 자아의 대표성과 관련된다. 내면적 자아의 대표적 성격은 먼저 21행이 말하는 바 청빈하고 순결한 도덕군자 내지는 사상가로서의 모습이다. 흰 바람벽은 이와 같은 모습을 '나는 이 세상에서 가난하고 외롭고 높고 쓸쓸하니 살아가도록 태어났다'로 요약한다. 이어서 내면적 자아의 또 다른 한 측면은 감수성 풍부한 시인 혹은 섬세한 감정으로 가득찬 예술가의 특성을 드러낸다. 이를 바람벽의 스크린은 '내 가슴은 너무도 많이 뜨거운 것으로 호젓한것으로 사랑으로/슬픔으로 가득찬다'고 말한다. 25행부터 28행까지에서는 내적 자아의 실존 상황을 압축하는 앞의 두 문장이 통합되고 있다. 그리하여 종합적으로 내면적 자아가 쓸쓸할 수밖에 없는 고유한 이유가 규명되는 것이다. 그것은 시적 자아의 개인적 의지와 관계없이 '하눌이 이세상을 내일적에 그가 가장 귀해하고 사랑하는것들은 모두/가난하고 외롭고 높고 쓸쓸하니 그리고 언제나 넘치는 사랑과 슬픔속에 살도록 만드신' 한계적 상황 때문이다.

이제 29, 30행으로 이루어지는 마지막 장면에선 그러한 상황을 공유하는 연대성을 가진 대상들이 차례로 제시된다. 무생물과 식물을 비롯, 조류와 포유류의 동물이 언급된 이후에 화자와의 연대적 성격을 지닌 인물들이 대미(大尾)를 장식하고 있음은 주목을 요한다. 어쩌면 이들은 가난하고 외롭고 높고 쓸쓸한 시적 자아의 감정이입물이자 동일시 대상이기도 하다. 이때 의인화가 적용된 초생달과 바구지꽃과 짝새와 당나귀는 대체적으로 작고 약하지만 신비와 순결 및 평화를 암시하는 매개로 보인다. 마지막 구절에 명시된 실존 인물들은 시공간을 초월한 시적 자아의 동지들이다. 전원생활에 뜻을 두고 목가적 소탈함을 지향하였던 프랑스 시인 '프랑시쓰·쨈'과 깊은 내면적 성찰의 시들로 유명한 '라이넬·마리아·릴케' 및 향리에 거하면서 「귀거래사(歸去來辭)」와 같은 명편들을 남긴 '도연명' 등은 아마도 백석 시인의 사이좋은 정신적 친구가 되기에 충분하였을 것이다.

'오늘저녁 이 좁다란방의 흰 바람벽'이 화자에 의해 놀랍도록 변용되어 결국 내적 자아의 고뇌를 세 가지 측면에서 규정하고 마침내 시공간의 한계를 초월한 존재들과의 정신적 연대에까지 이르도록 안내하고 있음을 본다. '흰 바람벽이 있어' 주체는 자신을 불안하게 하고 괴롭혀온 쓸쓸함의 정체를 밝히고 또 초월해내는 것이다.

이상의 고찰에서 보는 바 불안한 장소는 불안한 실존을 야기하고 반대로 불안한 실존이 거하는 실존적 장소는 더욱 불안하고 결핍되어 있다. 이 절에서 살펴본 시편들에서는 앞 절에서 드러났던 것과 같은 따뜻한 장소와 그 장소를 기반으로 한 공동체에의 전망을 확신하지 못하는 불안한 자아의 모습이 그려지고 있었다. 더불어 이 불안한 자아가 지친 몸을 누이는 현재의 집(방)이란 장소 역시 존재의 구심이 되지 못함은 물론, 인정하기 어려울 만큼 누추하고 결핍의 표지들로 가득하다. 결코 충분한 안락함을 제공하지 못하는 이 장소에서 화자는 불안한 실존을 추스르기 위해 애써보지만 그 역시 녹록하지 않다. 화자의 노력 속에서 발견되어지는 '갈매나무'(「남신의주 유동 박시봉방」)나 '프랑시쓰·쨈', '도연명', '라이넬·마리아·릴케'(「흰 바람벽이 있어」) 등 동일시와 구원의 대상들 역시 구체적 현실 안에 존재하지 않는 피상적 존재들로서 실상 장소에의 정체성을 나눌 수 없는 한계를 지니고 있다.

이때 화자에게 유일한 현실이 되는 것은 스스로의 내적 풍경 그 자체이며 결국 이는 자의식[67]의 영역으로 수렴된다. 가라타니 고진은 프로이트의 이론을 빌어 내부도 외부도 없고 외부 세계가 내부의 투영이었던 상태에서 상처(trauma)를 입고 리비도가 내향화했을 때, 내면이 내면으로서 그리고 외부 세계가 외부 세계로 존재하기 시작했다고 언급한다. 그에 의하면 프로이트식으로 말해서 정치나 자유 혹은 민권 쪽을 향하던 리비도가 그 대상을 잃고 자신의 내부를 향했을 때 내면이나 풍경이 비로소 출현한 것이라 한다.[68]

이러한 내면의 추구는 필연적으로 '나는 누구인가'의 물음을 수반하면서 은유적 성찰 속으로 주체를 인도한다. 또 일체의 외부에 대해 정신적

---

67) 가라타니 고진, 『일본근대문학의 기원』, 박유하 역, 민음사, 1997, 47쪽.
68) 위의 책, 54쪽.

으로 담을 쌓고 있는 실존은 앞선 시편들 안에서 보듯이 고독한 내면 풍경을 드러낸다. 고독하고 쓸쓸한 주체의 내부에 집중하는 이면에 외적인 것들에 대해서는 무관심한 이 내적인 인간은 또한 구체적인 장소성이나 그 장소성을 토대로 한 정체감 및 실존적 장소에서 이루어지는 공동체적 대상들과의 교감을 상실해버린 인간이기도 하다.

제3장 이야기의 서정적 형상화 방식

1. 이야기의 서정화와 탈주관적 묘사

백석의 시가 생산된 무렵 문단의 분위기는 이미지즘적 방식에 경도되고 있었다. 이미지즘의 기본적 특질은 개인의 영감적 정서와 센티멘털리티의 분출을 아름답게 여긴 낭만주의의 폐단을 지양하고 좀 더 새로운 시대를 대변하는 문학정신을 고양[69]하고자 한 것과 관계된다. 인간 개인과 그 개인의 개성과 감성을 찬양했던 낭만주의의 시대가 스러지고 더 이상 개인의 가치를 굳이 따질 필요가 없을 정도로 인간 각자의 존엄성이 삶의 조건으로 자리잡아간 시대, 더 이상 개인 이전에 계급성을 떠올리지 않아도 충분한 시대에 근대가 다가왔고 20세기 초엽에 이르러 이미지즘은 태동했다. 기존의 패러다임이 다음의 것에 그 자리를 넘겨줄 때 대개 그러한 것처럼 낭만주의의 가장 매력적이었던 요소는 극복의 대상이 되었고

---

69) 이상섭, 『문학비평용어사전』, 민음사, 2001, 275~276쪽.

극복을 가능케 할 대안의 답안이 필요했었다.

그런데 이미지즘의 기법이 넓게는 모더니즘의 범주에 속하므로 모더니즘 시학의 의미 역시 간과할 수 없을 것이다. "예술에 있어서의 모더니즘은 통일된 전망도, 일치된 미학적 실제도 드러내지 않는다"[70]라든지 "모더니스트들의 수만큼 많은 모더니즘이 존재한다"[71]라는 말들은 모더니즘의 개념 규정이 단순하거나 쉽지 않음을 역설적으로 표현한다.

'모더니즘'과 '모더니스트'의 개념은 특히 1890년대에서부터 1940년대에 이르는 시기 동안의 예술 및 문학의 실험적인 경향을 지칭하는 것으로[72] 이해할 만하다. 한편 한국의 모더니즘의 경우에는 서구적 근대 사회와 1930년대의 한국 사회의 작지 않은 간극으로 말미암아 서구적 근대성의 개념 체계가 온전히 유효한 것은 아니라는 점에서 서구의 것을 그대로 적용하는 데 한계가 있음을 인정하고 고려해야만 할 것이다. 그러나 그럼에도 불구하고 이 시기 작품들의 사물을 대하는 태도와 사유의 방식 및 인식의 방향은 이전 시대와 비교할 때 급진적이며 두드러진 변화를 보여주고 있다.

---

70) 유진 런, 『마르크시즘과 모더니즘』, 김병익 역, 문학과지성사, 1986, 45쪽.

71) 칼리니스쿠, 『모더니티의 다섯 얼굴』, 이영욱 외 역, 시각과 언어, 1993, 92쪽.

72) 서구에서 '모더니티'란 넓게는 중세적 질서가 무너지면서 근대적 삶을 지배하는 규준으로서의 인식론을 말하지만 좁게는 근대 사회의 제도적 특징이나 문학예술에 나타난 새로운 경험 내용에 국한해 쓰이기도 하는 용어이다. 역사의 각 시대마다 가장 새로운 시대인 자신의 시대의식을 드러낸 '모던'이란 용어는 지금 혹은 당대를 지칭하는 라틴어 어원(modo)에서 기원하였으며 늘 가변적인 대상이 됨으로서 앞서 말한 모더니티와 구별된다. (김성기 편, 『모더니티란 무엇인가』, 민음사, 1994, 10~20쪽.)

우리 시단에서 1930년대부터 비롯한 새로운 가치관을 표방한 시학은 절제와 객관주의, 이미지의 사실적 포착 등의 기법들을 체화하여 상당한 정도의 성취를 이루었다. 당시 김기림, 김광균, 정지용 등의 시에 포착된 모더니즘은 서구 근대의 아찔한 매혹과 회화 이상의 회화인 생생한 이미지들과 구체적이고 명징하며 청빙한 언어의 세계를 보여주기에 충분하다.

이들의 언어가 그 이전 시대의 것과 변별됨은 전대의 뛰어난 시인 김소월이나 이상화의 시적 경향에만 빗대어도 확연히 드러난다. 김소월이나 이상화의 시에서 쉽게 찾아볼 수 있는 독자의 감정적 동조를 돕기 위한 목적의 감정 표출에 경도된 영탄의 기법이 이들의 시학에서는 거의 찾아지지 않는다는 단적인 사실만으로도 시사하는 바가 적지 않으리라 본다.

1930년대 김기림, 김광균, 정지용 등의 시작품들에서 드러나는 모던한 기법 및 전(前) 시대와 변별되는 정밀한 바라봄의 방식은 서구의 근대적 인식론자였던 데카르트나 로크, 라이프니치 등의 사유[73]에도 잘 드러나

---

73) 17, 18세기의 서구에서 카메라라는 기구는 단순한 광학도구인 것만은 아니었다. 인간의 '눈'과 매우 흡사한 구조를 가진 이 시각적인 기구는 놀랍게도 합리주의 철학자나 경험주의 철학자 양자 모두에게 정밀한 관찰의 과정을 통하여 세상에 대한 진실한 이해의 도정으로 이끄는 철학적 메타포의 다른 이름이기도 하였다. 데카르트의 경우에는 카메라 옵스큐라의 열린 틈으로 들어오는 광선의 침투가 정신의 충만함에 상응하는 것으로 여겨졌다. 그에게는 카메라 옵스큐라가 빛을 통하여 세상을 바라보게 하는 형이상학적인 눈과 다르지 않았다.
경험론자인 로크의 경우 카메라 옵스큐라는 동일 대상이 지성의 다양한 작용을 공산적으로 시각화해내는 유용한 도구로 인식되었다. 그는 어두운 실내에서 수시로 새로운 그림이 만들어지고 질서정연하게 만들어져가는 과정을 인간 내면에서 일어나는 지성의 활동 방식에 비유하였다. 또한 이처럼 근대 초기의 철학자들이 카메라 옵스큐라에 지대한 관심을 모았던 이유 중 하나는 중세에 절대적인 위치를 차지했던 전지전능한 신의 자

듯이 본질적으로 근대적 인식이 시각적 요소와 긴밀한 연관을 가지는 것과 무관하지 않다. 또한 김기림의 선구자적 업적, 김광균의 뛰어난 근대 포착, 정지용의 이미지 취택에 대한 노력 등 모더니즘 시풍은 이들 1930년대 시인들의 기초 작업의 공로에 빚진 바가 적지 않다 할 수 있다.

1930년대 무렵 우리 문단의 근대성 수용 양상을 일별하자면 대체로 이 시기 작가들은 우리의 전통적인 것을 계승, 지향하면서 서구의 것을 가미하여 조화시키려는 방향으로 나아가기보다는 스스로 가진 것에 대하여 무엇인가 결핍되고 열등한 대상으로 전제한 뒤 고루하고 폐기되어야 할 구습의 자리에 서구의 근대 문물들을 채워 넣어야 한다는 인식을 지녔던 것으로 보인다.

서구의 근대성이 신이 사라진 자리에 신적 중심을 만들기 위한 노력이었던 데 반해 한국적인 근대성 지향은 다른 동아시아 국가들에서와 마찬가지로 개인중심적 양상의 측면보다는 기존 체제의 유지나 독립의 가능성을 돕기 위한 집단적 측면이 강조되고 있었다. 그리고 당시의 현실 안에서 이러한 경향은 일제의 식민 통치 과정을 통하여 확대 재생산되었으며 '완전하고 충족된 서구'와 '부족하고 왜곡된 동양'의 양분법적 논리[74] 아래 견고해져 갔다.

그런데 백석의 경우 김기림 등 당시 주류를 이룬 모더니스트들이 이와 같은 경향을 보이며 시작 활동을 했던 데 반하여 보다 나은 현실 인식과

리를 대신할 만한 '철학적인 눈'을 간절히 바라고 있었기 때문이기도 했다. (크래리, 『관찰자의 기술』, 임동근 · 오성훈 외 역, 문화과학사, 2001, 70~85쪽, 153쪽.)

74) 장성만, 『모더니티란 무엇인가』, 민음사, 1994, 292~295쪽.

시작 태도를 지녔던 것으로 이해된다. 그의 시들은 되도록 우리 문화와 전통 및 민족적 감수성을 최대한 드러내고 지키면서 그 위에 서구적 근대의 세련됨을 체화하여 가미시키려 했던 것으로 볼 수 있다.

그러나 백석의 시를 섣불리 피상적으로 접할 때 감상자들은 이 시세계에 내재하는 모더니즘의 요소와 근대적 세련됨의 면모를 읽지 못할 가능성이 있다. 왜냐하면 백석은 그의 작품을 그리는 데 있어 가장 바탕의 밑그림으로 주지주의적 요소를 깔고 그 위에 콘트라스트를 주는 것으로 보이는 평북 방언과 토속적이며 민속적인 소재들, 그리고 전통적 어투와 율격을 배치하여 채색함으로써 읽는 이들의 주의를 분산시키기 때문이다.

더구나 백석의 시에는 모더니즘적 요소를 감추는 중요한 장치가 하나 있으니 그것은 바로 '이야기'의 존재이다. 이는 기본적으로 그의 시가 산문체를 띠고 있으며 또한 그가 어떤 종류의 내용에 관한 것이든 간에 대체로 이야기를 하고 싶어한다는 사실과 관계되어 있다. 그래서 백석의 서정시가 흔히 이야기시라 칭해지는 것이다.

이야기는 본래 시의 본령이 아니다. 이야기는 산문의 본령이고 설화의 본령이다. 그렇다면 백석의 시는 전통의 시정신에 배치되는 것인가 하면 그러나 그렇지는 않다. 까닭인 즉 백석의 이야기가 산문의 이야기와 비슷하면서도 동일하지 않기 때문이다.

백석의 시에 등장하는 이야기들은 전적으로 시 장르에서의 이야기이지 산문 장르에서의 이야기가 아니다. 그 증거로서 백석의 이야기는 전형적인 동일성의 미학이며 결코 갈등의 미학이 아니라는 사실을 들 수 있겠다. 이야기체로 전해지는 이야기 안에 갈등이 부각되는 경우는 거의 없

다. 이야기가 서사임에도 불구하고 백석의 이 서술의 세계 안에서 이루어
지는 것은 세계와의 동일화, 공감화인 것이다. 그런데 이 동일화[75]의 측면
이야말로 시정신의 대표적인 본령이기에 이야기시 안에서 사건의 서정화
가 이루어진다고 볼 수 있다. 물론 그렇다고 해서 백석의 이야기체가 주
는 서사적인 다른 역할이 없느냐 하면 그건 아니다. 그의 이야기체가 가
져온 서술 안에는 육하원칙이 들어있음을 본다. '누가, 언제, 어디서, 무
엇을, 어떻게, 왜'가 찾아지는 것이 백석의 시이다. 그리고 여기엔 백석
시세계의 주요한 개성이 숨어있음을 발견하게 된다.

원래 서술이란 가장 간략히 말해 사건의 보고라 할 수 있으며 이 보고
는 누가 누구에게 무엇을 보고하느냐 하는 소통의 모델을 본질적으로 함
축[76]한다. 백석의 서술적 서정 안에도 이와 같은 요소는 잘 드러난다. 또
이러한 보고가 더욱 건조해지고 보고의 내용에서 주관적 정서나 감정이

---

75) 동일화의 원리는 순간성, 압축성, 주관성 등과 함께 전통적인 서정시의 기본 원리에 해
당한다. 이와 관련하여 시인이 의식적으로 자아와 세계의 동일성을 추구하는 방식에는
두 가지가 있는데 동화와 투사가 그것이다. 동화란 이른바 세계의 자아화로서 자아와 갈
등의 관계에 놓인 세계를 자아의 욕망, 가치관, 감정에 적합한 것으로 만들어 동일성을
획득하는 작용이다. 이때 실제의 세계는 자아와 대립, 갈등의 관계에 있지만 상상 속에
서의 그것은 자아화되어 동일성의 관계에 놓인다. 한편 투사에 의한 동일성의 성립은 자
신을 상상적으로 세계에 투사하는 것, 즉 감정이입에 의해 자아와 세계가 일체감을 이
루도록 하는 방식을 따른다. 이는 세계 속에서 자아를 발견하는 방법이기도 하다. 동화
에 의하든 투사에 의하든 자아는 세계와의 관계에서 소외되거나 세계를 초월하지 않고
'연속'되어 있다. (김준오, 『시론』, 삼지원, 1982, 39~41쪽; Calderwood & Toliver, *Forms of
Poetry*, Prentice-Hall Inc, 1968, p.9.)
76) 이 '보고'라는 형식 개념은 원래 주체(자아)와 객체(세계) 간의 관계를 이원론으로 규정한
서구의 철학적 전통에 상응하는 것이기도 하다. (Hernadi, *Beyond Genre*, p.26.)

최대한 지양된다면 보고는 저널리즘의 언술에 보다 가까워질 것이다.

이와 관련한 백석 시세계의 개성 중 하나는 전반적으로 객관적인 저널리즘적 시의 구현이 이루어지고 있다는 점이다. 시적 화자는 주변의 사람사는 이야기를 관찰하고 보고하고 리포트한다. 육하원칙[77]에 충실하게 맛과 멋을 살려 생생하게 전달하며 보도하길 원한다. 바라볼 대상을 선정하는 사람도, 바라보는 사람도, 들은 이야기를 언어로 구성하는 이도 바로 시의 화자 자신이다. 지성과 객관과 이지로 주변의 체험적 사실들, 가까운 이웃들이 겪은 삶의 내용들, 삶의 이모저모를 취재하여 생생하게 보여준다. 이 서술적 서정은 말 그대로 미달된 거리설정으로 대상에 감정적으로 함몰한 경우도 아니면서 초과된 거리설정으로 인해 대상을 아주 무관심하게 배제한 경우도 아닌[78] 방식을 띤다.

거기에 화자의 감상과 느낌은 최대한 배제된다. 비판도 필요치 않다. 제3자의 리포트에 갈등이 들어있을 이유도 없다. 갈등이 존재하지 않는 것은 서사가 아니기에 또한 그것은 근본적인 성격에서 일견 서사에 위배된다. 그의 시세계는 그리하여 철저히 산문이면서도 철저히 시이다. 토속적이고 현실적이면서 주변의 실재하는 대상들을 구체적으로 자연스럽게 형상해낸다. 이미지들로 채워지고 가락(리듬)도 들어 있으며 방언 시어 특유의 신선함을 준다. 심층적으로는 자연스러운 묘사와 이미지즘적 성격

---

77) 이는 작성자 자신의 견해를 배제하는 일반적인 스트레이트 기사의 기본적 구성 요건으로서 '루드야드 키프링'에 의해 '5W1H 원칙(who, when, where, what, why, how)'으로 제시되었다. (최창섭 외, 『교양 언론학 강좌』, 범우사, 1997, 92쪽.)

78) 정효구, 「백석의 삶과 문학」, 『백석』, 문학세계사, 1996, 196쪽.

에 충실한 시가 완성되고 있다.

그럼에도 일견 근대적 세련됨을 지닌 시가 아닌 듯한 착각을 불러일으키는 것은 역시 표층의 이야기 구조가 그러한 면모를 일부 가린 때문이다. 그러나 반대로 그의 개성적인 이야기가 모더니즘적인 시정신과 조우하여 조화로울 수 있는 까닭은 위에서 언급한 대로 그 이야기 자체가 철저히 전통적인 의미에서의 시정신을 내포한 때문이다. 환언하면 그의 시세계가 철저히 서정에 기반한 서술적 성격을 지닌 서술적 서정이기 때문이다.

白狗屯의 눈녹이는 밭가운데 땅풀리는 밭가운데
촌부자 老王하고 같이 서서
밭최뚝에 즘부러진 땅버들의 버들개지 피여나는데서
볕은 장글장글 따사롭고 바람은 솔솔 보드라운데
나는 땅님자 老王한데 석상디기 밭을 얻는다

老王은 집에 말과 나귀며 오리에 닭도 우울거리고
고방엔 그득히 감자에 콩곡석도 들여 쌓이고
노왕은 채매도 힘이들고 하루종일 白鈴鳥 소리나 들으려고
밭을 오늘 나한데 주는것이고
나는 이젠 귀치않은 測量도 文書도 실증이 나고
낮에는 마음놓고 낮잠도 한잠 자고싶어서
아전노릇을 그만두고 밭을 老王한데 얻는 것이다

날은 챙챙 좋기도 좋은데
눈도 녹으며 술렁거리고 버들도 잎트며 수선거리고

저한쪽 마을에는 마돗에 닭개즘생도 들떠들고
또 아이어른 행길에 뜰악에 사람도 웅성웅성 흥성거려
나는 가슴이 이무슨흥에 벅차오며
이봄에는 이밭에 감자 강냉이 수박에 오이며 당콩에 마눌과 파도 심그리라
생각한다

—「歸農」부분

위의 시에서 화자가 보고하고자 하는 내용은 남만주지역의 어느 농촌
마을에서 만난 "老王"과 "나" 사이에 이루어진 밭의 거래에 대한 것이다.

보고적 서술이 돋보이는 위 시에서 주관성이 최대한 지양된 의도적 어
법의 실현 양상을 보자면 1연에서는 육하원칙 중 '누가, 언제, 어디서, 무
엇을'의 요소를 읽을 수 있다. 즉 누가[나], 언제 [눈녹이는 땅풀리는 때 볕
은 따사롭고 바람은 보드라운데], 어디서[白狗屯의 밭가운데-밭최뚝에
즘부러진 땅버들의 버들개지 피여나는데], 무엇을[땅님자인 老王에게서
석상디기 밭을 얻는 일을]에 해당하는 요소가 자연스럽게 드러나고 있다.
한 문장으로 구성된 1연에서는 '나'가 문장의 서술주어로 제시된 반면 다
음 연에서는 '老王'과 '나'를 각각 주어로 한두 개의 문장이 이어져 대등적
연결관계인 하나의 전체 문장을 구성한다.

2연의 1행부터 4행까지에서는 화자가 "老王"에 대하여 보고하는 내용으
로 이루어진다. 누가[노왕], 무엇을[나한테 밭을 주는 행위를], 왜[집에 말
과 나귀며 오리에 닭도 우울거리고 고방엔 그득히 감자에 콩곡석도 들여
쌓고-그리하여 여유가 있을 뿐 아니라- 채매도 힘이들고 하루종일 백
령조 소리나 들으려고]에 관한 내용이 들어있으며, 빠져 있는 언제와 어디

서의 요소는 앞서 1연의 '촌부자 老王하고 같이 서서'라는 언급으로 보아 두 사람이 같은 시공간을 공유하고 있으므로 1연에서 보인 것과 동일하다.

2연의 5~7행에서는 나의 노왕에게서 밭을 얻는 행위에 대한 이유 '왜' 가 구체적으로 제시된다. 그 이유인 즉 '이젠 귀치않은 측량도 문서도 실 증이 나고', '낮에는 마음놓고 낮잠도 한잠 자고싶어서' 아전노릇을 그만 두기까지 한 채 밭을 노왕한테 얻는 것이며 이것으로 귀농에 대한 시적 화자의 입장을 정리하고 있는 셈이다. 3연 이하의 연들에서는 '나'와 '노 왕'이 서로 밭을 주고 얻는 일에 대하여 의기투합하여 썩 만족해하는 모 습을 잘 나타내주고 있다. 특히 1, 2연에서 대체적인 상황을 저널리즘에 가까운 보고적 서술로 보인 후 3연에서는 '어떻게'에 해당하는 시적 화자 의 태도와 내면이 자세히 묘사되고 있다. 또 '귀농'을 위해 밭을 얻는 화자 의 농촌생활에 대한 기대와 설렘이 많은 시적 대상들의 참여를 불러일으 키는 가운데 생기 있게 표현된다.

"날은 챙챙 좋기도 좋은데/눈도 녹으며 술렁거리고 버들도 잎트며 수선 거리고/저한쪽 마을에는 마돗에 닭개즘생도 들떠들고/또 아이어른 행길에 뜰악에 사람도 웅성웅성 흥성거려/나는 가슴이 이무슨흥에 벅차오며/이봄 에는 이밭에 감자 강냉이 수박에 오이며 당콩에 마눌과 파도 심그리라 생 각한다"에서 보듯이 좋은 날씨뿐 아니라 눈, 버들, 말과 돼지, 닭과 개를 비롯한 짐승들, 아이 어른과 사람들이 한데 어울려 화자의 흥에 벅차는 심 경을 강조하고 있다. 즉 인간을 포함한 모든 자연물들이 시적 화자의 기쁘 고 설레는 마음을 돕는 객관적 상관물로 기능하는 모습을 보여준다.

또한 위 시에서는 주목을 요하는 어형이 등장하고 있다. 인용한 구절의 마지막 행에 보이는 '…리라 생각한다'의 어법이 그것인데, 이 서술어형은 백석의 시들에서 어렵지 않게 찾아지며 의미심장한 역할을 해낸다. 일반적인 표현 범주에서라면 '이봄에는 이밭에 감자 강냉이 수박에 오이며 당콩에 마눌과 파도 심을 것이다(심어야겠다)'라고 미래시제로 되어야 할 내용을 굳이 '심그리라 생각한다'로 쓴 것은 세상과 대상을 다루는 백석의 기본적인 입장과 관련하여 파악되어야 한다. 위 어형은 시에서 저널리즘 기사의 구체적인 성분들이 명징하게 발견될 정도로 사실적이며 구체적인 진술을 지향한 시인의 객관주의자로서의 면모를 잘 읽을 수 있게 하는 표현 요소이기도 하다.

시인은 1차적으로 세계를 바라보는 태도에 있어서도 충분히 거리를 두고 자신의 주관과 감상을 배제하는 방식을 따르고 있지만 2차적으로 자신의 내적 사고 과정이나 심리표현에서조차도 그것들을 객관적으로 대상화시키고자 하는 의지를 드러낸다. 위 인용문의 마지막 구절은 충분히 그러한 시특질에 대한 예가 될 수 있겠다.

내일같이 명절날인 밤은 부엌에 쩨듯하니 불이 밝고 솥뚜껑이 놀으며 구수한 내음새 곰국이 무르끓고 방안에서는 일가집 할머니가 와서 마을의 소문을 펴며 조개송편에 달송편에 죈두기송편에 떡을 빚는 곁에서 나는 밤소 팥소 설탕 든 콩가루소를 먹으며 설탕 든 콩가루소가 가장 맛있다고 생각한다
나는 얼마나 반죽을 주무르며 흰가루손이 되어 떡을 빚고 싶은지 모른다

섯달에 내빌날이드러서 내빌날밤에눈이오면 이밤엔 쌔하얀할미귀신의눈 귀신도 내빌눈을받노라못난다는말을 든든히녁이며 엄매와나는앙궁웅에 떡 돌웅에 곱새담웅에 함지에 버치며 대냥푼을놓고 치성이나 들이듯이 정한마

음으로 내빌눈약눈을받는다

　이눈세기물을 내빌물이라고 제주병에 진상항아리에 채워두고는 해를묵여
가며 고뿔이와도 배앓이를해도 갑피기를앓어도 먹을물이다

—「古夜」 부분

　시「고야」의 마지막 두 연을 옮겨보았다. 군이 시 전체를 전부 옮기지 않
고 두 연만을 떼어 음미할 경우에도 시의 객관적 특성을 충분히 확인할 수
있으며 이는 이러한 특성이 그만큼 시작의 자연스런 요소임을 보여준다.

　먼저 총 2개의 문장으로 이루어진 마지막 연부터 살펴보고자 한다. 마지
막 연의 첫 문장은 저널리즘의 전제 요건이기도 한 육하원칙 중 '누가 언제
어디서 무엇을 어떻게'의 내용에 관하여 알려주고 있다. 어린 시절 고향과
가족을 둘러싼 향수 어린 기억의 일편인 내빌날 밤의 이야기를 전하는 과
정에서 '누가'[엄매와 나], '언제' [섯달에 내빌날이 든 눈내리는 내빌날 밤],
'어디서' [집안 곳곳－앙궁, 떡돌, 곱새담 주변], '무엇을'[앙궁웋에 떡돌웋
에 곱새담웋에 함지에 버치며 대냥푼을 놓고 내빌눈약눈을 받는 행위를],
'어떻게' [치성이나 들이듯이 정한 마음으로]가 이해하기 쉽게 드러난다.

　두 번째 문장은 앞 문장에서 보인 내용의 논리적 이유인 '왜'에 해당하
는 부분이다. 섯달에 내빌날이 들어 거기다 눈까지 오면 그 눈은 신성한
대상이라 여겨지고 잠을 아껴 눈 녹은 물을 받아두는 것은 '이 눈세기물
즉 내빌물을 제주병에 진상항아리에 채워두고 해를 묵여가며 고뿔이 올
때, 배앓이를 할 때, 갑피기를 앓을 때 즉 언제든 몸이 아플 때 먹으면 영
험한 효과를 나타낸다는 믿음을 가진' 때문이다.

　시골 마을의 미신적 요소를 엿보게 하는 이 부분은 육하원칙에 입각한

사실적 서술을 통해 장황할 수 있는 내용을 간결하고 명료하게 전달하는 데 성공하고 있다. 더불어 손을 호호 불면서 내리는 눈을 맞으며 '쌔하얀 할미귀신인 눈귀신도 내빌눈을 받노라 못 나타난다'는 생각에 만족해하는 1인칭 유년화자의 순수함과 '정한 마음으로' 하나가 되어 온몸으로 함께 눈을 받는 모자(母子)의 모습이 순결한 분위기까지 자아내며 훈훈하게 그려지고 있다. '내빌눈약눈'을 받아 고이 간직해둔 이 '눈세기물(내빌물)'은 오랫동안 식구들에게 아마도 훌륭한 위약(僞藥)효과를 가져올 것이다.

그런데 이와 같이 살핀 데서 확인되는 바, 객관적인 보고의 요소가 강하게 드러난다 하더라도 서술적 서정 안에서의 보고는 단지 보고에 그치고 마는 것이 아니라는 점이 주목된다. 즉 아무리 냉연한 포즈를 취하려한다 할지라도 시적 진술이 화자의 경험적 진술과 관계되는 한 이 보고로부터 정서화의 요소가 배제될 수 없겠기 때문이다. 그러므로 저널리즘의 언술에 가까운 보고적 측면에서 시의 서술적 요소가 부각된다면 1인칭 화자의 경험적 진술을 통해 서정시 특유의 정서화(서정화)가 일어나는 것으로 볼 수 있다. 보고적 서술과 경험적 진술이 어우러짐으로 말미암아 객관적인 어조로 시가 전개되어가는 중에 정서와 분위기가 적절히 전경화되고 있는 점은 백석 시의 의미심장한 특질이기도 하다.

인용한 부분의 첫 연을 예로 들어 이야기소를 나누어보면 ①명절 전날 밤임, ②부엌에 쩨듯하니 불이 밝음, ③솥뚜껑이 놀음, ④구수한 내음새 곰국이 무르끓음, ⑤일가집 할머니가 와 마을의 소문을 폄, ⑥ 할머니가 각종 송편을 빚음, ⑦나는 설탕 든 콩가루소가 가장 맛있음 등으로 볼 수 있겠다. 이 중 ①, ⑤, ⑥의 표현이 보고적 서술에 가깝고 ②, ③, ④, ⑦이

경험적 진술에 가깝다고 한다면 이 연의 경우 정서의 유발에 기여하는 표현이 보다 압도적으로 드러나는 셈이다.

한편 인물, 사건, 배경의 3요소로서 시를 보자면 위 시를 비롯한 백석의 시들이 3요소 중에서도 배경을 주축으로 하여 구성됨을 알게 된다. 즉 시 전개의 중심이 배경에 주어지며 이 배경은 그 기저에 배경을 구성하는 이미지들을 심고 있다. 이미지를 포함하는 배경은 행위나 사실의 보고를 초점화하여 사건을 함축(적으로 설명)하는 기능을 하거나 혹은 분위기나 정서의 경험적 측면을 고조시켜 서정화에 기여한다. 또 전자는 보고적 서술과 후자는 묘사적 서술과 대응될 수 있겠다.

보고적 서술은 최대한 압축되어 있고 묘사적 서술은 농밀하게 이루어짐으로써 그 안에서 이야기소들은 겹쳐지고 중첩되며 분위기나 인상 역시 강렬해진다. 중첩되는 요소들은 그만큼 화자에 의해 의식적, 무의식적으로 지향되고 있음을 의미하며 이미지를 기저에 깔고 있는 배경의 유사성을 기반으로 한다.

백석의 시세계에서 이야기가 서정화되면서 보이는 특징으로는 동일성의 미학이란 점과 배경이 주축이 되어 인물과 사건을 아우른다는 측면 이외에 이야기들 간의 인과성(논리성)이나 선후관계가 무화되는 것을 포함시킬 수 있겠다.

① 외딴 집에 엄매와 내가 단 둘이 있는 무서운 밤
② 조마구 이야기를 들은 여운으로 이불 속에 자즈러붙어 숨도 쉬지 못하는 밤
③ 시집갈 막내고무가 엄매와 바느질을 하는 큰집에서의 밤
④ 일가집 할머니가 와 여러 가지 송편을 빚는 명절 전날의 밤

⑤ 섣달 냅일날 엄매와 함께 냅일눈 약눈을 받는 밤

①에서 ⑤는 위 시「고야」의 1연에서 5연까지 각 연을 구성하는 핵심 이
야기소를 간추린 것이다. 제목이 전하는 그대로 각 이야기들은 그저 많은
옛 밤들 중의 몇 개를 대상으로 한 것일 뿐 개별적 이야기 간에 시간적 선
후관계나 인과적, 논리적 관계가 적용되고 있지 않다. 시간성이 무화된
구성 안에서 이야기들은 병치되어 나타나며 이러한 점은 백석 시세계 안
에서 이루어지는 이야기의 서정화 방식의 특성을 잘 보여준다.

차디찬 아침인데
妙香山行 乘合自動車는 텅하니 비어서
나이 어린 계집아이 하나가 오른다
옛말속 가치 진진초록 새저고리를 입고
손잔등이 밧고랑처럼 몹시도 터젓다
계집 아이는 慈城으로 간다고하는데
慈城은 예서 三百五十里 妙香山百五十里
妙香山 어디메서 삼촌이 산다고한다
새하야케 얼은 自動車 유리창박게
內地人 駐在所長가튼 어른과 어린아이 둘이 내임을 낸다
계집아이는 운다 느끼며 운다
텅 비인 車안 한구석에서 어느 한사람도 눈을 씻는다
계집아이는 몃해고 內地人 駐在所長집에서
밥을 짓고 걸레를 치고 아이보개를 하면서
이러케 추운 아침에도 손이 꽁꽁얼어서
찬물에 걸레를 첫슬것이다

─「八院─西行詩抄 3」 전문

상당한 양의 내용을 깔끔한 서술로 담아내고 있는 위 시는 역사적인 문제를 그 바탕에 포함하고 있음에도 불구하고 직설적으로 토로하거나 표면 위로 성토하지 않는 시인의 절제된 면을 진지하게 엿볼 수 있는 작품이다. 마치 어렵고 가난한 이웃들의 사람 사는 이야기에 관한 보도를 연상케 하는 위 시는 드러나 있지 않은 화자의 객관적인 목소리로 말미암아 그 내용의 진실성과 신뢰성이 더욱 살아나고 있다.

저널리즘 기사의 일부를 구성한다 해도 손색이 없을 듯한 전문은 제목부터 구체적인 사건의 발생지인 지명으로 시작된다. 연 구분은 이루어져 있지 않으나 시 전체가 7개의 문장으로 구성되어 있고 첫 두 문장과 다음의 한 문장, 그 다음의 세 문장과 마지막 한 문장이 각기 내용상 한 단위를 이룬다.

시의 제목을 비롯한 첫 문장에서는 인물과 배경 즉 '누가'[묘향산행 승합자동차에 오르는 나이 어린 계집아이 하나가], '언제'[차디찬 아침], '어디서'[팔원]에 대한 설명이 드러난다. 이어지는 두 번째 문장은 인물에 대한 부연으로 볼 수 있다. '옛말속 가치 진진초록 새저고리를 입고 손잔등이 밧고랑처럼 몹시도 터진' 어린 소녀의 범상치 않은 모습이 묘사된다.

다음의 세 번째 문장에서는 사건의 중심 내용이 소개되고 있다. 이 대목을 통하여 독자들은 '무엇'에 해당되는 정보를 얻는다. 시적 대상인 어린 소녀가 '무엇'[妙香山 어디메에 사는 삼촌을 찾아 예서 三百五十里 妙香山 百五十里인 慈城으로 길 떠나는 행위]을 하려는지 비로소 알 수 있게 된다.

그런데 이후의 이어지는 세 문장에서 드러나는 '어떻게'의 상황은 독자들로 하여금 깊은 정서적 공감을 이끌어내고 있다. 그뿐 아니라 장면을 통한 인물의 행위 묘사가 가미되어 이 시가 주는 독특한 긴장 속으로 빠져들게 한다. '어떻게'에 해당하는 이 대목의 진술은 '새하야케 얼은 자동차 유리창박게', '내지인 주재소장가튼 어른과 어린아이 둘이 내임을 낸다'는 것이며 이는 어쩔 수 없이 헤어져야 하는 상황이긴 하지만 그들이 이 소녀에 대하여 정들었기에 헤어짐을 힘들어하는 모습이다. 길 떠나야 하는 소녀 역시 '운다 느끼며 운다'로 표현되듯 평안한 상태는 아니다. 창밖의 사람들이 단지 헤어짐이 아쉬워 내임을 낸다면 이 어린 소녀의 눈물은 헤어짐에서 오는 것 외에 가족이 아닌 멀리 사는 친척을 향해 떠나야만 하는 운명과 이후의 가늠할 수 없는 삶에 대한 불안과 두려움을 내포하고 있는 진하디 진한 것이다.

식민 치하에 놓인 가난한 조국의 운명처럼 몹시도 터진 "밧고랑"같은 손잔등이 암시하는 바와 같이 신산하고 막막한 삶의 비애 가운데 놓인 이 어린 소녀를 바라보며 '텅 비인 차안 한구석'에 앉은 '어느 한사람'도 조용히 눈을 씻는다. 시인을 연상케 하기도 하는 이 제3자는 안타까움을 느끼며 재삼 평온했던 시절에의 그리움과 회상에 젖었을 것이다.

이와 같은 비극적 상황에 대한 구체적 정보와 사건을 만들어낸 이유가 마지막 문장에 과거에 대한 추측을 드러내는 시제를 빌어 온건하게 그러나 비교적 자세히 진술되고 있다. '內地人 駐在所長집에서 밥을 짓고 걸레를 치고 아이보개를 하면서' 힘들게 지냈던 나이 어린 계집아이가 이제 다시 "묘향산 어디메서" 산다는 것만 알 뿐 결코 평안과 안락이 보장된다고 단언할 수 없는 삼촌집에서의 삶을 향해 정처없이 떠난다. 그리고 이 두렵고 쓸쓸한 떠남의 이유는 궁극적으로 '왜' ['內地人 駐在所長'이 존재하는 식민 치하의 신산하고 가난한 현실]에 해당하는 것이다.

위의 시 역시 앞에서 「고야」를 통해 살펴본 바와 같이 이미지 안에 사건이 응축되고 다시 이미지를 통하여 정서와 분위기가 유발되는 백석 시의 특징을 드러낸다. 그러나 이야기의 병치를 주요 구조로 삼는 작품들에 비해 사건의 추이를 부각시킨 위 시의 경우 배경이 차지하는 비중이 보다 줄고 사건과 인물에 대한 비중은 보다 증가되고 있다. 내용 요소를 간결히 정리하면 아래와 같이 될 것이다.

① 차디찬 아침 묘향산행 승합자동차는 텅하니 비었음(1~2행)
② 어린 계집아이 하나가 승차함(3행)
③ 진진초록 새저고리를 입은 아이의 손잔등이 밧고랑처럼 터짐(4~5행)
④ 아이는 멀리 삼촌이 사는 묘향산 어디메의 고을인 자성으로 간다고 함 (6~8행)
⑤ 유리창 밖에서 주재소장 같은 한 어른과 아이 둘이 내임을 냄(9~10행)
⑥ 계집아이가 흐느끼며 욺(11행)
⑦ 텅 빈 차 안에서 제3자인 어느 한 사람도 눈을 씻음(12행)
⑧ 계집아이는 주재소장 집에서 여러 해 동안 가사일과 아이보개를 했을 것임(13~14행)
⑨ 이렇게 추운 아침에도 찬물에 걸레를 치느라 손이 꽁꽁 얼었을 것임(15~16행)

이야기의 기본 요소인 인물, 사건, 배경을 중심으로 하여 위 시를 분석하면 ①과 ⑧은 배경에 가깝고 ②와 ⑥은 주인공의 행위(사건)를 나타내며 ③과 ⑨는 인물 자체를 묘사하고 있다. 또 ④는 간접적으로 전해들은 내용을 언급한 것이며 ⑤와 ⑦은 장면을 통해 부수적 인물들의 행위(사건)를 묘사해낸다. 따라서 위 시는 배경→사건→인물→전해들은 내용→장면을 통한 부수적 사건→사건→장면을 통한 부수적 사건→배경→인물의 순서로 배열된 셈이다.

각각의 과정에는 이미지가 침투되어 있으며 그 안에서 정서화가 일어나는데 특히 술어부가 정서와 분위기를 유발하여 서정화에 기여하는 모습이다. 위 시는 배경과 정서와 인물의 행위(사건)가 복합적으로 중첩되어 있으며 이를 통하여 이야기의 입체화가 이루어진다. 앞 시에서 보았던 것과 마찬가지로 보고적 진술과 경험적 진술이 어울려 객관적 전개 안에서도 정서의 울림을 느끼게 한다. '텅하니 비어서', '밧고랑처럼 몹시도 터젓다', '손이 꽁꽁얼어서' 등의 표현은 추상성과 주관성이 배제된 구체적 이미지에 기댄 묘사를 특히 잘 보여준다.

시 「팔원」을 통하여 한 섞인 눈물을 자아내며 살 곳을 찾아 또다시 떠나야 하는 나라 잃은 가난한 소녀의 이야기를 화자가 자신의 모습을 감춘 채 시적 대상과의 거리를 충분히 확보하여 탁월한 절제와 탈주관적 묘사로 격조 있게 형상화시키고 있음을 본다. 또한 저널리즘을 구성하는 대본이나 기사로도 부족함 없을 만큼 구체적이며 현장감 있는 서술이 군더더기 없이 이루어지고 있음은 물론 인물, 사건, 배경을 아우르는 육하원칙의 요소 역시 빠짐없이 제시됨을 확인할 수 있다.

2. 기억의 감각적 현현(顯現)

인간은 기억하는 존재이다. 어제의 일도 기억하지만 1년 전의 일을 기억하는가 하면 5년 전, 10년 전, 혹은 그보다 더 오래된 일들을 마치 방금 전의 것처럼 기억해낸다. 마음과 생각 속에서 잠시 떠올리다 멈추기도 하지만 때론 그 기억들을 말로 꺼내어보기도 하고 여러 번의 재구 과정을 거쳐 정밀하게 글로 써보기도 한다. 남몰래 과거의 일을 떠올리다가 자신도 모르게 부끄러워 움츠러들기도 하고 당당하게 어깨가 펴지기도 하고 한편 뒤늦게 뭔가를 깨달아 배시시 웃기도 하는 존재가 인간이다.

백석 시에서도 현재의 전주인 과거는 놓칠 수 없는 대상으로 등장한다. 물론 많은 작가와 시인들에게 과거란 의미심장한 존재이다. 비단 백석의 시뿐만 아니라 그와 당대의 혹은 후대의 수많은 시인들이 과거를 노래했다. 이름하여 고향시편, 회상시편, 과거시편, 유년시편, 기억시편 등등 다양한 이름으로 명명되고 해석되는 다양한 스타일의 다양한 시들이 있다. 시집 『사슴』의 대다수 시편들에서 공통분모가 되고 있으며 그 이후 기행시편들로 확장되고 있는 이러한 유형의 시편들이 백석 시창작의 기본 주춧돌의 하나임은 의심할 여지없는 사실로 보인다. 그러나 여기 백석의 기억시편이 다른 시인들의 그것과 변별되는 하나의 특질이 존재한다. 그것은 '기억'이 가지는 성격과 차원이 그들과 구별된다는 사실이다.

보통 사람들은 과거를 기억할 때 과거의 사실 그대로를 복원하지 않는다. 아니 복원하지 않는 것이 아니라 복원하지 못한다. 솔직히 말해 우리가 되새김질하는 과거는 있는 그대로의 과거라기보다 현재의 기준으로 윤색된 과거이기 때문이다. 현재의 기억주체의 역량에 따라 이해되고 바라보아지며 해석되고 음미되는 것이 머릿속에 떠오르는 내용으로서의 과거이다. 이는 현재를 기준으로 주체의 이성과 합리성, 자의식 및 여타의 요소들이 서로 결합되어 만들어진 일종의 창조물로서의 절대적 사실에선 비껴서 있을 가능성이 높은 그 무엇이다. 현재의 기억주체의 상태와 과거 그 시점의 기억주체의 사고 수준을 포함한 모든 상태와 환경이 동일하지 않음으로 말미암아 무의식적이긴 하지만 기억되는 과거에는 최소한의 추정과 최소한의 진실이 아닌 점과 최소한의 미화된 요소가 가미되기 마련이다.

또한 인간 지각 능력의 한계로 인해 기억의 현장인 그 당시 그곳의 공기라든가 주변 분위기, 당시 주체가 느꼈던 세부적인 신체적 느낌들, 정미한 감정 따위들까지 재구하기는 상당히 어렵다. 실제 경험이 여러 소리와 광경들, 신체적 기대 및 다양한 감정들과 기대와 같은 혼란을 포함하는 데 반해 기억이란 현상은 주의가 가해진 선별된 인상들의 구성으로서 의지의 경험적 현상[79]이라 할 수 있다. 결론적으로 기억주체는 기억하는 대상에 대하여 백 퍼센트 객관적이지 못하고 냉철하지 않다. 어쩔 수 없이 현재의 상황을 기준으로 끊임없이 과거 상황에 통일성을 부여하려 하고 기억주체의 시각에서 대상을 재인식하려 하거나 동일화해내려는 의도가 기억하는 과정 안에 무의식적으로 수반되기 때문이다.

따라서 이와 같이 우리가 흔히 '떠올리려는 의지'와 더불어 떠올려내는 보편적인 기억들은 자연스레 약간의 거짓말을 섞는다. 물론 그때 가미되는 거짓말은 의도적이지 않기에 고의성을 지니지는 않지만 생의 진정성을 있는 그대로 확보하기에는 부족해지는 상태의 것이 되고 만다. 이러한 기억 안에서는 실제 삶의 내용 자체가 어떠하든지 간에 현재와 과거 사이

---

79) Susanne K. Langer, *Feeling and form*, Charles Scribner's Sons, 1953, p.263.

의 관계는 매우 연속성을 지니는 것처럼 이해된다.

그야말로 아우구스티누스의 시간관이 말하는 것처럼 '과거는 현재의 기억'이란 의미의 고정이며 미래란 '현재의 기대'를 표현한 용어로서 기능할 뿐이다. 이때 주체의 사고 안에서 불연속적인 부분들은 메워지고 과거와 현재 사이의 공간은 울퉁불퉁한 지점이 전혀 없는 매끄러운 도로로 포장된다. 이와 같은 보편적인 기억의 양상에 대하여 일찍이 베르그송은 '습관적 기억'[80]이란 이름을 붙였다.

그러나 여기서 부각시키고자 하는 다른 종류의 한 기억의 특성은 이와 대비된다. 이 다른 종류의 기억에 대하여 베르그송은 문자 그대로의 의미에서 '순수기억'[81]이란 이름을 주었다. 또 다른 철학자 들뢰즈는 이 시각의 연장선에서 '무의지적 기억'[82]이라 부르기도 했다.

이 기억은 주체가 최대한 무심한 상태에서 의지성을 배제한 채로 기억하게 되는 기억이다. 주체는 '떠올리려는' 의지를 전혀 가지지 않으며 마치 잠자다 뭔가의 소리에 놀라 막 눈비비며 깨어난 사람처럼 멍한 상태이다. 이 흔치 않은 무의지 상태에서 무조건 반사처럼 뛰어오르면서 '이상한 나라의 앨리스'가 보여주는 것과 같이 시공간을 뛰어넘어 예전에 있었던 바로 그곳으로 돌아가 있는 듯한 그런 경험, 그리하여 정확한 원본 그대로는 비록 아닐지라도 원본에 가장 근사한 복사본으로 과거를 체험케 되는 기억이 바로 '순수'한 기억, '무의지적' 기억이다.

---

80) 베르그송, 앞의 책, 264~265쪽.

81) 위의 책, 221쪽.

82) 들뢰즈, 『베르그송주의』, 김재인 역, 문학과지성사, 1996, 98쪽.

그렇다면 이러한 기억[83]은 구체적으로 어떠한 조건하에서 발생되는 것인지 짚어보아야 한다. 흔히 이것은 우리가 예상치 못한 순간에 물질적인 요소, 대개는 물질적인 요소에 감각이 매개되어 이루어지곤 한다. 즉 물질성과 감각성이 결합하여 시공간을 뛰어넘게 하는 현상이 가능해진다. 이러한 현상하에서는 기억주체 안에 쌓인 수많은 감각들과 인상들이 서로 중첩되고 연쇄되어 하나의 시공간에 고착됨 없이 다채로운 대상들을 활발히 불러내곤 한다.

예를 들면 지나치는 일상 가운데 우연히 어떤 냄새를 맡는 경험을 했을 때 그 냄새를 매개로 과거의 어떤 장면이 자신을 사로잡는 식으로 이 기억의 현상은 발생한다. 후각뿐 아니라 청각적인 요소나 촉각적인 요소 혹은 미각이나 공감각적인 요소들을 통해서도 기억주체를 사로잡는다.

상대적으로 시각적인 요소는 비중을 적게 차지하는데 그것은 감각의 특성상 시각이 다른 여타의 감각 요소들보다 매우 거리감 있는 감각에 해당하기 때문이다. '본다'는 것은 가장 일반적인 감각 행위이긴 하지만 가장 적은 집중력으로 많은 대상들을 수용할 수 있는 피상적 감각 행위이기도 한 때문이다. 또한 시각은 일방적 특성을 지닌다는 측면에서 보면 여타의 감각들에 비하여 소외된 감각이기도 하다.

맛있는 음식을 먹으면서 언젠가 그 음식을 먹으면서 느꼈던 미각의 만족과 더불어 그 당시의 상황이 온몸으로 느끼듯 생생하게 다시 체험되었

---

83) 윤지영은 이와 같은 기억을 백석 시세계가 보여주는 시적 주체의 사유 과정과 결부시켜 논의하였다. (윤지영, 「백석 시에 드러나는 시적 주체의 사유과정 연구」, 서울대 석사논문, 2001.)

다면 그것은 또한 순수기억에 해당한다. 이러한 기억은 최대한 과거를 있는 그대로 복원할 수 있으며 시간 차원에서는 비약적인 도움닫기를 통하여 이루어지는 동시에 불연속적으로 경험되는 과거이다. 따라서 앞서 비교되는 습관적 기억에 비할 때 오롯이 독립된 '존재'의 차원에 선 과거를 가능케 하며 다른 표현으로는 이를 즉자적 과거라 칭할 수 있을 것이다. 또한 이러한 기억 현상에서는 감각의 대상이 된 물질성을 통하여 사유하는 정신성이 구현되므로 물질과 정신의 호환관계가 성립되며 더 이상 관념론자들의 주장과는 달리 정신이 물질의 주인일 수 없게 된다.

'프루스트'는 소설 『잃어버린 시간을 찾아서』에서 이와 같은 기억과 과거의 면밀한 성격을 훌륭하게 표현한 바 있다. 소설에 드러난 그의 시간관은 '베르그송'의 그것과도 별개로 보이지 않는다. 그리고 현대철학자 '들뢰즈'는 기억과 과거의 체험을 참신하게 제시한 프루스트의 소설을 깊이 사유하였다. '들뢰즈'가 프루스트 소설의 분석의 잣대로 내세운 것은 '기호 해독 과정'으로서의 사유[84]이다.

그는 합리나 이성, 의지 등의 의도적 도구를 사용치 않은 우연적으로 접하게 되는 기호들로부터 촉발된 사유가 진리(진실, 진정성)를 보장한다고 보았다. 우연적으로 만나게 되는 기호들이란 때론 그림문자이고 혹은 수수께끼이며 또는 그림문자나 수수께끼와 비슷한 그 무엇이다. 이 자발적인 기억은 지금의 현재에서 과거에 있었던 현재에로, 즉 그 당시 현재였지만 지금은 현재가 아닌 어떤 시기로 나아가기에 과거에 존재했던 현

---

84) 들뢰즈, 『프루스트와 기호들』, 서동욱·이충민 역, 민음사, 1997, 48쪽.

재와 관련이 있으면서 지금의 현재에도 관련되며 마치 사진첩에서 예전에 찍은 사진 한 장을 꺼내어 보듯이 실행된다.[85] 들뢰즈는 인간들이 구조화되고 계획화된 의도하에 떠올리는 의지적 사유보다 삶에서 즉발적이며 무의지적으로 어떤 야릇한 매개에서부터 조우하는 대상들이 훨씬 진실에 가깝다고 보았다. 그만큼 그 순간 만나는 대상들이 편파적 주관에서 멀고 공정한 객관에 가깝다는 의미일 것이다.

프루스트의 소설에서 이 기호의 역할을 하는 것은 흔히 대상인 음식으로부터 온 후각이나 미각의 재경험이다.[86] 즉 현재에 놓여 있는 물질에의 감각적 경험이 과거의 어떠한 장면과 정황을 재생시켜 기억에 이르게 하고 기억의 주체를 당시의 상황으로 데려다 놓는다. 물질이 살아 움직여서 과거 체험의 현장으로 이동해감으로써 시적 주체의 정신도 따라서 움직이고 다시 몸으로 체험하고 시공간과 사건이 복원되는 메커니즘이다. 프루스트는 이러한 의도적 방법론을 통하여 인간의 시간과 기억, 그것의 현재와의 조우의 문제, 물질성을 통한 사유, 그리고 주체의 문제를 제기했다. 그리고 이러한 일련의 과정은 현재의 시각에서 과거라는 대상을 재구하고 현재의 입장을 기준으로 재인식 및 통합하기 위하여 의도적으로 재생시키는 기억의 종류와는 다른 층위의 것이다.

그런데 이는 백석의 경우에도 예외가 아니다. 그의 시들에 존재하는 음

---

85) 위의 책, 93쪽.

86) 홍차에 적신 마들렌 과자 작은 조각의 맛은 주인공에게 시골 마을 '콩브레'에서의 어린 시절에 대한 기억을 불러일으키는 매개이다. (마르셀 프루스트, 『잃어버린 시간을 찾아서 제1권』(스완네 집 쪽으로 1), 김창섭 역, 국일미디어, 1998, 69쪽.)

식물에 관계된 시어만 110여 개에 이르며 그에 수반한 다양한 감각들이 여기저기 산재되어 있는 것은 그러한 사실의 단초를 제공한다. 객관적인 저널리스트이며 노련한 사진사와 같고 큐레이터의 관점과 태도를 가진 시적 주체는 무심한 상태에서 듣고, 냄새를 맡고, 음식을 맛보거나 만지는 것이다. 그때 별안간 현재와 같거나 유사했던 혹은 어떤 측면에서 거의 동일했던 옛적의 기억이 불쑥 떠오르는데 물질에 대한 감각성의 경험이 크고 예리했을수록 그것은 생생하게 사실적으로 드러나고 있다. 그리고 그 새롭게 살아난 경험은 구체적인 생활 안에서의 감각적 이미지들을 매개로 한 이야기가 되고 시가 되고 시적 현실이 되어지는 것이다. 물질인 인간이, 물질을 감각하는 오감의 인간이, 물질을 가지고 살아가는 인간이, 물질에 둘러싸여 물질을 존재의 기반으로 하는 인간이, 물질과 하나가 된 인간이, 물질로 인해 문명화된 인간이, 인간으로 인해 아름다운 물질이 그 안에 조화를 이루고 서 있다.

백석의 시 안에 나타나는 기억이 여타의 일반적인 기억시들이 보여주는 것과 다름은 이러한 연유이다. 식민 치하의 압제가 극에 달하였던 1930년대, 가치가 붕괴되고 공동체와 언어가 사라져가며 역사적 정체성과 진실을 되찾을 가능성이 희미해 보이던 그때, 백석의 시들은 냉담할 정도로 차갑게 그 잃어져가는 따스한 세계를 갈망했다. 그 따스한 세계는 과거에 확고히 존재했었으나 1930년대와 40년대 초반까지 상황으로 보아서는 언제 사라져버릴지 모를 안개 같은 곳이었으며 따라서 되도록 생생하게 붙잡고 싶은 대상이었다.

그러나 백석의 시적 주체가 그들을 붙잡은 방식은 일반적인 방식, 즉 주체의 사유 속에서 과거를 미화시키거나 관념적으로 추억하거나 그리움과 애상의 감정에 함몰하여 울부짖거나 백일몽적이고 환상적인 도피처로 삼는 것과는 거리가 멀었다. 이 때문에 초기시들의 대부분인 그의 고향시편과 기본적인 성격상 그 연장선상에 서서 대상들을 확대시키고 있다고 여겨지는 일련의 기행시편들이 유사한 모티브의 다른 시세계들과는 구별된 개성과 매력을 획득한다.

백석이 구사한 '순수기억'들은 분명 현재의 시공간을 기준으로 할 때 전위적인 대상들이다. 그것들은 돌발적으로 어느 한 순간 주체를 깜짝 놀라게 하며 수면 위로 떠오른다. 그럼으로써 주체가 의식적, 무의식적으로 치밀하게 구성해놓은 과거와 현재 사이의 통일성을 깨고 너무나도 생소하게 느껴지는 순간을 현재의 기억주체에게 가져다주기도 한다. 물질에 대한 감각이 정신적 경험을 가져오고 '생각하는 인간'에게 갑작스러운 충격적 일격을 가한다. 이때 경험되는 과거는 비약적이며 일탈의 성격을 띠고 도약하는 것이다. 연속적인 현재에 불연속적인 어느 한 순간이 끼어드는 것이다. 엔트로피가 갑자기 증가하는 현상이 나타난다.

이때의 기억은 과거와 현재 사이의 통일성을 깨버리는 예측하기 어려운 존재이다. 그러나 이 과거의 존재가 전적으로 불연속적인 것만은 물론 아니다. 기억을 통해 나타나고 있는 과거는 현재의 일부분을 이루는 물질성과 항존하는 주체의 감각성의 결합을 통해 발견되어짐으로써 그 효력을 여전히 지속하고 있는 친근한 대상이다. 과거가 불순물을 제한 모습으로 일순간 현재에 드러남으로써 가장 진실된 것으로 다시 태어나고 현재와의 관계 또한 온몸으로 깨닫게 해주는 고마운 스승의 역할을 하고 있다. 그것은 아름다운 현자의 모습으로 가장 인간적인 순간이면서 동시에 가장 즉물적인 순간에 전광석화처럼 다가오는 것이다.

봄철날 한종일내 노곤하니 벌불 작난을 한날 밤이면 으레히 싸개동당을 지 나는데 잘망하니 누어 싸는 오줌이 넙적다리를 흐르는 따끈따끈한 맛 자리에 펑하니 괴이는 척척한 맛

첫 녀름 일은저녁을 해 치우고 인간들이 모두 터앞에 나와서 물외포기에 당콩포기에 오줌을 주는때 터앞에 발마당에 샛길에 떠도는 오줌의 매캐한 재 릿한 내음새

긴 긴 겨울밤 인간들이 모두 한잠이 들은 재밤중에 나혼자 일어나서 머리맡 쥐발같은 새끼오강에 한없이 누는 잘매럽던 오줌의 사르릉 쪼로록하는소리

그리고 또 엄매의 말엔 내가 아직 굳은 밥을 모르던때 살갗 퍼런 망내고무 가 잘도 받어 세수를 하였다는 내 오줌빛은 이슬같이 샛맑앟기도 샛맑았다는 것이다.

—「童尿賦」 전문

위 시는 어린아이와 오줌을 결부시킴으로써 시대와 지역을 초월하여 보편타당한 체험을 시적 대상으로 하고 있다. 어린 시절 저도 모르게 옷에 오줌을 적시거나 이불에 지도를 그렸던 것은 누구에게나 원초적 기억 속에 자리잡고 있는 통과제의적 경험의 일종이기도 하다. 서술주체는 일상의 어느 순간 오줌이라는 대상물과 접하게 되는 어떤 상황 속에서 과거의 유의미한 체험 속으로 빨려 들어가는 모티브를 감지하게 된다. 뜻하지

않게 '지금 이 순간'에서 '그 당시 그곳'으로 주체를 옮겨놓은 모티브란 대상의 냄새일 수도 있고 소리일 수도 있다. 혹은 촉각적인 자극에 의해서이거나 조명 등 환경의 요소가 더해져 유난히 새롭게 보이는 특별한 시각적인 심상에 의하여 촉발된 것일지도 모른다.

그리하여 현재 성인인 서술주체는 단번에 유년의 행위주체의 존재를 덧입고 있다. 의식적으로 복원해낸 과거가 아니라 우발적인 감각적 매개 요소와의 만남으로 인해 우연히 떠오른 과거이기에 성인화자라면 당연히 가질 법한 미숙한 시절의 행위에 대한 부끄러움 따위는 전혀 찾아지지 않는다. 그저 당시의 시공간 안에 존재했던 유년의 화자와 온전히 일체가 되어 유년화자의 경험을 누리고 있을 뿐이다.

위 시에서 주체로 하여금 시적 대상인 오줌을 경험하게 하는 주매개는 감각이며 시의 전면에 부각되는 주제 역시 감각이다. 1연에서는 불장난을 벌인 날 밤에 이부자리를 어질러놓게 되는 '싸개동당'을 촉각의 심상에 의하여 묘사하고 있다. '오줌이 넙적다리를 흐르'며 지나갈 때 '따끈따끈 한 맛'이 피부에 느껴지며 다리에서 흘러내려 이부자리에 스밀 때 '펑하니 괴이는 척척한 맛'이 감지된다.

1연에서 주체를 사로잡은 감각이 촉각이었다면 2연에서는 후각으로 옮겨지고 있다. '일은저녁을 해 치'운 '인간들이 모두' 함께 오이며 콩 심은 곳에 오줌을 주고 덕분에 '터앞에 발마당에 샛길에' 오줌의 '매캐한 재릿한 내음새'가 진동하던 풍경이 그려진다. 문명화된 곳에서라면 상상하기조차 힘든 이러한 진풍경이 성인화자의 시각에서라면 다소 민망한 것이겠지만 위 시 2연의 유년화자에게는 일종의 즐거운 유희에 가깝게 느껴질 뿐이다.

어린 시절 오줌과 관련된 세 번째 기억은 3연에 드러난 것처럼 정적이 가득한 한밤에 일어나 오강에 볼 일을 보곤 하던 체험이다. 시 안에 직접 언급되진 않았지만 차고 고요한 시골의 겨울밤, 오강에 떨어지는 자신의 오줌 소리는 순진무구한 유년화자에게도 끝나지 않을 것처럼 길고 스스로도 놀랄 만큼 크게 느껴졌음이 분명하다. 그러한 무의식에의 각인이 앞서 보여진 촉각, 후각에 이어 청각적 심상의 부각으로 이어졌을 것이며 '사르릉 쪼로록하는 소리'로 묘사되고 있다.

4연에서는 마지막으로 오줌의 체험을 시각적 심상과 결부시키고 있다. 처음 등장하는 '엄매'와 '망내고무'라는 주변의 인물들은 행위주체인 유년화자의 경험을 더욱 구체적으로 만드는 요소가 된다. '망내고무가 잘도 받어 세수를 하였다'는 다소 믿기지 않는 내용을 '엄매의 말'을 통해 인용하는 문장 형식을 취함으로써 일종의 액자 장치에 의한 진실의 담보를 꾀하고 있는 점도 특징적이다.

그런데 이처럼 '내가 아직 군은 밥을 모르던때', '엄매의 말'이 "살갗 퍼런 망내고무가 잘도 받어 세수를 하였다"는 얘기를 전개하는 화자의 궁극적인 목적은 '오줌빛'이 '이슬같이 샛맑앟기도 샛맑앟'음을 전달하고자 하는 데 있다. 즉 위 시에서는 어떤 사실을 말하기 위하여 감각을 동원하는 것이 아니라 반대로 감각적 체험의 강렬함을 그 자체로 부각시키기 위하여 그와 관련된 체험적 이야기들이 제시됨을 보게 된다. 1연은 오줌이 주었던 촉각적 심상을 부연하기 위하여 '싸개동당'에 관한 일이 서술되었고, 2연에서는 역시 오줌이 가져온 후각적 심상을 더욱 구체화하기 위해 첫여름 저녁 무렵 마을 사람들이 동시에 거름주듯 오줌을 누던 일이 묘사되었다. 마찬가지 방식으로 3연은 오줌의 청각적 심상을 부각시키기 위하여 '재밤중에 나혼자 일어나서', '새끼오강에 한없이' 오줌을 누던 일을 말하고 있는 것이다.

인간의 감각은 그 고유한 역할의 차이만큼이나 성격에 있어서도 개별성을 갖는다. 대표적인 감각을 오감이라 할 때 감각하는 주체와 감각되어지는 대상의 물리적 거리를 기준으로 이들을 서열화한다면 세 가지군 정도로 나누어질 수 있지 않을까 한다. 가장 물리적 거리가 큰 감각이 물론 시각일 것이며 다음 순서가 청각, 마지막으로 후각을 비롯한 촉각과 미각의 감각이 하나로 묶일 것이다. 또한 이와 같은 순서로 체험하는 대상에 대한 무의지성 및 비사유성이 커져간다고도 말할 수 있다. 이를 다른 말로 바꾸면 보는 자의 시점이 전제된 시각 활동에 비하여 다른 여타의 감각 활동은 추상화가 덜 진행된 보다 동물적 감각이란 뜻이다. 냄새(후각)란 '무의지적 기억의 피난처'로서 '좀처럼 가시적인 이미지와 연관되지 않는' 특성을 지니는 것[87]이다. 그만큼 시각에 대비되는 감각인 후각은 본연의 동물적 원시성에 가까울 뿐 아니라 문명화되기 이전 인간의 자연적 본성을 일깨우는 측면을 내재한다. 그리고 촉각이나 미각 역시 대상과의 물리적 거리나 지각의 방식에서 시각의 그것보다는 후각의 속성을 따른다고 볼 수 있다.

위 시는 감각의 통로를 따라 과거로 도약하는 순수기억으로서의 기억을 만나게 할 뿐 아니라 그 기억 속에서 대면하는 감각적 경험들의 강렬도와 핍진성을 잘 보여주고 있다. 시 「동뇨부」의 주제는 유년화자의 일상

---

87) 벤야민, 『발터 벤야민의 문예이론』, 반성완 역, 민음사, 2000, 153쪽.

속에 스며있던 감각에 대한 경험이고 이 감각들이 오줌이라는 대상을 매개로 한 각기 다른 독립적 사건들에 의해 병렬적 구성으로 묘사되어진다.

나는 돌나물김치에 백설기를먹으며
넷말의구신집에있는 듯이
가즈랑집할머니
내가날때 죽은누이도날때
무명필에 이름을써서 백지달어서 구신간시렁의 당즈깨에넣어 대감님께 수
영을들였다는가즈랑집할머니
언제나병을앓을때면
신장님달련이라고하는 가즈랑집할머니
구신의딸이라고생각하면 슳버졌다

토끼도살이올은다는때 아르대즘퍼리에서 제비꼬리 마타리 쇠조지
가지취 고비 고사리 두릅순 회순 山나물을하는 가즈랑집할머니를딸으며
나는벌서 달디단물구지우림 둥글네우림을 생각하고
아직멀은 도토리묵 도토리범벅까지도 그리워한다

뒤우란 살구나무아레서 광살구를찾다가
살구벼락을맞고 울다가웃는나를보고
미꾸멍에 털이멫자나났나보자고한것은 가즈랑집할머니다
—「가즈랑집」 부분

위는 시 「가즈랑집」의 5, 6, 7연을 옮겨본 것이다. 옮겨오지 않은 1, 2, 3, 4연은 가즈랑고개와 가즈랑집, 그리고 거기 거하는 가즈랑집 할머니에 대한 소개를 담고 있다. 4연까지는 화자가 직접 드러나지 않는 가운데 시

골 마을에서도 '무서웁게' 외진 곳인 '닭개즘생을 못놓는' 가즈랑집의 척박함과 '긴담배대에 독하다는 막써레기를 몇대라도' 붙일 만큼 남다른 삶의 여정을 지닌 할머니의 모습이 담담히 묘사된다.

그러다가 5연은 돌연 시의 뉘앙스가 변모하면서 화자 '나'가 전면에 부각된다. 5연을 '나는 ……라는 가즈랑집 할머니가 ……라고 생각하면 슬퍼졌다'의 구조로 파악한다면 '나'는 문장의 주어에 해당한다. 갑자기 화자가 주어의 위치를 차지하며 전경화된 것은 5연부터 본격적으로 화자와 할머니 사이에 있었던 사건을 중심으로 둘의 관계를 보여주려는 전개상의 의도 때문이다. 그리고 이 '나'는 시작의 서술주체인 성인화자로서의 '나'인지 아니면 유년기의 경험주체인 유년화자로서의 '나'인지가 불분명하여 다소 묘연한 화자의 성격을 띤다.

갑작스레 누구의 목소리인지 불분명한 채로 등장하는 이 화자가 가즈랑집 할머니와 있었던 일을 기억하는 기억의 방식은 '나'의 등장과 마찬가지로 갑작스럽고 비인과적이며 불연속적이다. 들뢰즈에 의하면 이 기억은 멀리 떨어진 두 대상을 공명하게 만들면서 이루어지는데, 이때 일어나는 공명은 스스로 자기 자신의 조각들을 추출해내며 그 조각들이 가진 고유한 목적에 따라 공명하게끔 하지만 그것들을 전체화하지는 않기에 특정 본질의 생산엔 기여하되 하나에서 다른 하나로 옮겨가는 연상의 사슬과는 전혀 상관이 없는[88] 특성을 지닌다.

위 시에서 기억 자체가 그 무엇에 봉사하는 도구로 기능하는 것이 아니

---

88) 들뢰즈, 앞의 책, 237~238쪽.

라 존재 자체로서의 지위를 획득하는 이 순수기억으로의 매개는 '돌나물 김치에 백설기'라는 음식물이다. 서북지방의 시골이라면 어렵지 않게 상에 올랐을 이 김치와 백설기떡을 통하여 화자는 단숨에 어린 시절 비일상적 체험을 제공했던 가즈랑집의 공간으로 생생하게 돌아가 있는 것이다. 기억으로 인도하는 매개가 된 이 음식물을 먹는 모호한 주체인 '나'는 성인인 서술주체일 수도 있고 그렇지 않을 수도 있다. 그러나 일상생활의 어느 곳에서나 발견되는 이 서민적인 음식물의 맛과 냄새가 '나'를 가즈랑집의 세계로 데려다놓은 것만은 의심의 여지가 없는 것으로 보인다.

따지고 보면 음식물은 감각 행위를 밀집시키는 대상이라 할 수 있다. 맛과 냄새는 미각과 후각을 필요로 할 뿐 아니라 떡과 같은 경우 도구보다는 주로 손가락을 사용해 먹게 되므로 촉각까지 연계된다. 거기에 재료의 색깔과 모양의 감지를 위해선 물론 기본적으로 시각까지 동원하게 된다. 한편 음식물을 먹는 행위는 보편적으로 누군가와 함께 한 자리에서 이루어지는 정의적인 동시에 사회문화적 성격을 띠므로 의사소통의 요소가 함께 수반되어 청각의 요소까지 아우르는 것으로 볼 수 있다. 따라서 인간의 모든 감각을 한 번에 효과적으로 환기하는 음식물이라는 대상이야말로 즉물성과 감각성의 결합을 그 주요 요건으로 하는 순수기억의 출현에 결정적으로 기여한다. 또한 이것이 위의 시 이외에도 동일 작가의 다수 시편들에 다양한 음식물들이 필연적으로 자주 출현하는 이유가 되고 있다.

위 시를 구성하는 기억의 주제는 가즈랑집 할머니이다. '예순이넘은 아들없는'(3연) 이 외로운 할머니는 '언제나병을앓을때면 신장님달련이라고

하는', '구신의 딸'이라는 구절이 의미하는 바 범상치 않은 무녀의 신분이다. 사실 시의 전개를 유심히 살필 때 5연까지의 상황만 해도 이 작품은 다소 비현실적인 분위기를 풍기며 어느 전설 속에나 등장할 듯한 섬뜩한 시공간의 인상을 준다. 그런데 5연의 마지막 구절에서 이러한 전반부의 느낌이 일순간 반전되고 있다. 즉 5연의 마지막 단어인 '슳버졌다'의 시어가 주는 독특한 미감이 이와 같은 효과를 드러낸다. 성인화자인 듯 유년화자인 듯 불분명한 5연의 주어인 화자 '나'가 역시 성인화자의 시각인지 유년화자의 시각인지 정확하게 명시되지 않은 이 술어를 사용함으로써 가즈랑집 할머니에 대한 공감과 연민의 정서를 전경화시키고 있기 때문이다.

돌나물 김치와 백설기를 통하여 즉자적 과거 안으로 이동해간 화자는 이제 이 공감과 연민의 정서를 유발시키는 하나의 시어를 던짐으로 인해 독자들에게까지 자신과 마찬가지로 유년의 비슷했던 보편적 체험 속으로 도약케 하는 결과를 의도하고 있다. 또한 문득 슬픔을 인식하는 모양을 의미하는 '슳버진다'의 과거형인 술어 '슳버졌다'를 음미하다보면 이 술어의 주어는 아무래도 성인화자인 것으로 추정되는데 그 이유는 이후 7, 8연이 명시하는 경험주체가 고작 많아야 초등학교 저학년 정도의 아이로 드러나기 때문이다. 이 정도 연령의 아이가 할머니가 '구신의 딸'이라는 함의를 명확히 인식하고 그에 수반하여 구신의 딸이라는 생각 때문에 '슳버졌다'고 여기기에는 무리가 따른다고 본다.

6연에 나열된 여러 가지 나물의 종류들과 잇따른 음식물들의 고유명사는 시적 화자뿐 아니라 독자들에게도 더욱 가즈랑집 할머니를 친근하게 여기게 하는 매개가 되고 있다. 6연에 드러나듯이 '귀신의 딸'이 주는 생경한 느낌은 이제 모두 사라지고 '나'에게 이 할머니의 존재란 갖은 종류의 생각만 해도 뿌듯한 음식들을 해주시는 친근하고 다정한 이로 생각될 뿐이다. 문맥의 흐름상 유년의 화자가 분명한 6연과 7연의 '나'를 통해 드러나는 할머니의 모습은 손주와 함께 울고 웃으며 사랑스러워 어쩔 줄 몰라 하는 여느 평범한 이웃 할머니와 다르지 않다.

이러한 감흥은 독자들에게까지 자연스럽게 이어져 이 시편의 후반부는 누구에게나 한두 가지 정도는 당연히 남아있을 시골 유년의 할머니와의 정겨운 추억의 세계로 인도하는 역할을 하고 있다. 그 자연스런 가교의 자리에 공감의 정서를 부추기는 시어 '슳버졌다'와 생각만 해도 마음이 따스해지는 다양한 시골 음식들이 존재함을 본다.

> 明太창난젓에 고추무거리에 막칼질한무이를 뷔벼익힌것을
> 이 투박한 北關을 한없이 끼밀고있노라면
> 쓸쓸하니 무릎은 꿀어진다
>
> 시큼한 배척한 퀴퀴한 이 내음새속에
> 나는 가느슥히 女眞의 살내음새를 맡는다
>
> 얼근한 비릿한 구릿한 이 맛속에선
> 깜아득히 新羅백성의 鄕愁도 맛본다.
>
> ─「北關―咸州詩抄 1」 전문

유년화자를 내세운 가운데 감각과 물질의 조우를 매개로 과거 세계의 체험을 불러내던 이전의 시편들과 달리 위 시에서는 전적으로 성인화자

가 부각된다. 함주지역 여행 중에 그곳의 풍물들을 둘러보던 시적 화자는 이 지역의 독특한 음식물에 감동되면서 시의 전개를 시작하고 있다. '明太창난젓에 고추무거리에 막칼질한무이를 뷔벼익힌것'으로 묘사되는 북관(北關)의 풍모만큼이나 투박한 이 음식을 앞에 두고 시적 화자는 이제 개인 차원의 과거 체험을 불러내는 대신 거대한 해저의 빙산처럼 숨겨진 무의식 어느 한편의 집단적이며 원초적인 기억의 단초를 붙잡는다.

여행지의 풍모를 대변하는 특유의 음식을 통찰하면서 그 음식으로 평생을 영위해온 사람들의 존재에 대하여 새롭게 인식하고 그들의 구체적인 삶 자체로까지 관심이 연결되는 것은 자연스러운 반응이라 할 것이다. 음식은 의식주를 비롯하여 인간의 삶을 구성하는 다양한 문화의 요소들 중에서도 가장 기본적인 영역일 뿐 아니라 음식으로 이루어지는 인간의 생활사가 쌓여 곧 인류의 삶의 역사가 되는 만큼 음식 그 자체 안에 필연적으로 역사적 성격을 담보하게 되기 때문이다. 1연에서 투박하기 짝이 없는 북관(北關)의 일상적인 음식을 유심히 대하면서 화자가 '쓸쓸하니 무릎은 꿀어'지는 소회를 느끼는 데는 이와 같은 맥락의 이유가 작용한다.

이제 화자는 이 타관의 음식 속에서 특유의 내음새와 맛을 체험한다. 그리고 이 체험을 매개한 도구로서의 후각과 미각에 이끌려 새로운 차원에서 음식과 관계한다. 1연에서는 그저 생존을 위한 필요에 그쳤던 '이 투박한 北關'의 음식이 2연과 3연에서는 그 음식을 상용했던 사람들의 몸과 마음의 자취를 거슬러 문화와 역사의 음미에 이르게 하는 탐구의 자료로 화하는 모습을 보이고 있다. 물질성에 대한 감각의 매개가 단순히 어떤 사실이나 과거 체험으로 인도하는 데서 나아가 무의식에 저장된 아련한 기억까지도 더듬게 하는 지도의 구실을 하는 것이다. 여기엔 물론 화자의 상상력이 개입되어 있고 이를 통하여 감각이 주가 되어 부수적으로 정신적 사유를 수반하는 과정이 진행된다.

2연의 시작부에 주제화되어 배치된 '시큼한 배척한 퀴퀴한' 강렬한 냄새는 무의식의 저장고로부터 먼 옛날 수렵과 유목을 삶의 원천으로 하던 거칠고 텁텁한 여진(女眞)족의 살냄새를 불러내는 기표의 구실을 한다. 3연의 문두에 강조된 '얼근한 비릿한 구릿한' 독특한 맛은 혀의 감각세포들을 일시에 깨우면서 무의식의 상상작용을 자극하여 한반도의 머나먼 역사까지를 포괄하게 하고 있다. 그 맛 안에는 비교적 가까운 선조인 조선인과 고려인의 삶과 모습이 들어있을 뿐 아니라 그들의 머언 조상인 신라백성의 체취까지 녹아있다. 그리하여 화자는 외침이 잦은 한반도의 지정학적 열악함에도 불구하고 굳은 정신력을 바탕으로 결국 삼국통일을 이루어냈던 선조 신라인들의 '鄕愁'에까지 도약하는 것이다.

화자는 감각과 물질의 매개를 통한 이동을 과거의 어느 한 순간에 국한시키지 않고 나아가 알 수 없는 깊이의 공간과 시간 속으로 유영해간다. 마치 아인슈타인의 상대성 이론에서 태양과 같은 거대한 덩어리의 존재가 우주 내의 시공간을 변형[89]시키고 마는 것처럼 감각과 물질의 결합인 매개는 텍스트 안에서 시공간의 초월과 생산을 획득한다. 그리하여 오감의 사용으로 이루어진 한 음식과의 만남이 그 음식과 늘 만났던 사람들의 삶과의 조우를 가져오고 그 삶들의 역사를 보게 하고 일련의 민족사의 조

---

89) 마거릿 버트하임, 『공간의 역사』, 박인찬 역, 생각의 나무, 2002, 231 · 234쪽.

명에까지 이르게 하는 것이다. 이러한 일련의 과정이 이성적 사유의 의지적 계획에 의한 것이 아니라 감각의 순간적 매개에 의한 존재론적 차원의 것임은 특별히 주지의 사실이다.

위의 감각적 자극은 무의식의 집단적 저장고를 건드려 화자의 무의식 깊은 곳에 내재하던 시원의 과거를 효과적으로 불러내었다. 뿐만 아니라 이 도약은 시를 감상하는 독자에게까지도 파장을 일으키고 화자가 느끼는 것과 유사한 체험에 동참하기를 은근히 유도하기까지 한다. 7행의 짧은 시 한 편을 통하여 북방민족과 한민족의 삶과 역사를 후각과 미각이라는 몸의 감각기관으로 체험하는 감상자들 역시 '쓸쓸하니' 숙연한 정서에 젖게 됨은 우연이 아니다. 이러한 효과 역시 순간을 통하여 영원한 과거와 직면케 하고 확장된 시공간의 정체성을 획득하게 하는 것까지 의도한 주도면밀한 시적 기획의 결과라 할 것이다.

3. 이미지의 응축과 시간의 공간화

200여 편이 넘는 선행 연구들이 충분히 많은 말들을 하였음에도 불구하고 백석에 대한 논의는 계속되고 있다. 많은 연구 성과들이 나와 있지만 그러나 그래도 아직 부족한 느낌이다. 그에 대한 수많은 관심은 아마도 백석의 시세계가 남다른 개성을 지닌 것과 그중에서도 상상력 및 이미지를 다루는 방식이 독창적인 점과 무관하지 않으리라 여겨진다. 이 장에서 밝혀보고자 하는 문제는 그의 독특한 매력이면서 은밀한 시작의 방법론인 숨어있는 기제의 실체와 관련된다.

백석의 이미지즘적 시세계 역시 기본적으로 '본다'는 점에서는 모든 주지주의적 모더니즘시의 기본 특질을 그대로 공유하고 있다. '본다'는 것과 본 것을 놓치지 않는다는 것, 그리고 사라져가는 것들을 붙잡아 생존케 한다는 것에 관심을 두는 면이 그렇다. 나름대로의 초점과 방향을 가지고 포착한 것을 시어를 통해 작품화한다는 점에서 백석의 시는 다른 여타의 이 계열 시들과 변별성을 가지지 않는다. 그러나 사진 기사였던 아버지를 둔 사실과 무관치 않게 대상과 세계를 포착하는 방식이 이미 남다른 감수성으로 그에게 자리잡고 있었던 것 같다. 외부를 바라보는 기준과 필터에서 그의 시작 방법은 사진을 찍고, 그 사진을 통해 삶을 기념하고, 그 기념의 표상으로서의 사진을 관조하고 해석해내는 일련의 과정과 너무나 닮아 있다.

그의 시를 보면 대체로 사람을 다루고 사람의 마음을 다룬다. 사람들의 구체적인 사람살이를 다룬다. 그중 이슈가 될 만한 정조를 포착한다. 좋은 것이든 나쁜 것이든 흥거운 것이든 서글픈 것이든 삶과 인간의 구체적 현실 안에서 가장 일상적인 사진사의 취택으로 대상은 조준되고 포착된다.

포즈는 다양하다. 때론 기념적인 사실과 행사가 강조되기도 하고 때론 그냥 어우러진 인간들과 그들의 표정과 모습들이 부각된다. 어떨 땐 그저 배경만을 찍기도 한다. 생동감 넘치는 혹은 생명력 강한 사람들의 모습, 그들의 힘겨운 하루하루와 땀과 눈물과 한숨 섞인 정경들, 카니발적인 제의나 잔치나 주막에서의 흥성거리는 모습으로도 다양하게 표출된다.

대상 안에는 어른도 있고 아이도 있고, 남자도 있고 여자도 있고, 아름다운 것도 아름답지 않은 것도, 부한 것도 빈한 것도, 건강한 모습도 건강하지 못한 모습도, 탄생도 죽음도, 그리고 너도 있고 나도 있다. 집에서 기르는 가축도 인간의 힘으로 극복할 수 없는 것에 직면하여 구하던 귀의 형상도, 연인도 친구도, 친척도 이웃도 모두 다 있다. 그의 시 안엔 무얼 먹고 사는지 그대로 보여주는 각종 음식들이 있고 아이들이 어떤 장난을 하는지, 어른들이 왜 한숨 쉬는지, 아플 땐 어찌하는지, 산모 있는 집에선 무엇을 하는지, 결혼생활이 어떤 모양새인지 및 장터의 모습과 주막의 모습과 집안 구조의 세부적인 모습이 다 들어 있다.

그는 인간의 삶과 관련한 모든 것을 보고 그 본 것에 담겨 있는 것을 묘사한다. 그런데 그가 묘사하는 것은 구체적인 줄거리를 지닌다. 마치 자신이 찍은 사진을 보이며 그 사진의 연원과 내용 혹은 기념의 의미를 전혀 모르는 이에게 풀어 전달하는 과정처럼 말이다. 바랜 흑백사진 안에는 대개의 경우 인물이 필연적으로 들어있기 마련이다. 어떤 때는 가까운 이가, 어떤 때는 생전 처음 보는 이가, 어떤 때는 누가 누구인지 구별하기도 어려울 정도로 많은 이들이 단체로, 경우에 따라서는 마음 깊은 곳에 숨겨둔 잊지 못한 연인이, 그리운 어머니가, 그리 자랑스러울 것도 그리 새로울 것도 없는 나 자신이 액자를 입힌 사진 안에 정겹고 알뜰하게 담겨져 있다.

화자는 전시회를 찾는 감상자들 앞에 놓여있는 작품을 그 본질에 가장 충실하게 아름답고 적확한 언어로 전달하려는 큐레이터와 같이 담담하게 묘사한다. 액자 안에 담긴 사진을 보며 자신이 아는 범위 안에서 가장 솔직담백하게 그는 말하고 있다.

자기 자신에 관한 이야기나 가깝고 친한 사람들의 이야기를 전할 때 나타나는 픱진성이야말로 의심할 나위 없는 진정성을 담보한다. 물론 모르는 사람이나 생경한 대상들이 담긴 사진일 때, 낯선 사람들이 들어 있는 사진을 해석하고 설명하고 묘사해야 할 때 시적 화자인 그는 잠시 망설인다. 뭐라고 설명해야 할지 고심하는 것이다. 그러나 곧 그는 노련한 사진사의 관록 있는 솜씨로 그로부터 하나의 정조를 끄집어내고 그 정조를 전후좌우로 늘리고 조율한다. 이어 육하원칙을 기본으로 한 줄거리가 탄생된다. 전문적인 사진사로서의 상상력을 발휘하여 하나의 작품 사진을 토대로 이야기를 완성해내고 있다.

실질적인 물체를 대상으로 한 사진이 그 사진 작가나 보는 사람의 마음에 하나의 은유로서 기능하여 '실제적인 것으로부터 비실체적인 것을 끌어내는 것'은 사진가의 목표[90]가 될 수 있다. 이를 통하여 있는 그대로의 이미지들은 부재하는 세계 안의 이미지들을 불러와 결과적으로 이미지의 팽창과 증식을 도모한다. 물론 이 과정엔 상상력의 흔적이 남긴 하지만 그것은 사진이기에 픱진성의 범주로부터 크게 벗어나지 않는다. 그 상상력이란 허무맹랑한 가공의 것이라기보다는 일상의 파편에서 그 기둥을 복구하는 추측의 작업이자 고대 유물의 발견에서 그것을 둘러싼 역사를 표상해내는 것과 동일한 종류의 작업이다. 그러므로 그것은 진실성과 진정성을 담보한다. 그러한 시세계이기에 읽는 이로 하여금 가장 소탈하고 가장 서민적이며 가장 일상적인 동시에 구체적이고 진실된 미학에 매료되게 하고 만다.

---

90) 바바라 런던 업턴, 『사진』, 성낙인·배병우 역, 미진사, 1999, 376쪽.

사진에 나타난 현재적 순간은 데리다가 피력하듯이 단지 '다시 당김(과거 지향)'과 '미리 당김(미래 지향)'을 연결시키고 있을 뿐이며 오직 '흔적(주름)'에 의한 것[91]이다. 이 흔적이란 비현재적인 것이 현재적인 것에 삼투되고 의식의 내면성이란 것이 이미 바깥 세계의 것과 직물짜기를 하고 있고 안이 바깥과 하나의 놀이터가 되고 있는 그런 원리이며, 이에 따르면 시간과 공간 역시 칸트에서처럼 두 가지 영역으로 구분되어지는 게 아니고 양자가 서로 흔적에 의하여 텍스트의 직물짜기를 해나가는 것[92]으로 파악된다. 이때 과거 지향이라는 비현전의 흔적은 지각적 현전을 구성하는 데 본질적이며 어떠한 '여기-지금'도 '여기-아님'과 '지금-아님'에 관련된 차연에 연루되지 않고서는 경험에 주어질 수 없음[93]이 명백하다.

시적 자아는 본 것에 대한 해석, 인간의 삶에서 본 것을 통하여 보이지 않는 것을 추측해내고 그 추측한 것에 살과 뼈를 붙여내어 타당성과 진정성을 확보하며 이야기를 만들어내는 과정을 밟는다. 결국, 사진을 본다는 것은 저 건너편으로부터의 시선에 자신이 관통되는 일[94]일 것이다. 백석의 상상력의 방식은 이러한 메커니즘을 밟고 있다. 방언과 토속적 소재와 규범적 문법 요소를 뒤흔드는 비문들과 특유의 리듬이나 가락들과 생경해보이는 언술 밑에 이러한 요소들은 유유히 작동하고 있다. 겉에 드러난 요소들은 좀 더 부수적 측면에 속하는 것들이다. 그의 시작의 본질, 그의

---

91) 박정호 외, 「자크 데리다」, 『현대 철학의 흐름』, 도서출판 동녘, 1996.
92) 김형효, 『데리다의 해체철학』, 민음사, 1993, 55쪽.
93) 박정호 외, 앞의 책, 389쪽.
94) 이이자와 코타로, 『사진의 힘』, 양수영 역, 타임스페이스, 1997, 24쪽.

시세계가 드러내는 남다른 개성, 기본적으로 대상을 바라보는 방법적 기술, 그것은 사진적 상상력의 방식에서 비롯하고 있다 하여도 과언이 아니다. 그리하여 백석의 시세계는 독특하다. 백석의 주지주의적 모더니즘은 진실의 힘을 갖고 있으며 백석의 서술적 서정은 강하고 아름답다.

위에서 인간과 인간의 삶과 그 안의 구체적 생활 및 삶 중간중간의 기념될 만한 혹은 인상적인 단상들을 주제로 하여 시간을 공간화한 방식의 실체를 가늠해보았다. 이제 구체적인 시편들을 통해 전술한 특성들이 어떻게 발현되고 있는지 살피고자 한다.

> 흙꽃니는 일은봄의 무연한벌을
> 輕便鐵道가 노새의맘을먹고지나간다
>
> 멀리 바다가뵈이는
> 假停車場도없는 벌판에서
> 車는머물고
> 젊은새악시둘이날인다
>
> —「曠原」 전문

위 시는 인상적인 풍경을 여유 있는 거리에서 촬영한 한 장의 스냅사진을 연상시킨다. 아마도 운치와 깊이가 들어있는 흑백사진이 아닐까 한다. 1연은 달리는 경편철도를 주제로 하고 2연에서는 잠시 선 차에서 걸어나오는 새악시 둘을 주시하고 있으나 연 사이에 시간과 공간의 차이가 그다지 크게 부각된다고는 생각지 않는다. 오히려 달리던 경편철도가 서서히 속도를 줄이다가 정차하는 무렵의 이어진 순간이 시의 배경을 이룬다고 보아야 할 것이다.

화자는 달리던 차가 멈춰서는 한 장의 사진을 바라보면서 사진 속의 모습을 매우 간결하게 사실적으로 그려내고 있다. 사진 안에 담긴 대상들은 이른 봄의 멀리 바다가 살짝 보이는 무연한 벌, 경편철도, 그리고 사진의 주인공격이며 경편철도의 승객이기도 한 젊은 새악시 둘이다. 사진은 차에서 내리는 새악시 둘을 초점으로 삼았고 인물의 주변엔 무연한 벌이 펼쳐져 있다. 벌의 한 끝은 아스라한 느낌을 주는 바다에 맞닿아 있고 주변은 기차의 경적만 빼면 고요하며 한적하기까지 하다.

매우 쓸쓸하고 일견 황량하기까지 할 듯한 시의 배경에도 불구하고 오히려 감상자의 입장에서 밝고 긍정적인 정서를 느끼는 것은 대략 세 가지 이유 때문이리라 생각한다. 먼저 1연 첫 행의 '흙꽃니는'의 시어가 주는 독특한 미감을 들 수 있다. 여전히 훈훈한 기운이 감돌기엔 이른 설익은 초봄 어느 날, 달리는 기차의 주변에선 봄냄새 나는 흙먼지들이 한껏 피어오른다. 아직 황사의 계절은 아니지만 봄의 시작과 더불어 많아지는 먼지들은 언 땅이 녹고 있음을 알리는 바뀐 계절에 대한 표지이기도 하다. 다시 보니 그것들은 마치 넓디넓은 벌 여기저기서 피어오르는 아지랑이들과 닮아있는 것도 같다. 첫 연 첫 시어는 이처럼 배경을 둘러싼 많은 함의를 보여준다.

다음은 2행의 '노새의맘'이란 표현이다. 시적 개성이 돋보이는 이 대목은 무생물을 생명 있는 것에 곧잘 빗대어 생명력 있게 만들어내는 시인의 한 표현 경향을 보여주고 있기도 하다. 기차는 통상적으로 딱딱한 금속성의 사물이지만 그러한 대상에게 무던하면서도 인간에게 친숙하고 도움을 주는 동물인 노새의 맘을 부여함으로써 전체 문맥이 말랑말랑하고 부드러운 심상 쪽으로 경도되고 있다. 그리하여 사진 속엔 비록 동물이 들어 있지 않으나 시적 대상인 경편철도 위에 노새가 한데 겹쳐 생각되는 효과까지 유발시킨다. 기차가 노새의 맘을 먹고 달린다는 표현에서는 또한 가장 근대적인 대상과 향토적인 것을 자연스럽게 조화시키는 시적 기술을 엿보게 한다.

마지막 이유는 시의 끝 행 "젊은새악시둘이날인다"라는 대목에 있다. 목적한 곳과 가까운 정차지에 도달하여 기차에서 내려선 이들은 싱싱하게 젊은 새악시이다. 또 혼자도 여럿도 아닌 두 사람이 내리고 있다. 아마도 자매나 친구 혹은 이웃지간일 이 두 새악시는 비록 무연한 벌의 한 곳에서 하차하긴 하였지만 도란도란 이야기꽃을 피우며 시간가는 줄 모르고 머지 않아 목적지에 이를 것이다. 설혹 모르는 사이였다 할지라도 사는 동네와 이웃에 관한 이야기를 소재로 친근한 정담을 나눌 것이다.

이 대목이 만약 "늙은 노부부가 날인다"라거나 "동이를 머리에 인 중년 여인이 날인다"였다면 현재의 시처럼 밝고 건강한 인상을 주지는 못했을 것이다. 한편 위에서 분석의 주대상이 된 세 시어 '흙꽃니는', '노새의맘', '젊은 새악시 둘'은 그 안에 사연의 맥락을 정서화시키며 제시함으로써 차연과 연루된 시적 의미들의 산종을 보여주고 있기도 하다.

한편 '경편철도', '바다', '차', '새악시 둘' 등은 시 안에서 선조적 관계 아래 언급되고 있지만 사실상 동시적으로 보여지는 대상이라 할 수 있다. 위 시는 언어의 선조적 성격이라는 한계로 인해 하나의 전경(全景) 안에 담긴 여러 풍경들이 공간적으로 배치되는 모습을 보여준다. 즉 응축된 이미지들의 배열을 통하여 정서적 효과가 유발됨과 동시에 시간을 공간화시키고 있는 것이다.

인간과 동물과 근대적 문물이 어울려 있는 이 한 장의 사진은 시적 화자에게 포착되어 깔끔한 묘사로 전이되고 있다. 허전하게 표현될 수도 있는 이른 봄 너른 벌 가운데서 선 기차와 기차에서 내리는 사람들의 모습이 시 속에서 따스한 생명력을 부여받고 있음을 본다. 그 안에 세계를 따뜻한 눈으로 바라보고자 하는 화자가 숨어 있음은 물론이다.

명절날나는 엄매아배따라 우리집개는 나를따라 진할머니 진할아버지가있는 큰집으로가면

얼굴에별자국이솜솜난 말수와같이눈도껌벅걸이는 하로에베한필을 짠다는 벌하나건너집엔 복숭아나무가많은 新里고무 고무의딸李女 작은李女

열여섯에 四十이넘은홀아비의 후처가된 포족족하니 성이잘나는 살빛이매감탕같은 입술과 젓꼭지는더깜안 예수쟁이마을가까이사는 土山 고무 고무의딸承女 아들承동이

六十里라고해서 파랗게뵈이는山을넘어있다는 해변에서 과부가된 코끝이 빩안 언제나힌옷이정하든 말끝에설게 눈물을짤때가많은 큰곬고무고무의딸洪女 아들洪동이작은洪동이

배나무접을잘하는 주정을하면 토방돌을뽑는 오리치를잘놓는 먼섬에반디젓담으려가기를좋아하는삼춘 삼춘엄매 사춘누이 사춘동생들

이그득히들 할머니할아버지가있는 안간에들뫃여서 방안에서는 새옷의내음새가나고

　　　　　　　　　　　　　　　　　　　　　　　　—「여우난곬族」 부분

이 시는 소위 '사진적 미감'이라고도 말할 수 있을 시간의 공간화 양상 및 백석 시 창작 과정의 기제와 관련된 모습을 엿보게 하는 작품이다. 화자는 지금 앞에 놓인 하나의 사진을 바라보고 있다. 빛바랜 오래된 흑백사진 안에는 정들고 그리운 살붙이, 피붙이들이 모여 있는데 이들은 가장 훈훈했던 시절 살뜰하니 곁에 있었던 이들이다. 그리고 이 사진은 일종의 단체사진이다. 그뿐 아니라 화자를 비롯한 대가족을 구성하는 친척들이 한데 어울려 찍은 기념사진의 성격을 지닌다. 거기엔 화자의 부모님을 비롯하여 "진할머니" "진할아버지"와 고모들, 고종사촌들을 포함한 "삼춘", "삼춘엄매", "사춘누이"와 "사춘동생"들까지 숫자를 헤아리기 어려울 정도로 많은 수에 달하는 친척들의 모습이 담겨있다.

그리하여 그 사진에 붙여진 이름인즉 「여우난곬족」이 되는 것이다. 다채로운 표정의 많은 친척들의 애틋한 모습이 담긴 한 장의 사진, 그 속에서도 시적 자아의 시선을 유독 붙잡는 얼굴들이 있으니 제각기 남다른 삶의 애환을 간직하고 살아가지만 화자에게는 언제나 더없이 살뜰했을 것만 같은 세 사람의 고모가 그들이다. 2연에 자세히 그려지고 있는 "신리고무", "토산고무", "큰곬고무"와 그 자녀들에 대한 이야기는 여러 친척들 가운데서도 그들에 대한 화자의 관심이 남달랐음을 엿보게 한다. 또한 2연의 말미에선 남달리 개성적이었던 "삼춘"에 대한 애정도 부각되고 있다.

화자는 사진을 바라보며 사진 속의 등장인물들과 관련된 사연들을 떠올려내고 그것들을 매우 사실적으로 묘사하고 있다. 구체적인 인물들의 구체적인 삶을 대상으로 하여 보여주기에 이 묘사는 결코 추상적이지 않으며 또한 사진 속 인물들의 사연이나 사진 찍은 정황을 둘러싼 기념의 내용을 시적 자아의 시선대로 취사하고 변주할 수 있으므로 이 한 장의 사진 자체만으로 무궁한 텍스트를 이룬다.

'사진적 미감'이란 시창작의 일련의 과정이 현상한 사진을 바라보며 존재하는 그대로 묘사해내거나 혹은 사진 속의 일부 인물의 구체적인 이야기를 생생하게 들려주는 메커니즘을 밟고 있는 데서 붙여진 이름이다. 전자의 경우 앞에 언급한 「광원」이나 「초동일」 등 시집 『사슴』에서 어렵지 않게 만날 수 있는 시편들에서 보듯 재현적 묘사 자체에 의미를 두고 있다면 후자에 해당하는 작품들의 경우 사진 속 인물들의 사연이나 사건들에 초점이 맞추어져 묘사되며, 때에 따라선 포착된 하나의 초점에 시적 자아의 상상력이 가미되어 시화되는 것을 알 수 있다. 전자가 단일한 시적 대상들로 시간을 공간화한 데 반해 후자는 이야기들 자체를 시간의 순차성과 관계없이 불연속적이고 임의적인 방식으로 전개시킴으로써 시간의 공간화 양상을 보여준다.

이제 비슷한 종류의 단체 사진을 바라보면서 화자가 또 다른 시를 쓰고자 한다면 아마도 다음 1)의 「넘언집 범같은 노큰마니」와 같이 화자를 너무도 아껴주셨던 할머니에 관한 작품이 나오거나 2)의 「오리망아지토끼」에서처럼 사진의 맨 중앙에 앉아계신 아버지에 관한 것이 한 주제가 될지도 모른다. 한편 3)과 4)는 일종의 증명사진으로서의 기념사진의 범주에 상응할 수 있다. 「허준」이 인물을 주제로 하고 있다면 「목구」는 사물을 대상으로 하여 화자의 시각에서 포착한 깊은 의미와 감동을 현상한 사진에 대한 내용을 소개하고 설명하는 방식으로 드러낸다.

1) 일가들이 모두 범같이 무서워하는 이 노큰마니는 구덕살이같이 욱실욱실
   하는 손자 증손자를 방구석에 들매나무 회채리를 단으로 쩌다 두고 딸이고
   싸리갱이에 갓진창을 매여 놓고 딸이는데

   내가 엄매등에 업혀가서 상사말같이 항약에 야기를 쓰면 한창 뛰는 함박
   꽃을 밑가지 채 꺾어주고 종대에 달린 제물배도 가지채 쩌주고 그리고 그
   애끼는 게산이 알도 두손에 쥐어 주곤 하는데

   우리 엄매가 나를 갖이는 때 이 노큰마니는 어늬밤 크나큰 범이 한 마리
   우리 선산으로 들어오는 꿈을 꾼 것을 우리엄매가 서울서 시집을 온것을
   그리고 무엇보다도 내가 이 노큰마니의 당조카의 맏손자로 난 것을 다견하
   니 알뜰하니 깃거히 녁이는것이었다

   　　　　　　　　　　　　　　— 「넘언집 범같은 노큰마니」 부분

2) 장날아츰에 앞행길로 엄지딸어지나가는망아지를내라고 나는 졸으면
   　아배는행길을향해서 크다란소리로
   　－매지야오나라
   　－매지야오나라

   　　　　　　　　　　　　　　　— 「오리망아지토끼」 부분

3) 도스토이엡흐스키며 죠이쓰며 누구보다도 잘 알고 일등가는 소설도 쓰지만
   　아모것도 모르는듯이 어드근한 방안에 굴어 게으르는것을 좋아하는 그 풍속을
   　사랑하는 어린것에게 엿한가락을 아끼고 위하는 안해에겐 해진옷을 입히면
   서도
   　마음이 가난한 낯설은 사람에게 수백량돈을 거저 주는 그 인정을 그리고 또
   그 말을
   　사람은 모든것을 다 잃어버리고 넋하나를 얻는다는 크나큰 그 말을 그 멀은
   눈물의 또 볓살의 나라에서

이 세상에 나들이를 온 사람이여

—「許俊」 부분

4) 한해에 몇번 매연지난 먼 조상들의 최방등 제사에는 컴컴한 고방 구석을
나와서 대멀머리에 외얏맹건을 질으터 맨 늙은 제관의손에 정갈히 몸을 씻
고 교우 옹에 모신 신주앞에 환한 초불밑에 피나무 소담한 제상위에 떡 보
탕 시케 산적 나물지짐 반봉 과일들을 공손하니 받들고 먼 후손들의 공경
스러운 절과 잔을 굽어보고 또 애끓는 통곡과 축을 귀에하고 그리고 합문
뒤에는 흠향오는 구신들과 호호히 접하는 것

—「木具」 부분

1)에서는 손자와 증손자들의 모습이 사진의 주대상으로 취택되어 있다.
인용한 첫 연이 "노큰마니"에서 아이들에로 초점이 전이된 상황이라면 다
음 부분에서는 다시 "노큰마니"에게로 사진의 포커스가 옮겨지고 있음을
본다. 화자는 유독 각별하게 느꼈던 "노큰마니"의 사랑을 그분이 꾸었던
화자의 태몽 얘기와 연결시키면서 핍진하게 그려내고 있다.

2)에서는 어렵지 않게 한 폭의 풍경화와 같은 사진이 연상된다. 사진 안
에는 아버지를 따르는 어린아이가 있고 다른 한켠에 어미말을 따라가는
망아지 한 마리가 서 있다. 아버지로 상징되는 혈연의 정을 아버지의 육
성을 인용하여 생생하게 묘사하고 있는 이 시는 '아배-나', '엄지-망아지'
라는 두 짝의 조합이 의미상 묘한 대구를 이루며 아름답게 형상화되었다.

3)은 '許俊'이란 인물을 단독으로 담은 독사진이라 해도 좋을 것이다.
사진에 담긴 대상을 바라보고 대상을 그리워하며 담담하게 묘사한 이 작
품 안에는 시적 대상에의 진한 애정이 배어 있다. 화자는 차례로 그리운

이의 탁월한 재능과 고결한 성품과 순결한 의지(뜻)를 더듬는 순서로 내용을 전개시킴으로써 독사진의 주인공이 된 인물에 집중하였다.

4)의 시는 제례의 도구인 '木具'를 의인화하여 표현하고 있다. 사물인 대상을 포커스로 한 기념사진에 대한 음미와 해석의 과정이라 하여도 좋을 이 작품에서 '木具'는 제사에서 가장 중요한 역할을 담당하는 주역으로 부각되었다. '몸을 씻고', 음식들을 '받들고', 후손들을 '굽어보고', 구신들과 '접하는' 제례의 구심으로서의 '木具'의 위상과 의미가 탁월한 묘사의 솜씨로 조명된 것이라 하겠다. 1)에서 4)의 시편들에서도 정도의 차이는 있지만 시간의 공간화 양상이 사진적 미감을 유발하며 진행되고 있다.

이제까지 살펴본 결과, 저널리즘적 서술에 근사할 만큼의 압축성과 객관성을 담보하고 탈주관적 묘사를 성취한 첫 절의 논의나 인간의 감각이 특수한 조건을 환기시키는 상태의 물질과 만나 구체적이며 핍진한 체험적 과거와 현재를 다시 경험케하는 과정을 다룬 두 번째 절의 논의 및 맥락을 응축시킨 이미지를 중심으로 사진을 다루고 해석하는 방식을 통해 대상과 상상력의 비약적 확대를 꾀한 세 번째 절의 논의가 공통적으로 겹쳐지는 자리에서 이미지가 부각되고 있음을 알 수 있었다.

그런데 이미지에 마음과 눈길을 멈추는 것은 모든 시대에 유효하게 적용되는 시간의 멈춤이다. 그리고 거기에는 한 시대의 문화가 어떻게 그 흐름을 멈추는지 설명해주는 스타일과 기법 및 스스로를 규정하는 종족, 혈통의 연대기가 들어있다.[95] 흘러가는 시간과 머무는 시간의 관계를 조

---

95) 레지스 드브레, 『이미지의 삶과 죽음』, 정진국 역, 시각과 언어, 1994, 44쪽.

직하면서 선택되고 수용되는 이미지는 그러므로 역사로부터 동떨어진 것이 결코 아니다. 또한 무엇인가를 바라본다는 것은 대상을 그저 받아들이고 마는 게 아니라 보이는 대상을 정리하고 숙고하며 경험을 조직[96]하는 과정과 관련된다. 즉 이미지는 시선으로부터 그 의미를 끌어내는 데 붙여진 이름이기도 하므로 작가가 이미지의 질과 양, 그 쓰임새에 유독 천착하는 것은 역사의 맥락 안에 들어있는 대상들을 붙잡아 의미부여하고자하는 욕망의 표출이라고도 말할 수 있다.

한편 이미지의 표현이란 부재중인 대상을 눈앞에 갖다놓는 활동으로서단지 머릿속에 떠오르게 하는 것이 아니라 결핍되어 있거나 상실된 자리를 메우기 위하여 대체시킴[97]을 의미한다. 실제로 이미지의 기원이 되는라틴어 '이마고(Imago)'는 죽은 이들의 얼굴의 밀납 주조, 즉 총독이 장례식에서 지녔거나 또는 그가 자기 집 안뜰의 벽감이나 참호 및 선반에 두었던 조상들에 대한 이미지와 밀접한 관련을 맺고 있다.[98] 이때 이미지의존재는 사라져버린 조상들이 이미지로서 살아남아 있기를 간절히 희구하는 것을 뜻했다.

백석의 시세계에서 이미지의 형식을 빌어 드러나는 대상과 당시의 배경들 역시 역사적 현실의 불안 속에서 불멸을 장담하기 어려운 회의에기인하여 증폭되고 확산되었을 가능성이 높다고 본다. 또한 그들에의 천착은 이미지의 기원이 말해주는 그대로 조상으로 상징되는 종족(민족)

---

96) 위의 책, 46쪽.
97) 위의 책, 40쪽.
98) 위의 책, 20~22쪽.

공동체의 수호와 보존에 대한 열망의 표현이며 지상에서의 영속을 바라는 것과 관련된다. 사라져가는 자만이 또 그 사라짐을 아는 자만이 머무르고자 하는 것과 마찬가지로 인간은 사라질 위협을 받을 것을 아는 대상만을 그토록 사진과 영화에 담을 뿐이며 불멸의 것들은 결코 사진에 찍히지 않는다.[99]

---

99) 위의 책, 28쪽.

제4장 서술적 서정과 미적 특질

1. 환유 미학과 서술성의 강화

역사와 인식의 진보가 거듭되면서 영원하리라 믿었던 가치들이 변화하고 사라지는 현상을 경험하게 되는 것은 그리 낯선 일이 아니다. 물리학에서는 근대를 거치는 동안 뉴턴의 역학이 불변의 명제로 여겨졌었다. 질량과 속도를 함께 기술하는 일이 가능했고 힘은 매개변수인 질량과 속도(가속도)값만 고정되면 언제나 정확하게 산출되었다. 운동의 제1법칙이 말 그대로 절대적인 법칙이었으므로 운동량과 에너지량을 계산하는 방식 또한 확고하게 고정되었고 그 결과 역시 의심할 여지가 없었다. 그러나 상정할 수 없는 정도의 수치를 정밀화하고 모든 과학의 기초과학이라 할 물리학 분야에서 정수로 받들어졌던 이 운동법칙은 어느 날 갑자기 그 운명을 다하고 말았다. 아인슈타인의 상대성 이론이 등장한 이래 절대적인 계를 전제로 한 상태에서 그 위상이 보장되었던 뉴턴의 역학은 졸지에 존립 근거를 잃고 말았다. 상대론에서 관측자에 대해 속력 v로 움직이고 있는 물질의 질량은 정지 상태의 질량에 비해 $1/(1-v^2/c^2)^{1/2}$만큼 커지며 따라서 상대론적 질량은 물체의 속도가 빛의 속도 c에 가까울수록 증가한다.[100]

빛의 속도를 공식의 일부로 끌어온 아인슈타인 역학에서 인식의 틀은 시공간적으로 한층 확장되었지만 인간은 그 이전까지의 인식 능력의 한계를 자인하지 않을 수 없었다. 시간과 공간은 더 이상 고정된 값이 아니게 되었으며 아인슈타인은 의심할 여지없이 물리학의 기본 토대와 지평의 틀을 한 차원 높여놓았다. 그리고 역학법칙은 더욱 확장된 차원을 대상으로 하게 되었기에 공식이 까다로워지긴 하였지만 그 진리와 법칙적 성격에서는 여전히 유효하고 공고하였다.

그런데 근대적인 법칙과 체계의 물리학이 현대에는 그러한 성격으로 포괄할 수 없는 비물리성을 성토하고 있다. 소위 미시적 세계를 대상화하는 현대물리학에서 그러한 현상은 광범위하게 인정된다. 하이젠베르그의 '불확정성의 원리'가 말하듯이 이제는 더 이상 입자의 운동량과 위치를 동시에 기술할 수 없다. 지금 현재 입자의 위치와 운동량을 둘 다 정확히 모르기 때문에 미래에 그 입자가 어디에 있을 것인지 그때 얼마나 빨리 움직일 것인지에 대해 전혀 말할 수 없으며, 단지 어느 입자가 다른 장소보다 어떤 한 장소에 있을 확률이 더 크다거나 혹은 그 입자의 운동량 역시 어떤 한 값을 가질 확률이 더 크다고 짐작[101]할 수 있을 뿐이다. 마치 해체론에서의 기표가 그 의미를 잡으려하는 순간 어디론가 미끄러져버리는

---

100) 바이저, 『현대물리학』, 현대물리연구회 역, 반도출판사, 1998, 38쪽.

101) 미시 세계에서 어떤 입자에 대하여 x가 위치, p가 운동량, h가 플랑크 상수라 할 때 불확정성의 원리는 $\Delta x \cdot \Delta p \cdot h/4\pi$로 표현된다. (바이저, 위의 책, 129~130쪽.)

것처럼 입자의 존재(운동량)를 측정해내는 순간 입자는 더 이상 측정된 그 곳에 존재하지 않기 때문이다. 역학이 초미시적인 세계에서 그 이전의 물리학으로는 설명해내기 어려운 모순에 직면함에 따라 아이러니컬하게도 현대물리는 어느 순간 색즉시공의 동양사상과 미소를 지으며 손을 맞잡게 되었다. 근대 합리적 이성의 대들보 역할을 해냈던 물리학의 세계는 이제 고정된 체계에서 열린 체계로 그 성격을 우회한 듯한 느낌마저 준다.

사유의 여러 세목들과 여타 학문 체계 안에서도 이러한 현상들은 낯설지 않다. 문학과 언어학과 주변의 인문학들에까지 두루 안겨 있는 '수사'의 경우도 예외가 아니다. 흔히 문학적 언어의 대표적인 수사는 비유라 동의된다. 또 비유의 좌장격으로는 늘 은유가 거론되어 왔다. 은유는 상징 및 알레고리 등의 수사와 친연성을 가지는 수사로서 여러 다른 성격의 사상이나 대상들의 유사성과 동일성에 기준을 두는 기법이다. 은유는 다양한 것들을 유사성의 원리 아래 모으고 통합하고 재정의함으로써 의미를 산출하고 중심과 체계를 지향하는 세계관의 형성에 기여한다. 이는 주체의 입장에서 대상을 지배하고 통일시키는 데 기여하는 미학이기도 하다. 한편 비유 중 은유보다는 덜 중요한 장치로 인식되어왔던 대유의 기법도 문학에선 배제될 수 없다. 대유는 대개 제유와 환유를 아우른다. 제유가 부분으로 전체를 대표하는 비유의 방식이라면 문제의 환유는 기본적으로 대상의 속성으로서 그 대상을 지칭한다. '치마'가 여자를, '청와대'가 대통령(국가권력)을 의미하는 것 등에서 흔히 환유가 쓰여진다.

비유의 한 종류인 환유는 본래 하나의 사물이나 개념에 대하여 그것의 속성을 부분적으로 지니고 있거나 혹은 그와 연관된 다른 사물 내지 개념의 이름으로 대신하여(바꾸어) 부르는 수사법[102]을 말한다. 이와 같은 본래의 정의에 충실한다면 환유란 일차적으로 지시적 기능에 충실한 수사이기도 하다.

달리 말하여 환유는 하나의 개념적 개체, 즉 매개 개체가 같은 영역이나 동일한 이상화된 인지적 모형 안의 다른 개념적 개체 즉 목표 개체에 대한 심리적 접근을 유도하는 인지과정이라고도 정의[103]될 수 있다. 환유의 주요한 기능은 덜 쉽거나 덜 기꺼이 이용되는 목표 개체에 심리적, 인지적 접근을 제공하는 것처럼 보이며 보다 구체적이고 현저하게 나타나는 매개 개체가 동일한 영역 안의 더 추상적이거나 덜 현저하게 나타나는 목표 개체에 접근을 제공하거나 얻게 하는 데 이용된다.[104] 이는 은유가 하나의 대상을 다른 대상을 통해 이해시키는 '이해하기'라는 목표에 관련되는 것에 반해 환유는 한 영역 안의 다른 여러 부분이나 혹은 전체 영역을 동시적으로 환기시키는 '주의끌기'의 속성이 지배적임을 엿보게 한다.

한편 환유적 관계는 개념적 개체 사이에서만 일어나는 게 아니라 낱말 형태와 비언어적인 실제 세계의 지시물 사이에서도 발견되고 혹은 낱말 형태와 그에 상응하는 개념 사이에서도 발견 가능하며 전체가 부분을 상징한다거나 부분이 전체를 상징하는 식으로, 혹은 부분이 어떤 다른 부분을 상징하는 형식을 보인다. 물론 이와 같은 경우에도 하나의 전체 안에 각각의 부분들이 존재하는 전체적인 모습이 환유의 바탕을 이루는 배경

---

102) 김욱동, 『은유와 환유』, 민음사, 1999, 210쪽.

103) 커베체쉬, 『은유』, 이정화·우수정·손수진·이진희 역, 한국문화사, 2003, 262쪽.

104) 위의 책, 266쪽.

으로 존재하고 있다.[105]

이 환유의 방식은 인접성의 원리에 입각해 대상을 밀접한 연관성 위주로 결합시키는 성격을 가진다. 의미의 확정을 목표로 하는 것이 아니라 사물을 구체적으로 지칭하고 감각적으로 지각하는 한편 연쇄적 성격과 간접적인 효과를 첨가하기 때문에 많은 연구자들에게 흥미로운 관심의 대상이 되어왔다.

특히 탈근대와 해체가 패러다임이 된 시대에 이 환유의 기법은 단순한 수사적 차원에 그치는 것이 아니라 인문사회과학 영역 전반에서 유의미한 세계 인식의 토대가 되기에 이르렀다. 이는 환유가 의미의 중심이 아닌 의미의 파편을 지향하고 많은 대상들에 대하여 그 유사성을 기준으로 동일화시킴으로써 차이나는 부분들을 소외시켜버리는 대신 개별적인 요소요소들을 존중하고 각각의 고유성을 인정하는 특성을 가지기 때문이다. 은유가 논리적인 토대를 기초로 한 연관관계에 관심을 기울여 실재와 동떨어진 성격을 지니는 반면, 환유는 구체적인 경험의 역사가 바탕이 된 연관성에 집중함으로써 실재에 맞닿아[106] 존재한다.

이와 같은 맥락에서 은유가 환유에 그 우월한 위치를 넘겨주는 것은 근대적 이성의 공고했던 지위가 무너지는 현상과 궤를 함께 한다. 언어학자 소쉬르가 언어적 현상에 나타나는 계열적 관계와 통합적 관계에 주목한 이후 야콥슨은 '선택(계열)'과 '결합(통합)'의 두 축을 각기 은유와 환유로

---

105) 위의 책, 267~270쪽.

106) R. Jakobson, *Language in Literature*, ed. Krystyna Pomorska and Stephen Rudy (Cambridge: Harvard University Press, 1987), p.97.

비유[107]해낸다.

이어 라캉은 이를 정신분석에 접목시키고 은유와 환유로부터 각기 프로이트가 『꿈의 분석』에서 꿈 작업의 2대 원리로 주목한 '압축(응축)'과 '전치(치환)'를 본다.[108] 이리하여 언어학과 정신분석이 조우하고 '의식'적인 언어와 '무의식'적인 꿈의 생성원리가 동일하다는 사실이 밝혀진다. 그리하여 '의식'적이었던 언어는 그 가면의 껍질을 벗고 '무의식' 만큼이나 유동적이며 불안한 진짜 존재를 드러낸다. 그리고 이 지점에서 라캉의 그 유명한 '내가 생각하는 곳에서 나는 존재하지 않고 내가 존재하지 않는 곳에서 나는 생각한다' 라는 명제가 탄생하기에 이른다. 이는 근대철학의 불변의 아포리아인 데카르트의 '나는 생각한다. 고로 나는 존재한다'를 전복하는 것이다. 또한 최근으로 올수록 환유의 수사가 각광받는 것은 복잡다단한 현대를 은유적 어법만으로 표현하는 것은 불충분하며 개별적 존재의 개성과 개체성을 부각시키는 시대적 가치에도 환유 쪽이 더 부합하기 때문이다.

흔히 시문학에서는 은유가, 산문문학에서는 환유의 어법이 자연스러운 것으로 보인다. 일반적인 의미에서 세계의 구체적 기술과 갈등의 미학을 담아야 하는 산문문학에 비하여 세계를 자아화하고 동일시하는 시문학에서 원칙적으로 은유가 보다 필요하고 적당한 수사적 기법인 것은 재론의 여지가 없다. 그러나 시 장르 안에서도 메시지를 위한 서술을 목표로 하

---

107) 로만 야콥슨, 「시학과 언어학」, 『언어과학이란 무엇인가』, 이정민 역, 문학과지성사, 1978.
108) 도정일, 「자크 라캉이라는 좌절/유혹의 기호」, 『세계의 문학』, 1990년 여름호.

는 경우, 운문의 성격 이외에 산문의 성격이 가미되게 되고 이때 환유의 기법이 유효해지는 것은 매우 당연한 일이다. 대체로 산문적 진술 안에는 기호의 환유적 성격이 수반되기 때문이다.

산문적인 자질과 밀접한 상관관계를 이루는 환유의 어법은 몇 가지 특징을 보인다. 그중 주요한 요소를 선별하면 첫째로 대상을 하나하나 지시하고 지칭함으로써 대상 자체에 집중하고 그 가치를 인정한다는 점과 두 번째 전후를 연결하는 방법으로 인과적 어법을 즐겨 사용한다는 점 및 마지막으로 환유의 토대인 '인접성(관련성)'의 자질이 관습과 경험으로부터 습득되어지는 만큼 구체적 경험과 감각적 체험이 절대적으로 중요하다는 점[109]이다.

여기까지 고찰한 바에 따르면 공인된 이야기시의 주인인 백석의 시세계 안에서도 환유의 어법이 충분히 감지되리라 예상된다. 세련된 이미지즘의 방법론을 기저에 체화하고 있으면서도 드러내고 싶고 전달하고 싶은 말이 너무나 많아 '이야기'를 '서술'하지 않고는 견딜 수 없는 서정과 서술 양자의 시인이 백석이기 때문이다. 그의 시가 '서술적 서정'이 된 것은 구체적 생활상에 시의 기반을 두고 식민 치하에 있던 당대 삶의 다양한 모습들을 섬세하게 붙잡으려 한 의도와 불가분의 관계에 있다.

문체를 기준으로 시를 거칠게 양분한다면 묘사시와 서술시로 구분할 수 있을 텐데 이때 문체는 시인이 다루는 제재의 성격에 따라 결정되어진다. 중요한 점은 대상과 대상의 특질에 관해서는 '묘사'되어야 하는 반면

---

109) 오성호, 『서정시의 이론』, 실천문학사, 2006, 223 · 231쪽.

삶의 조건과 과정의 모습들은 '서술'되어야 한다는 데 있다.[110] 이는 외부 세계에의 관찰과 대상에의 피상적 묘사보다는 구체적 삶의 면면들을 사실적으로 드러내고 그 의미를 직간접적으로 전달하려 한 백석 시세계의 서술성의 필요에 대한 이유이기도 하다. 실제로 그의 시들을 음미하다 보면 예상보다 더욱 광범위하게 환유의 미학이 녹아 있음을 발견하게 된다. 이제 위에 언급한 환유 미학의 기본 특질들을 중심으로 백석 시의 환유에 대한 일련의 검증 작업을 시도하고자 한다.

> 1) 平安道 定州라는 곧이라한즉
>   그렇면 아무개氏 故鄕이란다
>   그렇면 아무개氏—ㄹ 아느냐한즉
>   醫員은 빙긋이 우슴을 띄고
>   莫逆之間이라며 수염을 쓴다
>   나는 아버지로 섬기는 이라한즉
>   醫員은 또다시 넌즛이 웃고
>   말없이 팔을잡어 맥을보는데
>   손길은 따스하고 부드러워
>   故鄕도 아버지도 아버지의 친구도 다 있었다
>   ― 「故鄕」 부분

> 2) 나는 낡은 국수분틀과 그즈런히 나가누어서
>   구석에 데굴데굴하는 木枕들을 베여보며
>   이山골에 들어와서 이木枕들에 새깜아니 때를 올리고간 사람들을 생각한다
>   ― 「山宿―山中吟」 부분

---

110) 폴 헤르나디, 『장르를 넘어서』, 김준오 역, 문장사, 1983, 110쪽.

3) 나는 주먹다시 가튼 떡당이에 꿀보다도 달다는 강낭엿을 산다

  그리고 물이라도 들듯이 샛노라티 샛노란 山골 마가슬 벼테 눈이 시울
도록 샛노라티 샛노란 햇기장 쌀을 주물으며

  기장쌀은 기장찻떡이 조코 기장차랍이 조코 기장감주가 조코 그리고 기
장쌀로 쑨 호박죽은 맛도 잇는것을 생각하며 나는 기뿌다

―「月林장―西行詩抄 4」 부분

1)의 시는 화자가 북관에서 앓아 누운 어느 날 우연히 찾은 어떤 의원에게서 고향을 발견하게 되는 내용을 다루고 있다. 이 의원은 알고보니 화자와 고향이 같은 "아무개씨"와 막역한 사이인데 그 "아무개씨"는 바로 화자 아버지의 친구분이시다. 그리하여 우연히 만난 노의원에게서 화자는 아버지의 친구와 아버지를 그리고 고향을 보게 되는 것이다. 여기서 아버지의 친구와 아버지와 의원은 고향에 대한 환유로 기능한다.

2)에서의 시공간적 대상은 어느 날 밤 국수집을 겸한 여인숙이다. 화자는 깊은 산중에 쓸쓸하게 자리한 숙소에서 지친 몸을 쉬면서 특별히 이 장소에 먼저 와서 머물렀던 동족들을 생각한다. 그런 가운데 화자는 그들이 즐겨 먹었을 살가운 음식인 국수를 만들어내는 고맙고 친밀한 "국수분틀"과 "그즈런히" 누워보기도 하고 이 깊은 산골에 들어와 목침에 고단한 몸을 기댔을 유숙객들의 정경을 떠올린다. 국수라는 토속적 음식은 읽는 이로 하여금 공동체적 향수와 고향에 대한 소회를 상기시키기에 충분하다. 그리고 구석에 데굴데굴하는 '木枕'들과 이 "木枕들에 새깜아니 때"를 올리고 간 사람들은 서로 환유의 관계를 이루고 있다.

3)에서는 작은 산골의 장터 풍경이 전경화된다. 장터에 나온 샛노란 토

속의 기장쌀을 대하며 화자는 이내 충만함의 정서에 휩싸이고 있다. "떡당이"와 "강낭엿"과 "눈이 시울도록 샛노란 햇기장 쌀"에 흡족해하는 모습 및 지역의 음식과 또 이런 음식들이 존재하는 월림장에의 기쁨이 피력된다. 또한 마지막 구절에는 기장쌀로부터 만들어지는 맛난 음식들이 줄줄이 열거되고 있다. 생각만 해도 군침이 절로 나는 "기장찻떡", "기장차랍", "기장감주" 그리고 "기장쌀로 쑨 호박죽" 등이 그에 해당하며 이러한 음식물들은 기장쌀과 환유적 관계에 놓인 것으로 파악된다.

2. 반복 기법과 의미 함축 및 리듬 강화

위에서 살펴본 것과 관련하여 모더니즘과 다다이즘, 아방가르드 등의 시들에서 의미의 연상과 연쇄의 파노라마를 펼치며 주요 시적 원리로 기여했던 환유의 어법은 원심적이면서 요소요소들을 존중하는 개성적 매력을 지닌다. 그러나 한편 시의 구성에서 극단적인 환유의 어법으로 치달을 경우 의미의 뚜렷한 표상을 가로막아 구체적 의미를 지울 뿐 아니라 나아가 허무주의의 한 극으로 매몰될 위험을 안고 있다. 요소요소들 사이에 강약의 차등이 없기에 시가 길어질수록 독자에게는 지루하다는 느낌마저 줄 수 있다.

그러나 백석 시인의 경우는 환유의 미학이 이러한 딜레마에 빠지는 것을 미연에 방지하고 있음을 본다. 즉 환유 어법의 느슨함을 경감시키는 동시에 요소들 사이의 경중을 드러내어 환유의 효과는 최대한 거두면서도 동시에 그 한계를 극복케 하는 기술의 방법론을 등장시키고 있는데 반복의 어법이 그것이다. 이와 관련하여 이경수는 그의 연구[111]에서 백석 시에 드러난 반복의 기법을 부연적, 병렬적 반복 등으로 유형화하였으나 이 반복 기법이 서술적 서정의 실현과 관계되는 양상을 밝히는 데까지는 나아가지 못하고 있다.

주술구조를 기본 단위로 하여 백석은 반복의 어법을 자연스럽게 사용한다. 그 방식 또한 매우 독자적이며 다양성을 가진다. 보통의 시인들이 반복을 시에 구사할 때 일반적으로 주어 격인 시적 대상을 선별하고 그 시적 대상으로부터 추출한 이미지를 구현하여 주어와의 관계를 염두에 두어 풀이하고 한정하는 서술어를 확정하는 것과는 다른 방식이다. 주어를 중심으로 한 병렬 구성 혹은 서술어를 중심으로 한 병렬 구성 등은 흔히 의미동위체의 반복이라는 측면에서 보편적인 시의 기법의 일부로 이해되고 있다.

그러나 백석이 그의 이야기시들에서 밀도를 지키기 위해 체화한 문장 단위의 병렬 구성은 그보다 진일보한 수사학의 시화에 가깝다. 백석의 시 세계 안에서는 거칠게 말해 하나의 주술구조가 한 어휘 요소처럼 기능하는 양상마저 띠게 된다. 그렇게 기능하는 각각의 주술구조들은 서로 조화나 대위 혹은 대치를 이루면서 시의 미감을 다양하게 만들고 있다. 그리고 이 기법의 성공적인 성취는 자칫 긴장감을 떨어뜨리고 지리해지기 쉬운 '이야기시' 시편들을 시들지 않게 하는 역할을 하고 있다.

개별적인 주술구조를 하나의 단위로 삼아 각각의 단위들 사이에 조화의 병치를 구성해내기도 하고 충돌의 병치를 그려내기도 하는 것이 백석

---

111) 이경수, 「백석 시의 반복 기법 연구」, 『상허학보』 7집, 깊은샘, 2001. 3.

의 작업이라면 전자의 경우엔 시 안의 조각들 사이에 충돌이나 반전의 요소가 없이 의미의 생성과정이 부드럽게 이루어질 것이다. 반면 후자의 경우에는 시 안의 기준 단위들 사이에 이질적인 뉘앙스가 삽입됨으로 인하여 배치나 반전의 상황으로 의미 전이 혹은 의미 변화가 이루어질 것이다. 중언이 되겠지만 보통의 시인이 구사하는 병치나 몽타주가 이미지로 구현하려는 문장 주어로서의 시적 대상들을 주요 대상으로 하는 데 반해, 백석의 그것은 단문주술구조 자체를 하나의 대상으로 삼고 다른 대상들과의 관계를 통해 병치나 몽타주를 의도하고 있다.

일반적으로 반복이란 말 그대로 '동일한 요소가 계속 나열되는 것' 또는 '동일한 것의 연속'을 말하며, 모든 시가에 공통적으로 나타나는 요소로 볼 수 있다. 반복은 '운율이나 다른 시적 특질들이 존재할 수 있는 배경'인 동시에 시와 음악에 있어 통일과 변주를 가져오는 가장 보편적 장치[112]로 생각된다.

반복의 어법은 백석 시 전체를 통해 형태, 통사, 시 구조상의 세 차원에서 구현되고 있다. 형태면에서는 주로 '-은(는)'이라는 강조의 보조사를 사용하여 반복이 이루어지며 이를 통해 강조하고 싶은 대상을 부각시킨다. 이때 강조되는 대상은 물론 형태적 차원의 언어 요소가 될 것이다. 통사상에서의 반복은 한 문장 안에서 특정 문장성분을 대상으로 하며 반복되는 대상을 강조한다. 대상은 주어가 되기도 하고 여타의 문장성분이 되기도 한다. 이러한 강조 어법의 잦은 사용은 때론 비문의 형식으로 나타나 독자

---

112) 성기옥 외, 『한국시의 미학적 패러다임과 시학적 전통』, 소명출판, 2004, 244~245쪽.

들에게 혼란을 통한 낯설게하기의 효과를 유발하기도 한다. 때로 시인은 일정한 내용을 본인이 전달되기를 의도하는 방식으로 요소들 간 강약의 완급을 조절하며 형상화한다. 또한 시 「팔원」 등에서 읽혀지듯이 공간이나 시간적 질서를 교란시키거나 인과를 비트는 방식이 사용되기도 한다.

백석은 환유의 어법을 자유자재로 사용하면서도 동시에 환유의 단점을 지양하는 유의미한 도구로 반복의 어법[113]을 섞고 있음을 본다. 그리하여 환유의 자유를 만끽하는 한편 의미의 구심을 여전히 유지할 수 있다. 반복과 환유의 만남으로 백석 시세계는 환유문학이 보여줄 수 있는 하나의 전망을 시사한다. 백석 문학의 건강함의 비결이 여기 존재한다. 그의 시들은 시법 자체 안에 이미 허무의 여지[114]를 없애고 있다.

산골집은 대들보도 기둥도 문살도 자작나무다
밤이면 캥캥 여우가 우는 山도 자작나무다

---

113) 반복에 대하여 그레마스는 언술의 의미론적 동질성을 강화시키는 장치로 본 반면, 데리다와 들뢰즈는 언술 속의 반복이 의미론적 단위의 동일성을 파괴 혹은 의심쩍게 만들 것이란 견해를 보였다. (지마, 『문예미학』, 허창운 역, 을유문화사, 1997, 381쪽.) 즉 언술의 성격과 맥락에 따라 반복은 의미의 강조에도 혹은 해체에도 기여할 수 있는 이중성을 지닌다. 반복이 메시지를 강조할 수 있다는 측면에서는 그 서술적 성격이 어필될 여지가 있지만, 한편 서정의 가장 기본적 요소인 리듬감의 고취 및 정서나 인상의 깊이를 불어넣는 데 기여한다는 점에서 반복은 서정성의 자질을 이룬다. 본고에서는 반복의 이러한 이중성을 인정하는 가운데 서술적 자질과 관련된 환유의 성격을 효과적으로 보완하는 도구로서 반복의 자질과 그 발현 양상에 관심을 집중하였다.
114) 은유적 동일성이 집중된 의미를 형성하는 반면 환유적 인접성은 의미의 구심 생성을 방해한다. 의미를 원심적으로 확장해가는 환유적인 성격이 의도적 해체의 양상으로 나아갈 때 시 안에서 주객은 온전히 분리되며 극단의 허무주의적 세계관으로 치닫게 될 수 있다. (금동철, 『한국현대시의 수사학』, 국학자료원, 2001, 161~168쪽.)

> 그 맛있는 메밀국수를 삶는 장작도 자작나무다
> 그리고 甘露같이 단샘이 솟는 박우물도 자작나무다
> 山너머는 平安道땅도 뵈인다는 이 山골은 온통 자작나무다
>
> ──「白樺」전문

　문장성분들이 간간히 생략되어 있어 비문으로 처리된 듯한 위 시의 생략된 곳을 살려 재구하면 아래와 같을 것이다.

> 산골집은 그 안의 대들보와 기둥과 문살이 자작나무로 이루어졌다
> 밤이면 그 안에서 캥캥 여우가 우는 山도 자작나무로 이루어졌다
> 그것을 이용해서 그 맛있는 메밀국수를 삶는 장작도 자작나무로 이루어졌다
> 그리고 그 속에서 甘露같이 단샘이 솟는 박우물도 자작나무로 이루어졌다
> 山너머는 平安道땅도 뵈인다는 이 山골은 온통 자작나무다

　함경도 산골의 정취가 고스란히 살아 있는 위 시는 자작나무라는 시적 소재를 외형적으로 강조할 뿐만 아니라 이 대상이 인간들과 관련을 맺고 있는 구체적인 방식에 대하여 감각적으로 표상한다.

　1행부터 4행까지는 대구적 병렬의 형태를 보이고 있다. 1행에서 산골에 도란도란 모여 있는 집들은 '대들보도', '기둥도', '문살도' 자작나무 아닌 것이 없고 3행에 나타난 바 '메밀국수'로 상징된 모든 음식물들을 조리해내는 장작 역시 자작나무이다. 즉 인간생활의 가장 기본적 영역인 주거와 식생활이 자작나무로부터 비롯하고 있다. 한편 4행에서 말하듯이 인간의 몸을 구성하는 대표적인 성분으로 생명의 근원이기도 하면서 육체 및 의복들을 정결케 하는 데 없어선 안 될 '단샘(물)이 솟는 박우물'

역시 자작나무로 이루어졌다. 이 자작나무는 이처럼 삶 속에 온전히 스며들어 산골의 사람들을 먹고 살게 할 뿐 아니라 2행에서 그 숲 안에 '여우'를 비롯한 수많은 다른 생명체들을 품고 있는 어머니와도 같은 존재로 묘사된다.

그리하여 5행에서 '山너머는' 보다 따뜻하고 풍요로워서 살기에 편안한 '平安道땅도 뵈인다는' 이 "山골"은 자작나무로부터 먹고 자작나무로부터 자고 자작나무로부터 입고 자작나무로부터 숨쉬기에 온통 자작나무일 수밖에 없는 것이다.

한편 이 시 「백화」는 전체적으로 각 행을 진행하는 방식에서 환유적 구성을 보이는 것으로 파악할 수 있다. '산골집-山-장작-박우물-山골'로 이어지며 시적 대상을 취택하는 일련의 과정이 실제적이고 구체적인 삶의 현장에서의 경험과 인접성에 바탕한 연상에 기초하기 때문이다. 또한 서술어의 자리에 5번씩이나 반복된 '자작나무'는 각 행의 주어 위치에 쓰인 시적 대상과 각기 환유의 관계에 놓여있다. 위 시에서 '자작나무'는 차례로 등장하는 시적 대상 '산골집', '山', '장작', '박우물', '山골'의 일부를 이루면서 시의 전체에 통일된 정서를 부여하는 기능을 한다.

흔히 환유 미학은 소소한 일상적 대상들을 동일한 비중으로 조명하여 인식케 하고 각 대상에게 의미를 부여한다는 점에서 주변성과 다양성을 인정하는 민주적 태도와 관련된 것으로 이해된다. 그러나 그 안에 잠재한 다양성의 발견과 표현이라는 서술적 성격 때문에 전통적으로 산문의 양식에 유의미하게 활용되어왔다. 위 시의 경우에는 자칫 산만하게 읽혀지기 쉬운 환유의 단점을 보완하기 위해 여러 가지 강조의 장치를 삽입하고 있음을 본다.

먼저 음운론적 측면에서 보면 각 행마다 빠짐없이 주어의 자리에 주격조사 '이/가' 대신 강조의 보조사 '은/는' 혹은 '도'가 사용되어 의미 차원에서 주어로 선별된 원관념을 부각시키고 있다. 다음으로 형태론적 차원에서는 서술어의 위치에 놓인 '자작나무다'가 무려 5번이나 반복되어 그 의미가 강조됨으로써 시 전체를 보조관념인 자작나무의 향연으로 화하게 한다. 마지막으로 통사적 측면에서도 역시 동일한 통사구조의 반복으로 인한 의미의 강조가 이루어짐을 알 수 있다. 2중 주어문으로 이루어진 1행을 제외하면 2, 3, 4, 5행의 각각은 공통적으로 관형절의 수식을 받는 주어와 한 자리 서술어의 형식을 지니고 전개된다. 이러한 반복적 형식은 화자의 참신한 시선을 통하여 자작나무가 갖는 다양한 역할과 쓰임새를 강조하는 한편 서술적인 시에 독특한 운율감을 부여하는 효과까지 발휘한다. 들뢰즈에 의하면 반복에 기여하는 응시의 본질은 반복되는 요소나 경우들에서 전혀 새로운 어떤 것, 곧 차이를 훔쳐내려는 데 존재하며 따라서 들뢰즈적 의미의 자아는 언제나 응시하는 자아, 순간들의 반복으로부터 차이 즉 살아 있는 생생한 현재를 훔쳐내는 정신이다.[115] 위의 작품에서 다양한 차원으로 강조의 장치가 도입된 것은 무엇보다도 원하는 대상들을 부각시킴으로써 자칫 느슨하고 완만해지기 쉬운 환유적 어법으로부터 독자를 구하려는 의도에서 기인한다고 볼 수 있을 것이다.

---

115) 들뢰즈, 『차이와 반복』, 김상환 역, 민음사, 2004, 39쪽.

거리는 장날이다
장날거리에 녕감들이 지나간다
녕감들은
말상을 하였다 범상을 하였다 쪽재피상을 하였다
개발코를 하였다 안장코를 하였다 질병코를 하였다
그 코에 모두 학실을 썼다
돌체돋보기다 대모체돋보기다 로이도돋보기다
녕감들은 유리창같은 눈을 번득거리며
투박한 北關말을 떠들어대며
쇠리쇠리한 저녁해 속에
사나운 즘생같이들 사러졌다

—「夕陽」 전문

  위 시에서도 환유적 어법과 반복의 장치들이 만나 시의 효과를 극대화
시키고 있다. 화자는 먼저 장날의 거리를 음미한다. 그리고 장날 거리의
다채로운 속성 가운데서도 유독 무리지어 활보하는 '녕감들'에게 시선을
집중하고 있다. 장날 거리와 '녕감들' 사이에는 감각적 체험에 기초한 시
공간적 인접성에 의하여 환유가 성립된다. 장날 거리를 대표하는 지방색
짙은 이 '녕감들'의 풍모는 이후 시의 전면에 부각되기에 이른다. 장날 거
리의 주인공인 이 '녕감들'이 각각 '개발코', '안장코', '질병코'와 '돌체돋
보기', '대모체돋보기', '로이도돋보기' 등 신체 일부를 빌어 지시됨으로써
환유적인 표현이 이루어졌다.
  한편 환유적 어법을 보완하기 위한 반복의 기법 역시 다양하게 드러난
다. 먼저 음운론적 차원에서는 1, 3, 8행에 쓰인 강조의 보조사 '은/는'이
주목된다. 형태론적 측면에서는 기표들의 연쇄적 반복에 주의하여야 할

것이다. 1행에 등장한 '거리'와 '장날'은 2행에 '장날거리'로 압축되며 반복되었고, 2행에 처음 보인 '녕감들'은 3행에서 연쇄적으로 다시 반복하여 쓰이고 있다. 5행에 '개발코', '안장코', '질병코'로 부각되는 '코'는 다음 행의 '그 코'의 코로 연쇄적 반복을 이어가며 8행에서는 '녕감들은'이 앞의 3행에 이어 다시 반복됨을 볼 수 있다. 위 시는 전체적인 통사론적 차원에서 역시 강조의 어법이 발견된다. 4행에서는 '(녕감들은)-을 하였다'의 구조가 3회 반복되어 쓰였고 5행에서 역시 '(녕감들은)-를 하였다'가 3회 되풀이되는 모습을 보인다. 6행에서는 '(녕감들은)-을 썼다'로 약간 변형된 구조가 이어지며 7행으로 가면 '(-이) -(이)다'의 서술어 형태가 3번 나란히 쓰여지고 있음을 본다. 끝으로 8행과 9행은 '녕감들'의 행위를 관형어의 수식을 받는 목적어와 서술어가 결합된 형태의 대구적 병렬로 형상화하였다.

위의 시 「석양」은 북관지방의 어느 한 장날의 풍경을 시인만의 독특한 시선과 언어 운용 방식으로 시화한 작품이다. 전체 시를 내용에 근거하면 4개 부분으로 나눌 수 있겠다. 처음 부분은 1, 2행으로 화자는 장날 거리의 다수 영감들을 시의 주인공으로 등장시킨다. 두 번째 대목은 3행부터 7행까지로 영감들의 외양이 구체적으로 그들의 얼굴을 통해 포착되었다.

화자에 의해 포착된 이들의 외양은 유머러스하면서 다소 그로테스크하기까지 하다. 분명 4행과 5행에 묘사된 바와 같이 소탈하고 투박하며 얼마간 촌스러울 것이 분명한 이들의 얼굴 안에는 가장 근대적이며 도시적 성격을 반영하는 신문물이 함께 들어 있기 때문이다. 7행에 등장하는 '돌체돋보기', '대모체돋보기', '로이도돋보기'는 그러므로 의미상 앞선 구절들을 전복하면서 시적 긴장미를 증폭시키는 역할을 한다. 이어지는 8행과

9행은 시의 세 번째 대목을 이루고 있다. 세련된 도회적 지성인의 얼굴과 만나지 않고 지방의 장날 거리를 누비는 '녕감들'과 결합한 학실 안경은 '지적인 눈을 빛내며' 식의 형용 대신 8행의 '유리창같은 눈을 번득거리며'라는 표현을 가져온다.

한편 세 번째 대목에서 화자는 촌스러움과 신문물의 부조화를 우스꽝스럽게 드러내는 이들 인물이 지닌 건강하고 자연스런 생명력을 집중적으로 전달하고 있다. 독자들은 시각 및 청각적 이미지를 생생하게 동원한 8, 9행에서 실제로 '유리창같은 눈을 번득거리며', '투박한 北關말을 떠들어'대는 장날거리의 영감들을 눈앞에서 만나는 것만 같다. 그러나 이 시의 진짜 묘미는 마지막 대목의 두 행 안에 담겨있다. 10행의 '쇠리쇠리한'은 '빛이 가물가물하게 보이는 정도의 눈부신'의 의미로서 여기서 '쇠리쇠리한 저녁해'란 스러져가는 낮의 몰락을 뜻하는 한편, 인생의 황혼 속에서 마지막 생명력을 불태우고 있는 노인들의 노년을 지칭한 중의적 표현이다. '쇠리쇠리한 저녁해 속에', '사나운 즘생같이들' 사라지는 이들의 모습은 촛불의 심지가 꺼져가기 직전에 더욱 밝은 빛을 내는 것을 연상시킨다. 또한 연약한 인간의 마지막 모습이 '사나운 즘생'에 비유되는 점은 거칠면서도 애잔한 정서를 느끼게 하기에 충분하다.

다가오는 영원한 어둠을 앞에 두고 있어 더욱 강하고 아름답게 느껴지는 이들의 투박한 생명력은 황혼 무렵의 미묘하고 매혹적인 빛깔과 닮아있다. 이것이 시의 제목이 '장날'도 '北關'도 '녕감들'도 아닌 '夕陽'인 이유이며 화자가 장날의 그 풍부한 표정들 속에서 유일하게 '녕감들'의 표정에 주목한 계기가 되었으리라 본다.

'석양에 비친 그로테스크한 외양을 한 생명력 넘치는 북관 노인들'이라
는 대상의 효과적 표상을 위하여 시인은 환유와 반복의 어법을 적절히 섞
어 시적 긴장을 유지하였다. 또한 노년과 석양을 동일시하여 '사라지기
전의 생명력'을 주제로 부각시킨 점은 탁월한 시적 성취로 보인다. 특유
의 요약적이고도 감각적인 진술 안에는 일체의 군더더기가 배제되어 있
고 그러하기에 행간마다에는 많은 분량의 내용들이 숨겨져 있다. 이러한
시적 진술이 시인의 인간에 대한 깊은 애정의 시선을 바탕으로 하고 있음
은 물론이다.

> 가난한 내가
> 아름다운 나타샤를 사랑해서
> 오늘밤은 푹푹 눈이 나린다
>
> 나타샤를 사랑은 하고
> 눈은 푹푹 날리고
> 나는 혼자 쓸쓸히 앉어 燒酒를 마신다
> 燒酒를 마시며 생각한다
> 나타샤와 나는
> 눈이 푹푹 쌓이는 밤 흰당나귀 타고
> 산골로 가자 출출이 우는 깊은 산골로 가 마가리에 살자
>
> 눈은 푹푹 나리고
> 나는 나타샤를 생각하고
> 나타샤가 아니 올 리 없다
> 언제 벌써 내 속에 고조곤히 와 이야기한다
> 산골로 가는 것은 세상한테 지는 것이 아니다
> 세상 같은 건 더러워 버리는 것이다

눈은 푹푹 나리고
아름다운 나타샤는 나를 사랑하고
어데서 흰당나귀도 오늘밤이 좋아서 응앙응앙 울을 것이다
— 「나와 나타샤와 흰당나귀」 전문

　4연 19행으로 이루어진 위 시는 어느 사나이의 녹록치 않은 사랑을 주제로 하고 있다. 여느 사나이들과 마찬가지로 이 작품의 주인공 역시 한 아리따운 이상의 여인을 흠모한다. 그녀는 '나타샤'란 이름을 가진 우유빛 피부의 북구 여인으로 등장하며 그와 너무나 잘 어울리는 배경으로 순결의 동물인 흰 당나귀와 눈 중에서도 폭설에 가까운 푹푹 쌓이는 눈이 전경화된다.

　사나이의 지칠 줄 모르는 사랑은 그러나 현실 안에서는 이루어지기 힘든 역경의 사랑이다. 3연 5행과 6행의 "산골로 가는 것은 세상한테 지는 것이 아니다/세상 같은 건 더러워 버리는 것이다"는 구절은 일종의 역설이기 때문이다. 발 딛은 현실에서는 아무리 갈망해도 얻을 수 없는 종류의 사랑이기에 2연 마지막 행에서 연인과 사나이는 "산골로 가자 출출이 우는 깊은 산골로 가 마가리에 살자"고 할 수밖에 없다. 하지만 사랑의 장애물이 있어 연인들을 굳세게 하는 것과 같이 비극성을 내재한 위 사나이의 사랑도 비록 현실 안에서는 아니지만 행복한 결말을 맞이하고 있다. 「나와 나타샤와 흰당나귀」는 뛰어난 시적 형상성의 구현과 완성도로 인해 주목을 요할 뿐 아니라 백석 시인의 시세계를 통틀어 드물게 보이는 강한 낭만성과 환상성을 담보한 점에서 의미 있는 작품이다.

　특유의 구체적이며 감각적인 진술이 돋보이는 이 시에서도 환유와 반

복의 어법은 조화와 보완의 관계를 이루며 드러나고 있다. 먼저 기표적 어휘의 측면에서는 '나타샤'와 '(푹푹 나리는) 눈'을 환유적 표현으로 볼 수 있겠다. 전자는 일반적인 러시아 여인의 인명을 통해 구원의 여신 혹은 이상적 여인을 비유하며 후자는 그 자체로 상서로움의 시적 표지가 되기에 다른 기표들의 도움을 받아 남녀간의 결합을 환유적으로 표현한다.

한편 연상과 인과에 기초한 환유적 어법이 통사적 측면에서도 읽혀진다. 1연 2행의 '사랑해서'는 '사랑한다. 그래서'로 볼 수 있고 이는 '가난한 내가 아름다운 나타샤를 사랑'하는 것과 '오늘밤은 푹푹 눈이 나린다'의 사실을 원인과 결과로 연결시킨다. 4연의 마지막 행에서도 이와 같은 예를 볼 수 있다. '좋아서'는 '좋다. 그래서'로 이해되며 '흰당나귀도 오늘밤이 좋다'는 내용과 '(흰당나귀가) 응앙응앙 울을 것이다'를 역시 인과관계로 만들어낸다.

직접적으로 인과적 어법을 드러내진 않았지만 인과에 기초한 환유적 연결이 숨어 있는 부분들도 눈에 띈다. 2연의 2행과 3행 사이에서는 '그래서'가 삽입되는 것이 더 자연스러운 이해를 준다. 나타샤를 사랑하는데 거기 더하여 눈까지 푹푹 나리기 때문에 사나이는 홀로 술잔을 들지 않을 수 없는 것이다. 마찬가지로 3연 2행과 3행 사이에서도 그와 같은 진술이 엿보인다. 눈은 푹푹 나리고 나는 나타샤를 생각하므로 '나타샤가 아니올 리 없다'는 것이다. 나와 연인 사이의 사랑의 절대성을 확신하고 그렇기에 다른 모든 것에 대한 포기를 이미 결의한 사나이의 도피행은 필연적인 결말이 된다. 마지막 연의 2행과 3행 사이에서 찾아지는 생략된 '그래서'는 눈은 푹푹 나려 아름다운 나타샤가 나를 사랑하는 것과 어데서 흰

당나귀도 응앙응앙 우는 것을 환유적으로 결합시키고 있다.

환유적 결합을 기초로 한 시적 표현의 의미전달력이 약화되는 점을 막기 위한 강조의 어법 또한 다양한 층위에서의 반복이라는 장치를 통해 효과적으로 드러난다. 먼저 음운론적 차원에서는 강조의 보조사 '은/는'이 각 연에 걸쳐 주된 조사로 기능하고 있음을 알 수 있다. 특히 2연 1행에 쓰인 '나타샤를 사랑은 하고'에서의 '은'은 어법에 맞지 않게 첨가된 음운으로 곁에 없는 연인에 대한 간절함을 강조하는 역할을 한다.

한편 통사적인 측면에서는 주요 의미소인 '(내가) 나타샤를 사랑함'과 '(오늘 밤) 눈이 푹푹 나림'이라는 내용이 반복적으로 변주되고 있다. 1연의 '가난한 내가 아름다운 나타샤를 사랑해서'는 2연 1행의 '나타샤를 사랑은 하고'로 다시 3연에서 '나는 나타샤를 생각하고'로 되풀이되며 마지막 4연에서는 주체가 바뀌어 '아름다운 나타샤는 나를 사랑하고'로 감미롭게 변주됨을 본다. 또 설원과 순결을 암시하며 나와 나타샤의 결합을 주도하는 배경을 이룬 푹푹 나리는 눈은 1연의 '오늘밤은 푹푹 눈이 나린다'에서 2연 2행의 '눈은 푹푹 날리고'로 이어 6행의 '눈이 푹푹 쌓이는 밤'으로 반복되고 있다. 3연과 4연에서 역시 각각 첫 행에 '눈은 푹푹 나리고'가 쓰여 총 5회에 걸쳐 반복 혹은 변주되는 모습을 보인다. 또 다른 반복적 표현으로 강조가 이루어진 예로는 2연 3행의 '소주를 마신다'가 바로 다음 행에서 '소주를 마시며 생각한다'로 변주된 부분을 들 수 있다.

위 시는 시인 특유의 감각적 서술과 효과적인 어법의 구사로 마치 환상을 현실인 것처럼 그려내는 데 성공하였다. 좀 더 심층적으로 내부를 들여다보면 시 속에 현실과 환상, 의식과 무의식의 세계가 교차하고 있음을 알게 된다. 일단 2연의 3행까지는 현실적 행위가 이루어지는 것으로 보인다. 그러나 2연의 3행과 4행 사이에서는 행간의 거리가 급격히 커지고 있다. 2연 4행에서 '소주를 마시며 생각한다'의 '생각한다'는 표현은 많은 함의를 내포하는 것으로 여겨지며 나타샤를 영적으로 부르는 행위라고까지 가정해 볼 수 있을 것이다.

비문의 형식을 띠는 2연의 6, 7행은 그 생각 안에서 이루어지는 나타샤와의 교신 내용이다. 즉 사나이의 생각이기도 하면서 텔레파시의 형식으로 나타샤에게 전달하는 말이 된다. 다음의 3연에서는 이에 대한 나타샤의 반응이 이루어질 차례이다. 3연의 2행에서 또다시 사나이는 '나타샤를 생각하고', 이 생각 속에서 나타샤와 교신하며 이제 나타샤의 말이 들려온다. 5행과 6행은 사나이의 제안에 대한 나타샤의 화답이고 그녀의 마음을 보이는 대목이기도 하다.

2연과 3연이 아른한 취기 속에서 곁에 있지 않은 나타샤와 영적으로 교감하며 교통하는 모습을 그렸다면 4연은 기억이 끊긴 사나이의 무의식 세계로의 도약을 보여준다. 완전한 환상의 영역으로 옮겨진 4연의 배경이 된 '눈'의 이미지는 1연부터 3연까지의 그 눈들과는 다르다. 1, 2, 3연에서의 '눈'은 부재하는 나타샤를 간절히 그리워할 뿐인 가난한 주인공을 위로하고 있기에 아름다우면서도 서글픈 심상을 간직한다. 그러나 4연에 등장한 '눈'의 이미지는 이미 3연의 끝부분에서 나타샤의 마음을 확인한 이후 비록 환상 속에서이긴 하지만 도취적 결합을 이룬 상황이므로 편안하고 충족적인 것으로 바뀌어 있다.

위 시의 소재 중 눈과 북구 미녀, 흰 당나귀와 소주는 공통적으로 백색

(무색)의 심상을 환기하여 낭만적 신비스러움을 더한다. 또한 '아름다운 나타샤'와 '출출이 우는 깊은 산골'로 대변되는 이국적인 것과 한국적인 것의 묘한 조화 역시 인상적이다. 시인은 인류보편적 심상이면서 가장 평범한 주제이기도 한 '눈이 쌓이는 밤 사랑하는 남녀의 결합'을 쓸쓸함(2연 3행)의 정서로부터 흰 당나귀의 노래(4연 3행)를 끌어내며 개성적으로 형상화하였다. 그 낯설게하기의 과정에 전략적 수사로 동원된 환유와 강조의 어법이 일조하고 있음은 물론이다.

지금까지 백석의 시세계에 쓰인 수사 중 유의미하게 짝을 이루었다고 생각되는 환유와 반복의 어법을 집중적으로 살펴보았다. 한편 전통적으로 시라는 장르에는 은유로서의 비유가 막강한 영향력을 행사하는 만큼 환유의 요소가 확대되어 나타나는 경우라 하더라도 은유가 존재하지 않는 것은 아니다.

따라서 어떤 경우 은유와 환유는 그 영역이 뚜렷이 구분되지 않고 모호한 접점을 이루는 것으로 보인다. 은유 표현이 환유의 유형으로부터 성립의 동기를 부여받거나 환유적 관계의 특성을 바탕에 간직하고 있는 경우가 그러하다. '원인과 결과'나 '전체와 부분'을 비롯한 형식들로 환유의 성격을 내재하는 은유들은 그러므로 서로 상호작용하는 결과를 낳기도 한다.[116] 이때는 하나의 표현이 동시적으로 은유와 환유[117]를 이룰 수 있는

---

116) 커베체쉬, 앞의 책, 286~289쪽.
117) 예를 들어 '입술을 닫다'는 표현은 '침묵하다'의 뜻으로 쓰일 때 환유적이지만 '수다스런 사람이 어떤 이유 때문에 어떤 상황에서 함구'하고 있음을 가리킬 때는 은유적으로 쓰인 것이 된다.

데 구체적으로는 환유에서 나오는 은유와 은유 안에 있는 환유의 모습으로 대별되어 드러난다.

은유와 환유는 공통적으로 하나의 대상과 또 하나의 대상을 결부시키는 비유의 영역에 속해 있고 근본적인 역할에서 이해와 지시라는 다른 방식의 작용을 갖기는 하지만 작품 내에서 은유 없이 환유만 혹은 환유 없이 은유만 전적으로 존재하지는 않는다. 또한 같은 대상을 재현의 목표로 삼는다 하더라도 목표화된 대상이 지니는 상징성이나 함의를 인식시키고 드러내고자 할 경우에는 은유의 방법이 선호될 것이고, 반대로 있는 그대로의 대상 자체를 초점화할 경우에는 환유가 보다 적합한 방식이 될 것이다.

상호간의 동일성과 유추의 요소를 매개로 대상을 연결시키는 은유는 "은유란 사물에 대한 최초의 접촉에서 일어나는 신경생리학적 과정에서부터 지각 일반, 판단 일반에 이르기까지 나아가서 추상적 개념의 성립에 이르기까지의 전 과정을 지배하는 원리이다"[118]라고 피력한 견해에서도 드러나듯이 부분적 혹은 전체적 맥락에서 세계를 상징적으로 재현하고자 하는 시텍스트에 있어서 배제될 수 없는 기본 원리로 보인다. 그러나 한편 은유적 인식에 의한 시가 부분적으로 현실 도피나 외면의 요소를 보인다는 비판적 견해가 존재하는 것은 기본적으로 개념화 과정을 포함한 논리적 측면이 강한 은유가 비인간화를 향한 기본적인 수단으로서 현실을 피하고자 하는 인간의 본능적인 움직임과 관계된다는 점과 무관치 않으

---

118) 김상환, 『해체론 시대의 철학』, 문학과지성사, 1996, 304쪽.

리라[119) 여겨진다.

이와 같은 사실들은 백석의 시세계에서도 적용될 수 있다. 어떤 식으로든 세계의 재현을 책임지고 있는 시라는 장르에서 은유적 표현이 배제될 수 없는 만큼 더구나 1930년대 모더니즘의 세례하에 있는 백석의 작업에서 환유의 속성이 부각되고 있다는 사실에는 이미 그 기저에 은유의 토대가 충분히 깔려 있음을 전제로 한다. 다만 백석의 시들이 위에 언급한 바 은유적 인식에 기초한 시가 현실 도피나 외면의 요소를 가진다는 비판으로부터 자유로운 동시에 생활사와 맞닿아 있는 주변의 현실 세계를 구체적이며 체험적인 생생함으로 드러냈다는 평가를 얻는다면 그것은 수사적인 면에서 환유적 어법의 공로에 빚진 결과이다.

3. 강화된 이미지성과 서정성의 고취

백석의 시에서 주목할 만한 요소 중 하나는 형식으로서 내용의 형상화와도 밀접한 관련을 가진 서술성의 문제라 할 수 있다. 서정시의 서술성 문제는 시적 외양을 규정하는 것 이상으로 시인의 세계관 및 현실과 역사에 대한 태도를 반영하는 의미를 가진다. 또 이 서술성의 문제는 백석의 시세계 전체를 아우르는 가장 개성적인 면모 중 하나를 대변하는 것이다.

그러나 시인의 초기 시편들이 수록된 작품집 『사슴』에는 서술성이 거

---

119) 가제트, 「예술의 비인간화」, 『세계사상전집 2』, 장선영 역, 삼성출판사, 1976, 340~341쪽.

의 드러나지 않는 시편들도 존재한다. 이는 시인의 작업이 점점 숙련되어 갈수록 시에 드러나는 서술성의 정도도 증가되어 감을 말한다. 서술성이 증대되어 간다는 것은 시의 길이가 늘어나는 것을 다소간 의미하면서 동시에 시 안에 함의된 메시지의 확대를 뜻할 것이다. 시가 숙련되어 갈수록 서술성이 증대된다는 사실은 시인의 시적 지향이 서술시에 있음을 드러내는 것이므로 이 문제는 더욱 충분히 고찰되어야 하는 당위성을 지닌다.

한편 서술성이 증대된 시편들은 크게 2가지의 양상으로 구분되는데 서술시의 두 타입이란 하나는 「팔원」이나 「여승」과 같이 어느 정도 서사적 구조를 가지면서 모순된 민족 현실에 대한 치열한 인식 및 비판의식을 모티브로 한 계열이고, 다른 하나는 「목구」나 「국수」처럼 역사와 현실에의 감각을 보조적 매개로 하여 어떤 대상에의 깊은 숙고와 의미부여를 꾀하는 짧은 수필에 준하는 계열이다. 그리고 후자의 계열에는 숙고와 의미부여의 대상을 자기 자신으로 고정시킨 예들도 보이는데 「흰 바람벽이 있어」, 「남신의주 유동 박시봉방」 등이 그러한 시편에 속한다.

그런데 시세계가 깊어갈수록 서술성이 커져가고 있음에도 불구하고 시적 탄력이나 전통적 의미의 서정성이 약화되지 않고 있는 점은 충분히 시사적일 뿐 아니라 이 시세계의 개성적인 우수성을 입증하는 면모이기도 하다. 따라서 이어지는 논의에서는 짧은 시작(詩作) 기간에 걸친 변화의 양상이긴 하지만 초기에서부터 후기시 사이에 시기별 선후관계를 가지는 네 편의 시를 골라 서술성의 양상을 살펴보려 한다.

이들 시의 분석 과정 안에서 서술성이 증대되어감에도 불구하고 서정성의 자질이 조금도 약화되지 않는 이유가 상대적으로 탄탄한 이미지성[120]과 관계 있다[121]는 사실이 드러나리라 기대한다. 서술성이 증폭되는 과정에서 이미지성이 전혀 약화되지 않는다는 점은 상대적인 폭으로 이미지성 역시 보충되고 있음을 시사한다.

한편 이미지란 학문의 영역 안에서 오랫동안 정신의 유년기 정도로 치부됨과 아울러 그 독자적인 위치를 인정받지 못했었다. 그 자율성이 일부

---

120) 시적 '이미지화'에 대한 논의를 개진한 한 연구에 의하면 이미지는 창작 주체의 사고 경향에 따라 감각적 사고의 이미지화와 창조적 사고의 이미지화로, 조직과 표현 유형에 따라 단일 이미지, 대립과 조화의 이미지, 반복과 나열의 이미지, 시각적 배열을 통한 이미지 표현으로 나누어진다. 또한 생성 시간을 기준으로 하여 직관을 통한 순간적 이미지화와 기억 및 연상을 통한 지속적 이미지화로, 이미지의 존재 방식에 따라 경험 중심의 지각 이미지화와 관념 중심의 추상 이미지화로 나눌 수 있다. 이 기준을 적용하면 백석 시세계의 주류를 차지하는 이미지는 각각 감각적 사고의 이미지화, 반복과 나열의 이미지 표현, 기억 및 연상을 통한 지속적 이미지화, 경험 중심의 지각 이미지화의 범주에 해당한다. (유영희, 『이미지로 보는 시 창작교육론』, 도서출판 역락, 2003.)

121) 문학적 용어로서 이미지는 대개 3가지 의미에서 사용된다. 첫째 넓은 의미로 시나 다른 문학작품에서 축어적 묘사나 암시 혹은 비유에 사용된 보조관념들을 통한 감각적 지각의 모든 대상과 특성들로, 둘째, 좁은 의미로 시각적 대상이나 장면의 묘사를 지칭하는 것, 셋째 비유의 보조관념들을 지칭하는 것 등이다. (M. H. Abrams, *A Glossary of Literary Terms*, pp.78~79.) 실체의 환영, 혹은 대체물 정도의 의미로서 문학에서보다 먼저 심리학과 철학에서 쓰이기 시작한 이 용어는 일반적으로 어떤 사물을 감각적으로 지각할 수 있도록 제시된 일체의 언어 표현을 가리킨다. '심상'으로도 번역되며 현대시에 있어서 리듬(운율), 비유와 더불어 가장 근본적인 구성원리이자 작품 형성의 본질적 요소로 이해되고 있다. 현대시는 특히 사상이나 관념의 직접적인 노출을 꺼리는데 이때 이미지는 사상이나 관념을 감각화하는 결정적인 도구로 기능한다. (강현국 외 공저, 『문학의 이해』, 학문사, 1995, 109~111쪽; 김용직 외 공저, 『문학의 이해』, 방송통신대 출판부, 1988, 88쪽.) 따라서 증가된 이미지성이 서정성을 고취시키는 주요 자질로 기능한다는 점을 이 절의 전제로 삼고자 한다.

인정된다 하더라도 오직 비현실적 기능만을 갖는 부차적인 대상으로 여겨졌던 상상력과 이미지가 현실세계의 변모를 추동하는 강력한 창조성을 지닌 힘으로 인식되기 시작한 것은 바슐라르의 사유와 공로에 크게 빚진 결과이다.

과학철학에의 연구로부터 출발하여 이미지의 영향에서 벗어난 순수과학정신의 가능성을 탐색코자 한 과정에서 주된 관심사로 부각된 이 영역은 원래 바슐라르에게도 과학적이며 합리적인 순수정신의 추구를 위하여 지양되어야 할 무엇이었다. 그것은 구체적으로 인간의 원초적 경험, 역사적 상황이나 정서에 뿌리를 둔 확실치 않은 사고의 파편들, 친숙한 이미지들의 언어적 확장, 몽상에 가까운 시적인 이미지들을 포함하고 있다.[122]

그에 따르면 현실을 변형하고 창조하는 이미지와 상상력의 힘은 수동적이지도 않으며 무의식적인 것만도 아니다. 그 이전까지 상상력은 이성의 활동에 전혀 도움이 되지 않는 열등한 존재로서 인식되었으나 바슐라르에 와서 이미지와 상상력은 인간 심리 깊은 곳의 아니마의 영역에 속한 것으로, 한편 개념화나 객관화 등의 의식은 아니무스의 활동 영역에 속한 것으로서 양자가 대등하게 사유된다.

이때 이미지는 단순한 상징적 형태로 기능하는 데 그치지 않고 아니마의 활동 영역에 속하는 상상력을 촉발하는 구체적 물질과 조우하여 그를 통해 구체적으로 활동함으로써 의미를 획득한다. 바슐라르는 아니마의 활동을 부추기는 대표적인 물질로 물, 불, 공기, 대지의 4원소를 꼽았으

---

122) 유평근 · 진형준, 『이미지』, 살림출판사, 2001, 170~172쪽.

며 이들 4원소가 상상력의 호르몬으로 작용한다고 언급하고 있다. 또한 이미지와 상상력의 창조성은 주체가 자신의 전 존재를 통해 이미지를 만들어내고 활성화하며 새로운 이미지를 창출하는 행위와 더불어 성립되는 만큼 물질에 의하여 결정되는 것이 아니라 주체 자신에 달려있는 셈이다.[123]

융의 용어인 아니마를 끌어와 인간 내면 깊은 곳에 존재하는 아니마의 창조성을 강조하며 이미지의 현상학을 정초한 바슐라르는 상상력이 과학적(합리적) 인식을 저해하는 방해물이 아니라 바로 인간의 정신적 생산력 자체[124]임을 입증하여 상상력의 코페르니쿠스적 혁명을 꾀하였다.

이미지와 상상력을 객관적 이성과 동등한 반열에 올려놓은 바슐라르의 작업에 힘입어 그 제자인 뒤랑은 이미지 중심주의에 입각하여 소위 상형적 구조 체계라 일컬어지는 이미지 및 상상계에 대한 논리적 체계를 세우게 된다. 뒤랑은 인간의 상상계가 레비 스트로스에게서 나타나는 구조와 리쾨르에게서 읽혀지는 의미의 영역을 동시에 포괄하는 것으로서 반드시 일정한 논리 형태적 과정을 따르게 되어 있을 뿐 아니라 이미지들은 상징으로 나아가기 이전의 표상 혹은 원형들과 긴밀히 연결[125]되어 역동적인 영향력을 행사한다는 점을 강조하였다.

또한 상징의 동기를 설명함에 있어서 이전의 논의들이 보인 바 인간 내

---

123) 위의 책, 181~183쪽.

Bachelard, G., *L'air et les songes* (공기와 꿈), José Corti, 1943, p.19.

124) Bachelard, G., *La Psychanalyse du Feu* (불의 정신분석), Gallimard, 1949, p.187.

125) 유평근 · 진형준, 앞의 책, 196쪽.

부의 본원적 충동이나 사회 혹은 문화적 맥락과의 상호작용의 어느 한쪽에 원인을 두지 않고 양자를 종합하는 형식을 취한다. 즉 상상력의 근본적 의도가 인간이라는 동물의 주요 몸짓들이 자신의 환경을 향하여 곧바로 도구적 인간의 사회적인 동시에 기술적인 원초적 설립물로 연장이 되는 도정으로의 진행에 있으며, 인간의 상징화 과정이란 누구에게나 내재해 있는 원초적(본원적) 충동들이 그 충동을 둘러싼 외부의 물질들과 만나 적절한 표현을 얻는 행보[126]의 다른 이름임을 보인다.

그에 따르면 이미지들은 몇 가지 구조의 형태로 분류되어진다. 하나는 분열형태적 혹은 영웅적 구조라 이름 붙여진 일련의 체제로서 배척, 대립성의 원칙이 지배하며 다른 하나는 종합적 내지 극적 구조라 명명되어 여러 가지 형태를 띤 인과성의 원칙을 지니며 나머지 하나는 신비적 혹은 반어적 구조라 지칭되고 유추나 유사의 원칙이 지배적이다.

분열형태적(영웅적) 구조는 객관적으로는 이질화 경향을, 그러나 주관적으로는 자폐증에 가까운 동질화 경향을 띠는 것으로 설명되며 극단적 이상화 혹은 자폐적 후퇴나 분열주의 등의 현상을 드러낸다. 또 시각 및 청각의 감각과 관련될 뿐 아니라 몸의 전체적 자세나 손의 감각 등과도 하나의 궤를 이루는 범주이다. 원형으로는 빛과 어둠, 공기와 독기, 하늘과 지옥, 영웅과 괴물, 정상과 심연, 우두머리와 부하, 천사와 동물, 날개와 파충류, 영웅의 무기와 사슬 등의 대립 구도를 들 수 있다.

종합적(극적) 구조는 시간 요인에 의한 통시적 재현과 밀접하며 운동 감

---

126) 뒤랑, 앞의 책, 39쪽.

각 혹은 리드미컬한 음악적 감각과도 합치되는 성격을 지닌다. 이 구조에 속하는 원형에는 불이나 불꽃, 십자가, 달, 달력, 점성학, 바퀴, 남녀 양성 복수신 등이 포함된다.

신비적(반어적) 구조는 객관적으로는 끈기 있는 동질화 경향을, 주관적으로는 반어적 성격을 내재한 이질화 경향을 드러내는데 이 구조 내의 감각들은 주로 후각이나 미각 혹은 촉각적인 범주에 속해 있고 체내 감각들과도 연결된다. 주된 원형은 소우주, 어린아이, 동물인형, 밤, 어머니, 그릇, 거주지, 꽃(식물), 여성, 음식물 등이다.[127]

뒤랑의 이론에서는 이처럼 인간 상상력의 근본적 다원성을 토대로 각기 다른 상상계의 성격이 각기 다른 논리를 낳고 그 논리가 다른 제도와 문화를 낳아 현재의 세계를 만든 것이라 본다. 그러한 사유에 따라 현재의 서구는 이미지의 일면인 분열형태적 구조가 기형적으로 방대하게 증식된 결과라 지적하고 반성적 인식을 드러내기도 하였다. 결과적으로 뒤랑의 이미지 중심주의는 바슐라르에 의해 객관적 이성과 동등한 지위에 올려진 이미지의 위상을 사유의 모태로까지 한층 격상시켜 로고스 중심주의 역시 이미지의 다양한 구조 중 한 부분이 강조되었을 뿐임을 보이면서 이미지에 대한 로고스의 우위를 전복시키기에 이르렀다.

인간 상상력의 고유한 가치와 근본적 다원성을 수용한 토대 위에 상상계의 성격을 분열형태적 구조, 종합적 구조, 신비적 구조라는 3가지 대상으로 분류한 뒤랑의 형상적 구조주의의 내용에 입각하면 백석의 시세계

---

127) 뒤랑, 위의 책.

가 즐겨 쓰는 이미지 양상은 대체로 신비적 구조와 상응하고 있었다.

이 구조의 특성으로서 객관적으로 끈기 있게 동질화 경향을 표방하는 점이라든지 주가 되는 감각들이 후각이나 미각 혹은 체내 감각을 포함한 촉각적인 범주에 속해 있는 면모는 백석 시의 이미지 사용 방식과 일치한다. 또한 이 구조의 소재적인 측면에서 이미지의 주된 원형은 어린아이, 밤[夜], 어머니, 거주지(방이나 집), 꽃(식물), 여성, 인형이나 놀잇감, (소)우주, 그릇, 각종 음식물 등인데 이들은 백석의 시세계 전체를 통하여 꾸준히 지배적으로 드러나고 있다.

이는 백석의 시에 드러난 이미지의 전체 세계가 거대하고 통일된 미학적 체계를 온전하게 이루고 있음을 보여주는 것이기도 하다. 한편 이렇게 이미지가 하나의 체계적 원리에 부합하고 있다는 사실은 시인이 이미지의 쓰임에 의식적인 주의를 쏟고 있었음과 이미지의 중요성을 인식하고 강조한 결과라고도 생각할 수 있을 것이다.

> 아카시아들이 언제 흰 두레방석을 깔었나
> 어데서 물쿤 개비린내가 온다
>
> ── 「비」 전문

> 山뽕잎에 빗방울이 친다
> 멧비들기가 닌다
> 나무등걸에서 자벌기가 고개를 들었다 멧비들기켠을 본다
>
> ── 「山비」 전문

동일하게 비를 제재로 한 이 두 편의 시는 이후 시대의 수작들과 견주

어도 하등의 손색이 없는 이미지즘 계열의 전형적인 소품으로 보인다. 『사슴』에서 발췌한 이 시들은 이렇다 할 서술성이 드러나지 않고 단지 높은 이미지성만으로 평가할 만하다. 동시에 「광원」, 「초동일」 등 일련의 이 계열 시편들을 통해 시작 초기부터 시인의 이미지의 운용과 표현 수준이 이미 상당한 경지에 있음을 엿보게 된다.

처음의 시편은 찬찬한 분위기 안에서 비가 얌전하게 내리는 정경을 묘사한다. 만발한 아카시아 꽃들은 완만하게 내리는 비에 젖어 다소곳이 고개를 기울인 모습이고 그것이 '흰 두레방석을 깔었'다고 표현되었다. 식물의 동사행위 설정으로 활유와 의인법이 이루어진 첫 행은 꽃의 '흰' 색상이 강조되면서 시각과 함께 촉각적 심상을 보여준다. 제목인 '비' 자체가 그 안에 청각적 심상을 내재하고 있음을 상기하면 제목 및 1행에서 비와 아카시아가 만나 시각과 청각의 심상이 구현되고, 비 맞은 아카시아들을 흰 두레방석이 깔린 모습으로 전환시키면서 촉각적 심상이 더해졌다.

이어지는 다음 행은 이 짧은 시 안에서 감각성을 극대화시키는 시인의 역량을 보여준다. 이미지즘시의 효과를 드높이는 동사의 사용[128]과 더불어 '물쿤' 나는 '개비린내'의 후각적 심상이 의태적 표현을 빌어 부각됨으로써 구체적 생동감에 시적 참신성까지 더하고 있기 때문이다.

위 시에 나타난 시인만의 개성적 표현은 1행의 의인, 활유법 사용과 2

---

128) 이미지즘 계열 시편에 쓰이는 움직임 표현의 동사들은 시 안에 공간감을 부각시켜 입체적 성격을 부여하는 역할을 한다. (지주현, 「김춘수 시의 형태 형성과정 연구」, 연세대 석사논문, 2002.)

행의 의태법 사용 정도일 텐데 이 부분을 지우고 나면 좀 더 절제되고 평
범한 아래와 같은 이미지즘시가 될 것이다.

> 아카시아들은 흰 두레방석이다
> 어디서 개비린내가 온다

첫 번째 시가 하나의 장면에 시선을 두고 있다면 다음의 시는 시선의
점차적 이동 과정을 보여준다. 독특한 조어로 합성어를 이룬 '山비'란 제
목은 사실상 시의 시작 부분으로서 "산이 가득 비를 만난다" 정도의 메시
지를 던진다. 따라서 의미상으로는 제목이 시의 한 행만큼의 역할을 한다
고 보아도 무방하다.

위 시는 시적 화자가 완전히 가려진 채 카메라가 피사체를 대하는 듯한
이미지즘의 주된 한 방식을 취하고 있다. 전체적으로 원경에서부터 시작
하여 점점 대상을 향하여 거리를 좁혀가는 구조를 보인다. 온 산 가득 비
가 내리는 산의 전경(全景)이 제목 안에 들어있다면 시의 1행에서는 카메
라의 초점이 뽕잎들이 무성한 일부의 지점으로 옮겨진다. 이어 2행에서
는 뽕잎들에 빗방울이 치는 소리 때문에 놀란 양 산비둘기가 날개 쳐 오
르는 순간의 모습을 포착했다. 그리고 마지막 행에서는 비둘기의 날아오
름을 인식한 매우 작은 벌레인 "자벌기"가 나무 등걸에서 빼꼼이 고개를
들고 비둘기 편을 바라보는 것이 연속 동작으로 그려지고 있다. 1행의 "山
뽕잎"이 그 자체로 복수(複數)이리라는 점을 전제하고 시적 대상들의 볼륨
에 주의하면 위 시는 원경에서 근경으로, 즉 롱 쇼트에서 클로즈업 쇼트
로 점차 피사체에 가깝게 시점을 이동시키면서 쇼트들을 병치시킨 것으

로 파악될 만하다.

그러나 한편 1행의 "山뽕잎"을 근거리에서 주목한 구체적인 단 한 개의 잎으로 가정한다면 위 시는 파노라마적인 기법에 가까운 구조를 취한 것으로 이해되어야 한다. 이 경우 1, 2, 3행이 보여주는 대상에 대한 카메라의 거리는 일률적이며 카메라 시선은 구체적으로 지시된 하나의 뽕잎과 근처의 "멧비들기"와 그 옆의 "자벌기"를 동일한 선상에서 무심하게 주욱 관찰하기 때문이다. 심상은 시각과 촉각 혹은 시각과 움직임에 관계된 운동감각적 이미지가 각 행마다 겹쳐지는 것으로 드러나고 있으며 3행에서는 '본다'는 인간적 행위를 "자벌기"에게 대입함으로써 의인법이 이루어졌다.

위 시의 행간을 주목하면 시적 대상 간의 관계들이 매우 긴밀히 연결되고 있음을 읽게 된다. 제목이 함의하는 바대로 산에 비가 내려 산뽕잎은 빗방울과 만난다. 이때 빗방울과 결합한 산뽕잎의 존재가 성립함으로 인해 다음 대상인 "멧비들기"가 날게 된다. 산뽕잎이 비를 맞고 그로 인해 후두둑 빗소리에 놀란 비둘기가 날아오르는 상황이 이루어지자 그 상황이 "자벌기"의 관심을 끈다. 山비로 인하여 존재가 드러나는 뽕잎, 뽕잎에 듣는 비 때문에 움직이는 비둘기, 움직이는 비둘기에 대한 관심과 집중으로 인해 그 존재가 드러나는 자벌기에 이르기까지 시적 대상들은 필연적으로 서로가 서로에게 기대고 있다.

「산비」는 갑자기 내리는 산비에 반응하는 자연의 모습을 말 그대로 찰나적인 순간에 포착한 군더더기 없는 고도의 이미지즘시이다. 또한 시적 대상들의 연쇄적 반응 안에서 식물과 동물을 포함한 모든 자연물들이 하나의 유기적인 공동체를 이루는 듯하다. 우주적 조화와 합일을 꿈꾼 시인의 세계관이 서술을 배제한 이미지 위주의 시편에서까지 암암리에 드러나고 있음을 확인케 된다. 그리고 위 시는 꽃과 식물을 소재로 취택하고 있으며 후각적 심상에 경도된 점에서 뒤랑의 이미지론 중 신비적 구조에 상응하는 모습을 보인다.

女僧은 合掌하고 절을 했다
가지취의 내음새가 났다
쓸쓸한 낯이 넷날같이 늙었다
나는 佛經처럼 서러워졌다

平安道의 어늬 山 깊은 금덤판
나는 파리한 女人에게서 옥수수를 샀다
女人은 나어린 딸아이를 따리며 가을밤같이 차게 울었다

섶벌같이 나아간 지아비 기다려 十年이 갔다
지아비는 돌아오지 않고
어린 딸은 도라지꽃이 좋아 돌무덤으로 갔다

山꿩도 설게 울은 슬픈 날이 있었다
山절의 마당귀에 女人의 머리오리가 눈물방울과 같이 떨어진 날이
있었다

—「女僧」 전문

시집 『사슴』에 들어있는 위 시는 절제된 이미지들로만 구성되어 서술성이 드러나지 않던 앞서 인용한 시편 계열들에 비하여 서술성이 강화된 모

습을 보인다. '이야기시'라 불리는 백석의 서술시편들 가운데서도 이 시
는 독보적인 위치를 차지하고 있는데 그것은 다른 시편들에 비하여 구체
적인 인물 제시가 이루어져 시적 리얼리티가 살아난 때문이다. 역사적 배
경과 시대적 맥락이 들어 있고 구체적인 인물이 곧 전형적 인물로 기능하
는 점도 주의를 요하지만 3인칭 인물이 전체 시의 주인공이 되는 것은 흔
치 않은 경우에 속한다.

먼저 서술성의 강화 사실과 관련지어 시에 드러난 인물의 측면을 살피
고자 한다. 발단은 화자인 '나'가 합장하고 절을 하는 여승과 만나는 데서
이루어지고 있다. 총 4연으로 구성된 위 시에서 '나'가 드러나 직접적인
체험주체가 되는 곳은 1연과 2연이며 3연 이하는 전해 들어서 간접적으로
경험한 내용을 시화한 것으로 보인다.

1연에 등장하는 여승과 2연에 등장하는 여인은 감상자에 따라 동일인
으로 혹은 비동일인으로도 읽혀지는 모호함을 갖는다. 만일 1연의 여승을
2연의 여인과 동일하게 본다면 이 시는 화자가 1연에서 만난 어느 여승의
지나온 일생에 관한 이야기가 된다. 이때 화자는 2연에 명시되듯이 전에
평안도의 어떤 곳에서 안면이 있었던 한 여인을 1연에서 우연히 다시 만
난 것이다. 이어지는 3연과 4연은 현재 승려가 되어 있는 이 여인으로부
터 들은 그녀의 과거사를 재구성한 것으로 볼 수 있다.

반면 1, 2연의 등장인물을 동일인이 아니라고 가정할 경우 다시 시 전
체의 의미는 두 가지로 구별될 것이다. 첫 번째는 1연에서 화자가 여승을
만나고 그 여승의 모습을 통하여 이미 전에 알고 있던 어떤 여인이 시대
상과 맞물린 고초 끝에 결국 승려가 되기에 이르렀던 과정을 머릿속에서

회상한 경우이다. 이 경우 1연에 등장하는 여승은 전체 시의 주인공인 2연의 여인을 부르기 위한 부수적 장치에 불과하고 1연은 2, 3, 4연으로 시를 안내하는 액자와 같은 장치로 기능한다. 이어지는 3, 4연의 내용은 물론 주인공인 2연에 등장한 여인의 구체적인 삶에 관한 것이 된다.

두 번째 경우는 1연의 여승이 전체 시의 주인공이 되는 상황이다. 이때 2연에 등장하는 여인은 여승을 바라보며 순간적으로 연상되어진 인물이다. 이 여인은 1연에서 만난 여승과 언뜻 비슷한 외양을 가졌던, 화자가 과거에 알던 아무개 정도로 이해될 수 있다. 이 경우 2연은 하나의 삽화처럼 끼어든 모습이며 1연에 나온 여승의 이미지를 부연하는 역할을 한다. 그리고 3연과 4연은 주인공인 여승에게서 들은 그녀의 이야기가 된다.

살펴본 것처럼 인물 측면의 중의성을 보이는 위 시는 주인공을 어떻게 규정하느냐에 따라 사건 자체가 달라지는 개성적 면모를 가진다. 그러나 어느 쪽의 이야기라 하더라도 국권을 상실한 시대사회적 약자를 대변하는 식민지 여인네의 신산한 삶과 운명이 의미의 핵심인 것은 마찬가지이다. 또한 어느 경우이든 간에 상관없이 현재의 시점에서부터 출발하여 과거로 돌아가 과거의 사건을 순차적으로 그려낸다는 점에서 시간 구성의 역전을 드러내고 있다. 시적 긴장과 탄력의 증가에 기여하는 일종의 '낯설게하기'로서 시간 구성의 역전성을 순차적으로 바로잡으면 '2-3-4-1'연의 구성으로 전개될 것이며 이때 1연의 여승과 2연의 여인은 동일인으로 읽혀 시읽기의 다양성은 그만큼 약화되는 양상을 띤다.

서사적 장르에서 나타나는 정도의 완전함에는 비할 수 없겠지만 인물과 사건과 배경이 찾아지며 '발단-전개-위기-절정-결말'라는 서사적 구성단계의 대략적인 적용이 가능하다는 점 등 외에 시대사의 전형적 아픔을 성취한 위 시는 높은 수준의 서술성을 담보한다. 그런데 일반적인 서술시들이 서술성을 높이는 대가로 시적 탄력과 서정성의 정도를 일부 포기하고 있음에 반하여 이 시는 서술성이 고양되고 있음에도 불구하고 여전히 높은 서정성과 밀도 있는 시적 긴장을 유지하고 있는 점이 주목된다. 이는 무엇보다도 서술성의 강화에 발맞추어 증가되는 고도의 이미지성 때문이라 하겠는데 서정성을 염두에 두고 철저하게 의도된 시적 전략의 일환으로 보아야 할 것이다.

1연에 드러난 이미지성을 살펴보면 시각적 이미지를 중심으로 청각적 이미지와 미각적 이미지 및 후각적 이미지가 동원되고 있다. 합장하고 절하는 여승, 쓸쓸한 낯, 불경 등이 시각적 심상을 드러내는 한편 2행의 '가지취의 내음새'에서는 미각과 후각적 이미지를 동시에 느낄 수 있다. 또한 마지막 행의 '서러워졌다'에 암시된 눈물의 이미지는 그 안에 청각적 이미지를 간접적으로 내포하고 있으며, 늙어 보이는 쓸쓸한 낯을 '넷날'에 비유한 것이나 나의 서러워짐을 '불경'에 빗댄 것에서 원관념과 보조관념 사이의 낯설게하기를 드러낸다.

2연에서는 시각적 이미지를 중심으로 미각과 촉각적 이미지에 더하여 청각적 이미지까지 고루 분포되었다. 1행의 '금덤판'은 간접적으로 금의 색채를 내포하여 시각적 심상을 보여주고 2행에서는 '파리한 여인'을 통한 시각적 심상과 더불어 '옥수수'에서 느껴지는 시각 및 미각적 심상이 부각되고 있다. 3행의 '가을밤같이 차게 울었다'에서는 시각적 이미지와 촉각적 이미지, 그리고 청각적 이미지가 순차적으로 드러나며 심상의 복합적 미감을 느끼게 한다.

이어지는 3연은 주로 시각적 심상을 표상하고 있다. 1행의 섶벌과 3행의 도라지꽃에서 느껴지는 시각적 심상이 돋보인다. 또한 십 년을 기다려도 돌아오지 않는 지아비를 섶벌에 비유한 것에서 1연에서와 마찬가지로 원관념과 보조관념 사이의 독창성을 엿보게 된다. 3연의 3행은 '어린 딸은 죽었다'는 지시적인 내용을 '산 여기저기 피어 있던 도라지꽃들을 좋아하여 그 도라지꽃 주변에서 놀기 좋아하던 어린 딸이 결국 알지 못할 병 혹은 불의의 사고로 죽어 (조촐한 비석을 세운) 무덤에 묻혔다' 정도로, 넓은 파장의 사실까지 함의하는 '어린 딸은 도라지꽃이 좋아 돌무덤으로 갔다'는 간결한 시적 진술로 표현하고 있다. 3연 3행은 서술성을 담보함에도 불구하고 시가 시적 긴장을 잃지 않는 표현의 비결을 단적으로 보여주는 대목이기도 하다.

4연에서는 시각과 청각적 심상이 전경화되고 있다. 1행의 '山꿩도 설게 울은'에서는 시각적 이미지와 청각적 이미지가 드러나며 다음 행의 '女人의 머리오리가 눈물방울과 같이 떨어진'에서 시각적 이미지뿐만 아니라 '눈물방울' 속에 감춰진 간접적인 청각적 이미지까지 느끼게 된다. 그리고 위 시에 드러난 이미지들은 소재적인 측면에서 어린아이와 여인, 꽃과 식물, 음식물 등을 전경화하고 감각화의 방식에서 미각 및 후각 효과에 집중함으로써 전체적으로 뒤랑의 신비적 구조 체계에 합당한 특성을 담보한다.

한편 다양하고 복합적인 이미지 구사와 완결성을 지닌 사건의 담보로 서정성과 서술성을 함께 확보한 동시에 탄탄한 구조미를 지니는 이 시에서 각 연은 전체 작품의 서술단계를 반영한다. 1연은 작품의 본론으로 진입하는 발단의 단계로 볼 수 있고 2연은 시대가 부가한 운명적 고통에 직면하여 탄식하지 않을 수 없는 여인의 삶을 보여주는 전개의 단계로 기능한다. 3연은 주인공인 여인에게 존재 의의가 되는 지아비와 어린 딸에 관한 비극성을 드러낸 위기의 단계라 하겠으며 마지막 4연은 전개 및 위기의 결과로 도달한 절정 및 결말에 해당하는 내용을 말해준다.

4연에서 시의 주인공은 슬픔을 초극하기 위해 삶을 체념하고 여승의 길을 택한다. 서술의 양상도 인물을 강조하여 줄곧 인물주어를 사용한 1, 2, 3연과는 달리 '-슬픈/-떨어진 날이 있었다'라는 사건 자체를 강조한 표현으로 바뀌어 있다. 부각되는 메시지는 '山꿩'조차 서러워 '설게 울은 슬픈 날'이며 동시에 '山절의 마당귀에 女人의 머리오리가 눈물방울과 같이 떨어진 날'이고 이날은 지아비와 딸을 잃은 한 여인이 여인으로서의 행복을 영원히 단념한 바로 그날이다.

　　눈이 많이 와서
　　산엣새가 벌로 나려 멕이고
　　눈구덩이에 토끼가 더러 빠지기도 하면
　　마을에는 그 무슨 반가운 것이 오는가보다
　　한가한 애동들은 어둡도록 꿩사냥을 하고
　　가난한 엄매는 밤중에 김치가재미로 가고
　　마을을 구수한 즐거움에 사서 은근하니 흥성흥성 들뜨게 하며
　　이것은 오는 것이다
　　이것은 어늬 양지귀 혹은 능달쪽 외따른 산옆 은댕이 예데가리밭에서
　　하로밤 뽀오햔 흰김 속에 접시귀 소기름불이 뿌우현 부엌에
　　산멍에 같은 분틀을 타고 오는 것이다

이것은 아득한 넷날 한가하고 즐겁든 세월로부터

실 같은 봄비 속을 타는 듯한 녀름별 속을 지나서 들쿠레한 구시월 갈바람

속을 지나서

대대로 나며 죽으며 죽으며 나며 하는 이 마을 사람들의 으젓한 마음을 지

나서 텁텁한 꿈을 지나서

지붕에 마당에 우물둔덩에 함박눈이 푹푹 쌓이는 여늬 하로밤

아배 앞에 그 어린 아들 앞에 아배 앞에는 왕사발에 아들 앞에는 새끼사발

에 그득히 사리워 오는 것이다

이것은 그 곰의 잔등에 업혀서 길여났다는 먼 넷적 큰마니가

또 그 집등색이에 서서 자채기를 하면 산넘엣 마을까지 들렸다는

먼 넷적 큰 아바지가 오는 것같이 오는 것이다

아, 이 반가운 것은 무엇인가

이 히수무레하고 부드럽고 수수하고 슴슴한 것은 무엇인가

겨울밤 쩡하니 닉은 동티미국을 좋아하고 얼얼한 댕추가루를 좋아하고 싱

싱한 산꿩의 고기를 좋아하고

그리고 담배 내음새 탄수 내음새 또 수육을 삶는 육수국 내음새 자욱한 더

북한 삿방 쩔쩔 끓는 아르궅을 좋아하는 이것은 무엇인가

이 조용한 마을과 이 마을의 으젓한 사람들과 살틀하니 친한 것은 무엇인가

이 그지없이 枯淡하고 素朴한 것은 무엇인가

―「국수」 전문

위 시는 음식물을 주제로 삼고 대상을 의인화하여 개성적으로 표현한
수작이다. 앞서 살펴본 시가 인물과 사건에 무게를 실어 주요 서사 장르
인 소설이나 희곡의 요소들을 적용해볼 수 있는 여지가 많았던 데 반해
이 작품은 그와 다른 방향의 접근을 요한다.

초기의 이미지즘에 주력한 시들에 비하여 훨씬 서술성이 증대된 이 작품은 인물이나 사건이 주관심사가 되는 것이 아니라 서술의 주제에 대한 시적 자아의 생각과 감정을 표현함으로써 마치 하나의 경수필을 대하는 느낌을 준다. 실제로 최대한의 시적인 압축적 공정을 가한 위 글을 좀 더 자세히 쉽게 풀어쓰고 「국수 예찬」 정도의 이름을 붙이면 경수필에 가까운 작품이 되리라 본다. 그리고 주인공인 인물과 그 인물을 중심으로 한 사건을 다룬 앞서 분석한 경우와 같은 시편보다는 경수필에 가까운 위 유형이 백석 서술시의 주된 스타일이라 보아야 한다.

3연 25행으로 구성된 위 시는 한 편의 수필이 전할 수 있는 분량만큼의 많은 말을 하고 있는 강한 서술성을 지닌다. 또 전체 구조 면에서 시적 대상을 감추어 호기심을 더하는 동시에 결과적으로 대상을 강조하기 위해 수수께끼나 스무고개의 형식에 가까운 '낯설게하기'의 방식을 취한 점도 인상적이다.

우선 첫 연을 내용상 5개의 부분으로 나누어 살펴보고자 한다. 1연의 첫 번째 부분은 1행부터 4행까지로 볼 수 있으며 전체 글의 도입적 성격을 지니는 대목이다. '산엣새'와 '토끼' 등의 동물 제재를 부각시키면서 '눈덮인 겨울철'이라고 하는 대상이 출현하는 배경을 소개하고 있다. 5행부터 8행까지의 두 번째 대목에서는 대상을 맞이할 준비에 들떠 있는 마을 사람들의 모습이 애동과 엄매 등을 통하여 제시된다. 이어지는 세 번째 부분은 9행에서 11행까지로 볼 수 있겠다. 이 부분은 시적 대상의 근원과 출신지 및 구체적인 생성 과정을 '산멍에 같은 분틀을 타고 오는 것'이란 시적 표현까지 동원하며 드러내고 있다.

낭만적 풍경을 보여주는 첫 번째 대목과 축제 전야의 분위기를 느끼게 하는 두 번째 대목, 그리고 신비스런 느낌을 발하며 전개되는 세 번째 부분에 이어지는 네 번째 대목이야말로 비로소 시적 자아가 본격적으로 대상에 대한 소회를 피력하기 시작한 곳이다. 이 시적 대상은 먼 "넷날"로부터 사시사철을 끊임없이 반복하여 존재해 왔으며 나고 죽어가는 마을 사람들의 생애에 대한 증인이 되어왔다. 12행에서부터 16행까지의 부분은 기나긴 마을의 역사 속에서 삶의 일부를 이루어온 시적 대상의 마을 사람들에 대한 관계의 친연성을 보여준다.

1연의 마지막 대목은 17행에서 19행까지로서 이 부분에서 국수와 마을 사람들과의 친연성은 민족 전체의 범위로까지 확대되어간다. 곰 토템이나 영웅설화를 연상케 하는 전설은 시적 대상의 마을 사람들과의 친밀성을 민족 전체와의 역사적 절대성으로 끌어올리는 충분한 장치가 되고 있다.

화자의 대상에 대한 예찬은 여기서 끝나지 않는다. 2연과 3연에서는 사물인 이 대상이 본격적으로 의인화되어 있을 뿐만 아니라 고매한 성정을 가진 무엇으로 묘사된다. 2연에서는 시적 대상의 외양과 시적 대상이 가진 취향 및 기호, 시적 대상과 잘 어우러지는 것들이 주욱 등장하고 있다. 또 정밀히 읽어보면 2연의 3행부터 4행까지 시적 대상이 좋아한다고 묘사된 내용들은 동시에 마을 사람들이 한결같이 좋아하는 대상들과 같아서 2행과 3행 사이에 '이 마을 사람들과 마찬가지로'라는 구절이 들어가야 할 듯싶다.

마지막 3연에서는 2연의 이러한 메시지가 더욱 고조되고 있다. 시적 대상의 성정을 주제로 한 이 대목은 바야흐로 국수와 이 마을 사람들을 동일시하기에 이른다. 이 마을 사람들과 '살틀하니'도 '친한' 이것은 마을 사람들을 닮아 '조용'하고 '으젓'하며 그지없이 '고담'하고 '소박'한 성품을 지닌 마을 사람들 자체이고 우리 민족성 자체인 것이다.

　다음으로는 강화된 서술성만큼이나 집중된 이미지성에 대하여 분석해 볼 차례이다. 전체적인 특징이라면 구체성과 생생함을 부각시키는 고유명사가 많이 쓰였다는 것과 시의 한 행 한 행이 장면을 구성할 수 있을 만큼 시각적 이미지의 쓰임이 돋보인다는 점을 들 수 있겠다. 또 소재 면이나 주된 감각화의 방식 면에서 뒤랑의 신비적 구조주의 체계와 잘 부합하고 있다.

　먼저 1연의 첫 부분을 살펴보면 눈, 산엣새, 토끼 등으로 이어지는 시각적 이미지와 '멕이고'에서 간접적으로 드러난 청각적 이미지의 사용을 엿보게 된다. 1연의 두 번째 부분에서는 꿩의 시각적 이미지와 함께 '김치가재미'가 주는 시각 및 미각적 이미지를 보여준다. 또한 '구수한 즐거움'에서 후각적 심상도 느낄 수 있다. 세 번째 대목에는 주로 시각적 이미지가 투영되었다. '양지귀', '능달쪽' 및 '뽀오한 힌김', '소기름불이 뿌우현 부엌', '산멍에같은 분틀' 등에서 시각적 이미지가 다양한 색채성을 동반하며 중첩되는 것을 느낄 수 있다. 1연의 마지막 대목은 시각적 심상을 중심으로 다채로운 심상을 두루 보여준다. 13행은 가히 이미지의 향연이라 부를 수 있겠으며 '실같은 봄비'가 포함하는 시각 및 청각적 이미지, '타는 듯한 녀름볕'의 시각적 심상, '들쿠레한 구시월 갈바람'이 표현하는 후각적 이미지가 어울려 독특한 감각적 미감을 부여한다.

　2연은 주로 음식물을 제재로 하고 있는 만큼 미각적 이미지가 중심이 되어 시각적 이미지와 결합되는 양상을 보이고 있다. 2행의 '히수무레하고'에서 느껴지는 시각적 이미지를 제외하고는 3행에 표현된 '동티미국', '댕추가루', '산꿩의 고기' 등이 시각적 심상과 미각적 심상을 함께 담은 것으로 보인다. 또한 4행의 '담배 내음새', '탄수 내음새', '수육을 삶는 육수국 내음새' 등은 시각적 이미지와 후각적 이미지가 결합한 것이다. 부수적으로 4행의 '쩔쩔 끓는 아르굳'에서는 간접적인 촉각적 이미지를 제시한다고 보아도 무방하다. 즉 살펴본 바와 같이 2연의 이미지 전개는 전략적으로 시각적 이미지를 중심으로 2개 이상의 이미지를 집중해서 사용하는 모습이다. 이는 단순히 이미지 강화의 기법을 넘어서서 다각적 이미지로 시적 효과를 높이고자 한 시인의 의도와 관계된다고 본다.

특이하게도 3연은 별다른 감각적 이미지의 사용이 드러나지 않는다. 2행에 걸친 짧은 분량이긴 하지만 주목되는 이미지의 사용이 나타나지 않는 것은 이전까지의 시 전개에 비하여 주제적인 내용이 전경화되어 있기 때문일 것이다. 앞에서 살핀 1연의 네 번째 대목과 3연을 연결시켜 간추려본 이 시 전체의 주제는 '길고 긴 마을의 역사 속에서 그 삶 안에 함께해 온 국수의 성정은 마을 사람들과 똑같이 조용하고 으젓하며 그지없이 枯淡하고 素朴하다' 정도로 파악된다.

다만 '素朴'의 '素'를 통하여 간접적으로나마 시각적 이미지를 연상할 수 있겠는데 이 흰색의 이미지는 '눈', '뽀오얀 흰김', '실같은 봄비', '사발', '희수무레하고', '동티미국' 등을 통하여 시 전체를 지배하는 시각적 심상이기도 하다. 그리고 시의 주조를 이루는 흰색의 색채적 감각을 통하여 백의민족을 연상하게 되는 것이 그리 부자연스러운 일만은 아닐 것이다.

제5장 **결론** |

백석의 시세계에 대한 연구는 1980년대 이후로 본격화되었음을 감안할 때 상당한 정도의 성과를 보이고 있다. 양적인 측면에서뿐 아니라 질적인 면에서도 그러하며 특히 매우 다양한 테마에 의한 연구의 양상을 드러낸다. 이와 같은 면모는 기본적으로 백석 시세계의 서술적 서정이라는 특성에 기인한 것으로 여겨진다. 흔히 이야기시라는 별칭이 붙는 데서도 읽혀지는 바, 그의 서정시들은 남다른 서술성을 확보하고 있음으로 말미암아 전통적인 서정적 특성들과 함께 서사적 특성들까지 보여주는 개성을 지니기 때문이다.

백석 시의 기본 성격이자 가장 큰 특징이라 할 수 있는 서술적 서정은 본고에서 서정적 특질에 서사적 특징이 결합되어 있음을 의미하는 개념이다. 즉 서술적 서정이란 개념은 서술과 서정 양자의 자질을 포함하고 있다. 따라서 서술적 서정성을 지닌 시들은 형식 면에서 분명 서정시에 속하지만 리듬이나 이미지 등 근원적인 서정 요소를 제외한 일련의 문학적 자질들 안에 서술적 요소가 적절히 병합되어 있다. 이 개념은 또한 이야기나 플롯의 구조를 포함한 형태 이외에 대상을 숙고하는 과정을 통하여 의미부여를 꾀한 짧은 수필의 경향을 따르는 시편들까지 아우른다.

서술적 측면이 증대된 서술적 서정의 세계는 현실 안에 흩어져 있는 되도록 많은 대상과 현상들을 객관적 어조로 다양하게 담아내고자 한다. 현재 전해지는 주요 시편들의 대다수가 창작된 식민 치하의 배경 아래서는 서북지방의 농촌이라는 실존적 장소를 무대로 혈연의 확장인 전통적 민족공동체에의 복원 의지가 환유적 전망을 통해 표상되고 있었다. 이 시기의 시작 안에는 고유명사군을 비롯한 평안도 방언과 농촌문화의 다양한 양상들이 전경화되어 있다. 시제 역시 과거 표현으로 일관되는데 이는 존속을 장담하기 어려운 식민 통치하의 시대적 배경 때문이라 이해된다.

반면 해방 이후 창작된 일련의 재북시편들에서는 협동농장이라고 하는 실존적 장소 안에서의 생활을 중심으로 한 공동체 지향이 현재 시제를 빌어 표현되고 있다. 식민 치하의 시작이 보여주었던 시편들과 마찬가지로 재북시편들에서 공동체적 삶의 기반이 된 배경으로서의 장소는 구성원들에게 안락하고 긍정적인 장소감을 부여하는 동시에 실체적인 공간으로서 기능하고 있었다.

그러나 이들과는 달리 예외적인 일련의 시편들도 등장하는데 이 계열의 시들은 피식민의 상황이 극도로 악화되어 어떠한 역사적 호전에의 기대나 객관적 전망을 갖기 어려운 시점에서 창작된 것으로 보인다. 화자의 내면 속으로 침잠하여 외부 공간에 대한 극도의 불안과 결핍감을 드러내는 이 주관적인 시편들은 동일시의 대상을 거듭 상정하려 하면서 은유적 성찰 속으로 몰입한다.

한편 백석 시세계가 보여주는 서술과 서정의 섞임은 필연적으로 전통적인 시의 요소들에 전통적인 서사 요소들이 병합됨을 의미하는데 이때 양자의 만남은 원래 자질의 성격과 특성에 다소간의 변이를 야기시킬 수 있다.

서술의 기본적 요소에 해당하는 이야기 즉 사건은 서정성과 결합하는 과정에서 원래의 특성인 갈등의 부각 대신에 서정적인 동일화를 지향하는 양상으로 전개되었다. 또한 담화 차원의 어법에서는 화자의 정서와 주관을 최대한 배제시킴으로 말미암아 서정적 압축미의 확보와 함께 최대한의 객관성을 담보하고 있었다.

후각과 미각을 전경화하며 오감을 활성화시킨 현재 주체의 감각과 현실 세계 안에서 시적 대상이 된 물질들의 조우가 가져온 기억의 순간적 현현은 비약적인 방식으로 과거를 체험케 한다. 이와 같은 기억은 또한 확장된 시공간 안에 역사적 정체성과 아우라를 부여하는 데 효과적인 방식으로 기여한다.

또한 서술적 서정의 시세계는 자연물들과 사물들을 비롯한 다양한 인물군들을 수용해냄으로써 시적 대상의 확대를 꾀하고 있었다. 자연스럽게 이루어지는 이와 같은 대상의 확대는 사건을 응축하는 이미지의 역할에 힘입은 것으로 여겨진다. 이미지가 사건과 맥락을 응축하여 상상력과 대상의 확대를 동시에 유도하는 양상은 일종의 은유로서의 사진이 주는 미감의 효과에 비견되어질 만하다.

서술적 요소의 가미는 많은 대상들에 대한 폭넓은 이야기를 담아내게

되고 그 안에서 언술의 환유적 특성이 부각되고 있었다. 여기서의 환유적 특성이란 시간적, 공간적, 논리적(인과적) 인접성에 근거한 언어의 배열을 가리키는 것으로서 환유적 언술은 타자의 수용 및 이야기의 개진과 불가분의 관계에 놓인다. 한편 환유 미학은 극단으로 치달을 경우, 시적 의미의 구심을 해체하고 허무로 귀결될 위험성을 지니기도 한다. 백석의 시세계에서는 이 환유 미학의 한계를 의미의 구심을 형성하는 데 기여하는 반복의 수사로서 보완해내고 있었다.

반복의 어법은 의미나 정서를 구심적으로 모으는 함축적 역할을 하는 동시에 긴 서술적 호흡의 시에 리듬감을 부여함으로써 서정적 자질을 첨가하기도 한다. 환유에 대한 보완의 의미에서 반복의 기법이 널리 쓰임과 아울러 강화되는 서술성에 따른 서정성의 약화를 보완하는 장치로서 대표적인 서정적 자질이기도 한 이미지성이 서술성의 증대에 비례하여 강화되고 있음도 살펴보았다.

결론적으로 공동체의 토대가 되는 구체적 장소 안의 소박한 이야기들에서 출발한 백석의 시세계는 시적 대상(인물), 이미지 운용, 기억과 시공간, 어법(담화), 사건(이야기), 수사 등의 여러 측면에서 서정 혹은 서술 어느 한쪽의 차원에서 쓰이던 본래의 양상과는 다른 방식의 특성들을 보임으로써 서술적 서정을 위한 독특한 미감에 도달하고 있었다. 그리고 이 성공적인 서술적 서정의 세계는 서정과 서술 양자에 동시적으로 걸치는 한편 이야기와 시간 등 가장 전통적인 서술의 자질들까지 서정적으로 변용시키면서 그 독창적 개성을 창출한다.

제2부

언어와 서술적 서정성의 유형

제1장 은유적 시각으로 본 백석의 시세계

1. 서론

여기 한 화자가 있다. 이 사람은 무언가 소중한 것을 잃은 듯하다. 소중한 무엇을 잃어버렸기 때문에 그의 마음은 편안하지 않다. 잃어버린 것은 시대적, 역사적 맥락 아래 놓여있다. 그러하기에 동시대의 동족들에 대하여서는 함께 부끄럽고 아픈 마음이요, 선조와 후손들에 대해서는 예의 빚진 마음이 된다. 이 마음의 빚으로부터 글쓰기는 출발한다. 그 글은 빚진 마음으로부터 왔기에 불안하지만, 또한 반성이 따르기에 진실하다. 진실을 응시하는 불안한 그에게서 현실과 이상 사이의 긴장과 떨림이 전해온다.

화자는 무언가를 잃어버렸으므로 그의 무의식은 자연스레 잃어버린 것의 회복으로 향해 있다. 이는 외적 차원에서 시대적 결핍의 극복과 관계되고, 내적 차원에서는 실존적 고통의 초극을 의미한다. 화자를 애타게 하는 것은 타국의 부당한 침입으로 인하여 삶의 터전이 악화되어가는 모순적 상황이며, 그의 열망은 점점 무너져내리는 삶의 원상을 복구하려는 그것이다. 화자의 욕망이 뚜렷한 지향점을 가짐으로 말미암아 개별적 텍스트들은 그 지점을 서로의 교집합으로 하면서 되돌이되고 변주된다. 상실된 대상은 복원에의 의지 속에서 대개 상실 이전의 원형을 기준으로 하기에 훼손이나 일그러짐 없이 그려진다. 삶의 현장에 충실한 화자의 텍스트는 최대한 주관을 배제하고 대상을 부각시킴으로써 실재에 맞닿은 사실성까지 효과적으로 담보해낸다.

위 화자는 다름 아닌 백석 시의 시적 화자이다. 주로 식민지 시기에 쓰여진 시편들임에도 불구하고, 60여 년이 더 지난 현재에까지 지속적인 관심이 더해지는 것은 시세계를 추동하는 의미의 은유적 변이망이 다채롭기 때문이 아닐까 한다. 기존의 은유가 주로 개별적 어휘 차원에서 원관념과 보조관념 사이의 고정된 관계만을 의미했던 데 반해, 근래의 관점은 은유를 좀 더 폭넓은 차원의 역동적인 것으로 간주한다. 그리하여 언어의 부분들이 모여 지시하는 전체 텍스트의 담화 차원에서의 의미 범주를 은유의 층위로 설정한다.

일단 백석의 시는 서술적인 요소가 강한 특징을 지니므로 근래의 인지적 혹은 해석학적 은유 개념 적용이 유효할 수 있다. 리쾨르에 의하면 대체로 서사는 3가지 차원의 미메시스를 보여준다. 미메시스 Ⅰ이 작가와 독자에게 공통된 경험 세계인 '전-이해' 단계를 의미한다면, 미메시스 Ⅲ은 해석의 과정을 포함한 '후-이해' 단계에 해당된다. 그리고 문제의 미메시스 Ⅱ의 영역은 미메시스 Ⅰ과 Ⅲ의 사이를 흐르고 있으며 허구의 작용을 빌어 역동적으로 줄거리를 형상화한다. 그리고 이 삼중의 미메시스 과정은 각각의 단계에서 은유적 기능을 포함하고 있다.[1]

인지의미론에서 주장하는 바, 인지하고자 하는 개념적 영역을 '목표 영역'이라 하고 목적 달성을 위하여 사용하는 개념적 영역을 '근원 영역'이라 할 경우[2] 서사의 과정이란 삶(생)을 목표 영역으로 하고 쓰여진 텍스트를 근원 영역으로 한 맵핑(mapping)인 동시에 그러한 관계를 담화 차원에서 드러내는 개념적 은유이다. 인지 이론에서 주장하는 개념적 은유와 텍스트 서사의 과정을 일종의 은유로 보는 리쾨르의 사유를 빌면 '이야기하기'의 시인 백석의 시세계 전체도 은유라는 관점에서 조감되어진다.

백석의 시세계에서 은유적으로 매개된 미메시스 양상은 대체로 세 가지의 주제적 차원에서 이루어지고 있다. '의·식·주 및 풍속과 신앙을 드러내는 대상들', '역사적 장소와 장소에 관계된 음식 및 역사(시간)성에 결부된 의미들', '인간들끼리 혹은 인간과 다른 생명체들이 우주적으로 연대하는 모습과 그 의의'가 각각의 차원을 이룬다. 차례로 이야기 구조, 수필 형식, 장면 내지 삽화적 구성을 위주로 하여 전개되는 이 미메시스는 각기 '문화계', '역사', '공동체'라는 핵심어로 요약될 수 있으며, 본문에서는 이들이 '수평적 상상력', '수직적 구도', '연대하는 몸짓'으로도 명명될 것이다.

각 차원의 미메시스 영역에는 공통적으로 '문화적인 것'이 자리하고 있다. '문화계'는 동시대의 수평적 문화 자질을 구성하는 대상들의 집합이란 측면에서 곧 '문화'이고, '역사'란 수평적 문화의 수직적 확산이란 의미에서 바로 '문화'이며, '공동체'란 공통의 문화권에 속한 단일한 민족으로

---

1) 폴 리쾨르, 『시간과 이야기 1: 줄거리와 역사 이야기』, 김한식·이경래 공역, 문학과지성사, 1999, 7~11·146~150쪽.
2) 임지룡, 「개념적 은유에 대하여」, 『한국어 의미학』 20집, 한국어의미학회, 2006, 30~34쪽.

구성된 하나의 삶을 뜻하기 때문에 또한 '문화'이다.

한편 백석의 전체 시세계가 지향하는 궁극적인 목표 영역을 '회복'이라는 개념으로 본다면 이는 은유적으로 매개된 미메시스 Ⅲ에 해당될 것이다. 한민족은 동일 핏줄을 지닌 단일민족이고, 조국은 역시 단일민족국가라는 전제하에서 문화는 민족 혹은 국가의 전체 에네르기 또는 활동의 총양상이라 할 수 있다. 따라서 이와 같은 은유의 자장 안에서 문화란 민족, 국가, 국권을 포괄적으로 의미하게 된다. 그런데 '문화계', '역사', '공동체' 등으로 대표되는 문화 요소의 반복적 제시는 문화의 존재 자체를 의도적으로 강조하고, 그 의의와 당위성을 지지하는 행위이다. 그리고 이 시세계에 담긴 국권이 상실된 시대의 삶과 그 저변의 맥락들을 고려할 때 '문화적인 것'들의 반복적 제시는 무리없이 '국권의 개념을 포함한 잃어버린 모든 것들의 회복'을 의미하리라 여겨진다.

더 이상 새로울 게 있을까 싶을 정도로 수없이 논의된 백석의 시세계[3]를

---

3) 선행 연구들은 다양한 주제를 대상으로 방대하게 집적되어 있다. 그중 주목할 만한 주제들을 중심으로 간략히 정리하면 다음과 같다. 먼저 많은 관심이 지속적으로 반영된 테마로서 무속의 요소를 포함한 토속성, 고향의식, 고향의 자연에 대한 연구들(이숭원, 「백석 시와 샤머니즘」, 『서정시학』, 2006년 가을호; 강연호, 「백석·이용악 시의 귀향 모티프 연구」, 『한국문학이론과 비평』 31집, 현대문학이론학회, 2006. 6; 이동순, 「백석 시집 『사슴』: 흙 속에 묻혀 있던 시인 백석」, 『시인세계』, 2005년 여름호 등)이 주목된다. 그리고 이에 못지 않게 많은 성과가 나타난 주제는 백석 시세계 특유의 언어적 개성과 방언 등에 관한 연구들(고형진, 「최초 인쇄본, 원본, 영인본, 그리고 정본」, 『서정시학』, 2007년 겨울호; 김재홍, 「백석, 운명애와 민족어의 완성을 위하여」, 『새국어생활』 15권 4호, 국립국어원, 2005년 겨울; 강희숙, 「백석의 시어와 구개음화」, 『한국언어문학』 53집, 한국언어문학회, 2004. 12 등)이다. 또한 토속적인 내용 이면에 1930년대 당시로서는 독보적이었던 모더니티의 시화 양상과 백석 시의 근대성에 관련된 연구들(최정례, 「백석 시의 근대성 연구」,

은유적 변이망이라는 주제로 읽어보려한 시도는 다갈래로 파편화된 논의들을 통일시키는 의의를 가지지 않을까 싶다. 따라서 이 글의 주된 관심은 시세계를 묶어내는 세부적인 은유의 변이망이 어떠한 양상으로 직조되어 있는지 구체적으로 확인하는 데 있다. 은유에 대한 이 같은 관점이 지닌 궁극적 효용은 텍스트가 표상하는 총체적인 의미망에 도달하는 길을 열어준다는 점일 것이다.

2. 문화계와 수평적 상상력

문화계(文化界)에 대한 본격적 탐색 이전, 시는 먼저 시대의 결핍을 정직하게 확인하는 눈과 그로 인한 서글픔의 태도로부터 시작된다. 그리고 결

고려대 박사논문, 2004; 전봉관, 「백석 시의 모더니티」, 『한중인문학연구』 16집, 한중인문학회, 2005. 12; 권정우, 「시각적 이미지와 한국 근대시의 형성: 30년대 시를 중심으로」, 『시와상상』, 2006년 가을호 등)도 상당하다.

한편, '이야기시'의 시인이란 별칭이 있을 만큼 주목되는 이야기성 혹은 서술성에 관한 논의들(김용희, 「백석 시에 나타난 구술과 기억술의 이데올로기」, 『한국문학논집』 38집, 한국문학회, 2004. 12; 양혜경, 「백석 시의 산문적 발화 장르 고찰」, 『비평문학』 17호, 한국비평문학회, 2003. 7; 지주현, 「백석 시의 서술적 서정성 연구」, 전남대 박사논문, 2008 등)도 집적되는 모습이다. 이외에도 시세계의 전모를 파악하는 데 중요한 지표가 되는 시간과 공간을 테마로 한 연구(박태일, 「백석 시와 명성의 사회학: 토속어로 표현해 낸 장소사랑의 미학」, 『문학사상』, 2005년 8월호; 장석주, 「우리 시의 지리학 2: 고향, 혹은 장소애의 시학: 백석의 경우」, 『현대시학』, 2005년 8월호 등) 역시 꾸준히 지속되고 있으며 음식, 모성, 낭만성 등을 비롯한 여러 세부적인 주제 아래 다양한 연구들이 이루어지고 있다. 이 논문의 주제와 관련된 수사적 차원에 집중한 논의들로는 반복과 직유를 주제로 한 논문(이경수, 「백석 시의 반복 기법 연구」, 『상허학보』 7집, 깊은샘, 2001. 8; 최명표, 「백석 시의 수사적 책략」, 『한국언어문학』 55집, 한국언어문학회, 2005. 10) 등이 발견된다.

핍에의 직시야말로 이 시세계를 은유적 성찰 속으로 인도해가는 시발점
이기도 하다.

(1) 차디찬 아침인데

　　妙香山行 乘合自動車는 텅하니 비어서

　　나이 어린 계집아이 하나가 오른다

　　옛말속 가치 진진초록 새저고리를 입고

　　손잔등이 밧고랑처럼 몹시도 터젓다

　　계집 아이는 慈城으로 간다고하는데

　　慈城은 예서 三百五十里 妙香山百五十里

　　妙香山 어디메서 삼촌이 산다고한다

　　새하야케 얼은 自動車 유리창박게

　　內地人 駐在所長가튼 어른과 어린아이 둘이 내임을 낸다

　　계집아이는 운다 느끼며 운다

　　텅 비인 車안 한구석에서 어느 한사람도 눈을 씻는다

　　계집아이는 몃해고 內地人 駐在所長집에서

　　밥을 짓고 걸레를 치고 아이보개를 하면서

　　이러케 추운 아침에도 손이 꽁꽁얼어서

　　찬물에 걸레를 첫슬것이다

　　　　　　　　　　　　　　　—「八院－西行詩抄 3」 전문[4]

(2) 女人은 나어린 딸아이를 따리며 가을밤같이 차게 울었다

　　섶벌같이 나아간 지아비 기다려 十年이 갔다

　　지아비는 돌아오지 않고

――――――――――――

4) 이 글에 인용한 백석의 시들은 『백석시전집』(창작과비평사, 1987)에서 발췌하였다. 이하
　　작품을 인용할 때는 작품명만 표기한다.

어린 딸은 도라지꽃이 좋아 돌무덤으로 갔다

—「女僧」 부분

(1)에서 화자는 어느 차디찬 아침, 처량한 모습으로 묘향산행 승합자동
차에 오르는 한 어린 소녀를 주목한다. 현실적인 어려움에 처하여 살 곳
을 찾아 마지못해 떠나야 하는 소녀는 평안한 상태가 아니다. 진하디 진
한 이 소녀의 눈물은 배웅 나온 이들과의 헤어짐 때문이라기보다 무작정
떠나야만 하는 운명과 그 이후의 삶에 대한 두려움을 내포하고 있다. 이
두렵고 쓸쓸한 떠남은 시대의 구조적인 문제, 즉 '內地人 駐在所長'이 존
재하는 식민 치하의 현실에 기인한다.

막막한 소녀를 바라보며 "어느 한사람"도 눈을 씻는다. 제3자는 평온했
던 시절에의 그리움에 사무쳤을 것이다. 시의 문맥을 연하여 흐르는 차고
고단한 정서는 한 소녀의 울음을 통하여 눈물 흘릴 수밖에 없는 시대의
사연을 보여준다. 연약한 이들이 훨씬 더 가슴 아프게 느껴야 했을 시대
적 불행의 현장을 시인은 간과하지 않는다.

(2)의 시에서는 사회적 약자를 대변하는 식민지 여인네가 등장하는데
한 여인이 시대상과 맞물린 고초 끝에 결국 승려가 되기에 이르렀던 과정
이 그려지고 있다. "가을밤같이 차게 울"지 않을 수 없는 그녀의 거대한
절망은 결국 "섶벌같이 나아간 지아비 기다려 十年"을 보냈지만 "지아비
는 돌아오지 않고", "어린 딸"을 "돌무덤"에 묻는 것으로 이어진다.

한편 「흰 바람벽이 있어」에서 이 시대적 불행은 물질적 궁핍으로부터
온 현실적 소외와 어머니 및 사랑했던 여인으로 표상되는 인간관계에서
의 소외, 그리고 극도로 고립된 내면적 자아의 소외 등으로 형상화되었

다. 또한 「남신의주 유동 박시봉방」에서는 극한의 상황 앞에 선 사나이가 삶을 포기하고픈 서늘한 유혹 앞에서 애써 그 유혹을 잠재워가는 모습으로 나타난다.

이제 화자의 쓸쓸함과 슬픔은 잃어버린 대상들을 목도하는 상태에서 한 걸음 나아가 적극적으로 문제에 대한 답을 모색하고자 한다. 그리하여 '회복'이란 의미를 향한 은유적 변주는 소소한 생활 전반의 면면과 문화적 요소를 담아내려는 수평적 시도에로 이어진다.

> (1) 백중날에는 새악시들이
> 　　생모시치마 천진푀치마의 물팩치기 껑추렁한 치마에
> 　　쇠주푀적삼 항라적삼의 자지고름이 기드렁한 적삼에
> 　　한끝나게 상나들이옷을 있는 대로 다 내입고
> 　　머리는 다리를 서너 켜레씩 들어서
> 　　시뻘건 꼬둘채댕기를 삐뚜룩하니 해꽂고
> 　　네날백이 따배기신을 맨발에 바꿔 신고
> 　　(…중략…)
> 　　허리에 찬 남갑사 주머니에는 오랜만에 돈푼이 들어 즈벅이고
> 　　광지보에서 나온 은장두에 바늘집에 원앙에 바둑에
> 　　번들번들하는 노리개는 스르럭스르럭 소리가 나고
> 　　　　　　　　　　　　　　　　　　　　　　　—「七月백중」 부분

> (2) 내일같이 명절날인 밤은 부엌에 쩨듯하니 불이 밝고 솥뚜껑이 놀며
> 　　구수한 내음새 곰국이 무르끓고 방안에서는 일가집 할머니가 와서
> 　　마을의 소문을 펴며 조개송편에 달송편에 쥔두기송편에 떡을 빚는
> 　　곁에서 나는 밤소 팥소 설탕 든 콩가루소를 먹으며 설탕 든

콩가루소가 가장 맛있다고 생각한다

—「古夜」부분

  (3) 밤이 깊어가는 집안엔 엄매는 엄매들끼리 아르간에서들 웃고 이야기하고
     아이들은 아이들끼리 웋간 한 방을 잡고 조아질하고 쌈방이굴리고
     바리깨돌림하고 호박떼기하고 제비손이구손이하고

—「여우난곬族」부분

  (1)에서 일 년 농사 중 가장 바쁜 시기, 자신들에게 맡겨진 책임을 기꺼이 완수한 이들의 뿌듯한 마음은 평상시라면 구경조차 하기 힘든 화려한 의상과 치장의 모습으로 드러난다. "생모시치마 천진퓌치마의 물팩치기 껑추렁한 치마에", "쇠주퓌적삼 항라적삼의 자지고름이 기드렁한 적삼에", "시뻘건 꼬둘채댕기", "네날백이 따배기신"과 "허리에 찬 남갑사 주머니" 및 "은장두에 바늘집에 원앙에 바둑에/번들번들하는 노리개"로 성장한 새악씨들의 맵씨는 마치 복식사의 한 장면을 보는 듯한 착각을 불러일으킨다.

  (1)의 시에서는 '의복, 머리장식, 신발'의 순서로 처자들의 모양새가 재치 있게 묘사되고 있으며 여기저기서 약물터로 모여든 사람들은 준비해 온 음식들을 나누면서 흥겨워한다. 사건이나 정황을 주제로 한 설명보다도 음식과 외양에의 집요한 묘사를 강조하여 한국적 축제의 장을 표상하려 한 것은 시 안에 문화 양상 전반을 담아 보존하고자 한 의도의 소산이라 할 것이다. 그리고 이러한 화자의 노력은 당대의 문화에 대한 애착뿐 아니라, 민족적 주체성을 확인하고 한민족으로서의 정체성을 구현하고자

한 심경을 잘 드러낸다.

(2)와 (3)은 신나는 명절 분위기를 빌어 당대의 음식문화와 놀이문화를 보여주고 있다. 「고야」에 등장하는 "조개송편에 달송편에 쥐두기송편" 과 "밤소 팥소 설탕 든 콩가루소"는 서북지역의 대표적인 명절 음식이다. 「여우난곬족」의 "조아질하고 쌈방이 굴리고/바리깨돌림하고 호박떼기하고 제비손이구손이하"는 모습에서는 전통 놀이 속에서 온전히 안온한 충일감을 맛보는 아이들을 느낄 수 있다. 당대를 집약하는 의식주의 이모저모와 사람살이를 시화하고자 한 화자의 의지는 「가즈랑집」에서 토속 반찬인 각종 산나물들을 보여주기도 하고, 「넘언집 범 같은 노큰마니」에서는 삶에 배인 육아에 관한 풍속과 신앙적 풍습을 그려내기도 한다.

다양한 시편들에 호명된 문화적 요소들이 값지고 의미가 있다면, 그것은 개별적 대상의 의의라기보다 이들이 한데 모여 당시의 '한국적인 것'을 표상하고 있는 데 기인한다. 이를 통하여 화자는 진정 지켜내야 하고 회복시켜야 할 가치와 세계가 무엇인지를 가리킨다. 즉, 문화계를 구성하는 구체적 대상들[5]은 담화 차원에서 의미의 증폭에 힘입어 궁극적으로 '회복'을 지향한다. 텍스트는 이와 같은 회복에의 열망을 깊이 내재한 채, 집착의 여정을 계속해나간다. 이때 텍스트는 그 목적을 충분히 달성하기 위하여 최대한 많은 오브제들을 수집하게 된다.

---

5) 여기에서의 구체적 대상들이란 인용된 시들에 나타난 것과 같이 '생모시치마', '쇠주푀적 삼', '네날백이 따배기신', '남갑사 주머니', '구수한 내음새 곰국', '조개송편', '달송편', '밤소 팥소 설탕 든 콩가루소', '조아질'하기, '쌈방이굴리'기, '바리깨돌림'하기, '호박떼기'하기 등 의식주 및 명절 풍속의 면면들과 광범위하게 관련된다.

3. 역사와 수직적 상상력

'잃어버린 것들의 회복'이라는 구심적 의미를 향한 은유로서의 수평적 시도는 주변에 놓인 대상들을 호명하던 문화적 상상력의 자리에서 서서히, 역사적 상상력의 자리로 이동[6]한다. 화자의 태도 역시 당대를 구성하는 오브제들에 대한 집착으로부터 벗어나 시원과 원형을 회복하려는 수직적 몸짓으로 변이된다.[7] 문화를 형성하는 수많은 모티브들이 오랜 세월 안에 발효되면서 나름대로의 사연을 쌓아온 친근한 이웃들이기 때문에, 이들은 주로 이야기 구조 안에 잘 수렴되고 있었다. 반면에 시원의 뿌리를 확인하고 싶은 수직적 열망은 진지하고 엄숙한 사유를 토대로 하기 때문에 수필적 형식과 쉽게 만난다.

한편 뿌리가 맞닿아 있는 곳은 민족이 살아온 다양한 삶의 터전들이다. 따라서 이 계열 시편들에서 화자는 겨레가 숨 쉬던 삶의 터전들에 대한 묘사를 통해 그 안에서 무수한 시간을 접하며 역사를 저장하여온 장소와 공간의 의미들을 음미하게 한다.

---

6) 소위 북방시편이라 일컬어지는 이 계열 시편들은 창작 시기에 있어서도 앞선 이야기 구조의 시편들과 구분되긴 하지만, 시간적 선조성의 여부와 상관 없이 은유의 의미를 고찰함에 있어 일련의 다른 경향성을 보이는 면, 즉 주제의 범주 측면에 초점을 두고자 한다.

7) 이 범주에서는 역사를 함의하는 대상들이 '회복'이라는 은유를 이룬다. 과거에 존재했던 역사적 지명들이나 전후 맥락 안에서 드러나는 장소, 문화적 매질의 도움을 얻어 역사성을 담보하며 표상된 '목구'나 '국수'와 같은 대상들 및 먼 과거와 결부되면서 맛이나 냄새가 더욱 강조되는 음식 등이 여기에 포함된다.

아득한 녯날에 나는 떠났다

扶餘를 肅愼을 渤海를 女眞을 遼를 金을

興安嶺을 陰山을 아무우르를 숭가리를

범과 사슴과 너구리를 배반하고

송어와 메기와 개구리를 속이고 나는 떠났다

나는 그때

자작나무와 이깔나무의 슬퍼하든 것을 기억한다

갈대와 장풍의 붙드든 말도 잊지 않었다

오로촌이 멧돌을 잡어 나를 잔치해 보내든 것도

쏠론이 십리길을 따러나와 울든 것도 잊지 않었다

(…중략…)

그동안 돌비는 깨어지고 많은 은금보화는 땅에 묻히고 가마귀도 긴 족보를
이루었는데

　이리하야 또 한 아득한 새 녯날이 비롯하는 때

　이제는 참으로 이기지 못할 슬픔과 시름에 쫓겨

　나는 나의 녯 한울로 땅으로 —— 나의 胎盤으로 돌아왔으나

　이미 해는 늙고 달은 파리하고 바람은 미치고 보래구름만 혼자 넋없이 떠
도는데

　아, 나의 조상은 형제는 일가친척은 정다운 이웃은 그리운 것은 사랑하는
것은 우러르는 것은 나의 자랑은 나의 힘은 없다 바람과 물과 세월과 같이 지
나가고 없다

　　　　　　　　　　　　　　　　　　　　　—「北方에서-鄭玄雄에게」부분

위 시의 전반부와 후반부는 같은 공간인 '만주'를 배경으로 하지만 양자에서 느껴지는 글의 뉘앙스가 사뭇 다르다. 전반부에서 그려지는 장소가 포근함을 주는 이유는 화자가 그곳에 긍정적 장소감[8]을 부여하고 있기 때문일 것이다. 같은 장소를 공유하는 대상들 사이사이에 흐르는 따스함은 그들의 공동체의식을 북돋아준다. 뿐만 아니라 그 장소에의 애착을 강화시키는 원동력이기도 하다. 구성원들로부터 형성된 장소감은 장소의 정체성[9]으로 이어질 것이며, 이때 공동체와 장소는 서로의 정체성을 규정하거나 피드백하게 된다.

전반부에 등장한 오브제들은 평화와 안락이 있었던 시원의 장소를 표상하기 위해 동원된 것이다. 더할 나위 없이 평화로운 공동체를 버렸으므로 화자는 "배반하고", "속이고" 떠나온 것이었으나 그럼에도 불구하고 그들은 "슬퍼하든 것", "붙드든 말", "잔치해 보내든 것", "십리길을 따러 나와 울든 것"으로 전송해주었다.

후반부에서는 같은 공간에 대하여 느끼는 화자의 전혀 다른 장소감을 표현하고 있다. 이 공간은 앞서 나타난 그 장소가 아니며 따라서 공동체

---

8) 이러한 비전은 '장소사랑'이란 용어로도 일컬어질 수 있는데, 이는 장소가 가지는 정체성과 그 안에 거하는 이들의 정체성을 하나로 보는 데서 기인하며 다양한 인간적 가치들을 구체적 환경에 긍정적으로 부여하고자 하는 사람들의 인지도식을 통찰함으로써 잘 설명되어진다. (Tuan, Y. F., *Topophilia*, Prentice Hall Inc, 1974, pp.90~100.)

9) 장소의 정체성을 이루는 가장 기본적 요소는 '정적인 물리적 환경', '인간의 활동', '(부여되는) 의미'이며 이 세 요소들은 인간의 행위 차원에서 볼 때 각각 행위의 물리적 측면, 행위의 활동적 측면, 행위의 심리적 측면과 상응한다. (에드워드 랠프, 『장소와 장소상실』, 김덕현·김현주·심승희 역, 논형, 2005, 112~114쪽.)

의 정체성과도 무관한 곳이 되어버린다. 정체성이 없는 공간에 진정한 공동체가 존재할 리 없다. 공동체가 존재하지 않기 때문에 혈연도 이웃도 더 이상 의미를 가질 수 없게 되고 만다. 그들은 단지 화자의 마음속에 복원되어야 할 시원의 자리로 남겨져 있을 뿐이다.

역사의 저장고인 삶의 터전에 대한 애증으로 표출되던 뿌리찾기의 열망은 이어서 일상의 오브제들을 통한 의미 탐색 과정으로 변이된다. 정적인 사물에서 동적인 힘을, 피와 살이 없는 대상들로부터 피와 살을 발견해내는 능력은 기원을 바라고 그 앞에 경배하려는 구도자의 의지에서 비롯한 것이다.

(1) 이것은 아득한 녯날 한가하고 즐겁든 세월로부터
　　실 같은 봄비 속을 타는 듯한 녀름볕 속을 지나서 들쿠레한 구시월 갈바람 속을 지나서
　　대대로 나며 죽으며 죽으며 나며 하는 이 마을 사람들의 으젓한 마음을 지나서 텁텁한 꿈을 지나서
　　지붕에 마당에 우물둔덩에 함박눈이 푹푹 쌓이는 여늬 하로밤
　　아배 앞에 그 어린 아들 앞에 아배 앞에는 왕사발에 아들 앞에는 새끼사발에 그득히 사리워 오는 것이다
　　이것은 그 곰의 잔등에 업혀서 길여났다는 먼 녯적 큰마니가
　　또 그 집등색이에 서서 자채기를 하면 산넘엣 마을까지 들렸다는
　　먼 녯적 큰 아바지가 오는 것같이 오는 것이다

　　아, 이 반가운 것은 무엇인가
　　　　　　　　　　　　　　　　　　　　　　　　　—「국수」 부분

⑵ 내 손자의 손자와 손자와 나와 할아버지와 할아버지의 할아버지와

　　할아버지의 할아버지의 할아버지와……水原白氏 定州白村의 힘세고

　　꼿꼿하나 어질고 정많은 호랑이 같은 곰같은 소같은 피의 비같은

　　밤같은 달같은 슬픔을 담는 것 아 슬픔을 담는 것

—「木具」 부분

　　화자는 ⑴에서 국수에 대한 존재론적 탐색을 통하여 겨레의 족적을 반추해내고 있다. 이 시적 대상은 먼 옛날로부터 끊임없이 삶 가운데 동행하면서 나고 죽는 마을 사람들의 생애와 꿈에 대한 증인이 되어왔다. 그들을 먹여 살게 한 국수는 그들과 점점 닮아진 결과, 매우 흡사한 성정을 지니게 되기도 한다.

　　한편, 국수라는 사물 안에 담긴 연원을 추적하여 인간의 수직적 삶을 드러내고픈 화자의 발언에서는 뜻하지 않게 수필 형식의 진술이 수반한 설명과 요설의 징후가 잘 포착된다.[10] 시적 긴장의 약화를 가져올 수 있을 이 늘어난 서술적 요소에 대하여 화자는 압축되고 강화된 이미지 표현의 사용으로 방어하고 있다. 시 안에 선별된 이미지들이 하나의 계열을 형성하면서 의미의 방향 역시 흩어지지 않고 모여든다. '그릇, 집, 식물(약초), 음식' 등으로 대표되는 이미지군[11]은 전체 시세계 안에서 많은 비중을 차

---

10) 이 계열 시편들 중 상당수가 원칙상 교술 장르로 분류되는 수필적 진술의 성격을 지니는 것은 역사성의 특징이 이데올로기적인 맥락과 쉽게 접합되고, 또 이데올로기적인 맥락은 교술성과 함수관계에 놓인 때문으로 본다.

11) 뒤랑의 '이미지 중심주의'에 비추어보면 이들은 분열형태적 구조, 종합적 구조, 신비적 구조의 이미지 체계 중 세 번째 계열에 해당한다. 이 구조는 유추나 유사의 원칙을 따르며 주된 특성으로서 객관성과 동질화를 지향한다. (뒤랑, 『상상계의 인류학적 구조들』,

지하는 동시에, 관습적으로 어머니의 이미지를 지니는 분신적 대상들이다. 이들은 본연의 자리를 지키면서 다른 이들을 키워내거나 오랫동안 소리 없이 맡은 역할에 충실해왔다는 측면에서 어머니를 떠올리게 한다. 조국이 어머니의 다른 이름이라 말할 수 있다면, 이들 이미지군은 또한 잃어버린 것들을 회복시키고자 하는 화자의 욕망과 밀접한 관계에 놓인다. 그리고 이 식물적 혹은 물상적(사물적) 상상력은 동물 소재마저도 야성보다 식물성 쪽으로 기울게 하는 화해의 미덕을 지향한다.

(2)의 시 「목구」에서도 화자의 인식과 통찰의 중심은 효과적인 이미지 사용에 힘입어 현재의 자리를 가져온 과거의 이력들을 드러내는 데 있다. 이력의 끝은 "할아버지의 할아버지의 할아버지"로 정초된다. 할아버지의 죽음이 있어 손자의 삶이 이어지는 여정이기 때문에 이 이력 안엔 한 자락의 슬픔이 묻어있지만, 사물에의 숙고와 구도(求道)를 통해 함께 호흡해온 이들의 꿈과 역사를 발견하는 일은 숙연하기 그지없다.[12]

시원의 자궁을 남김없이 확인하고픈 역공의 움직임은, 그러나 사실 막연하고 모호한 것이다. 적절한 방법을 모색하던 화자는 몸에 남아 있는 원형적 흔적들을 더듬어 시원으로의 길을 찾고자 한다. 그리하여 감각기관 안에 잠들어 있던 시원의 표지들은 깊은 과거로부터 지금까지 존재해

진형준 역, 문학동네, 2007.)

12) '국수'나 '목구'와 같은 대상을 단지 민족 혹은 민족의 삶을 비유하는 보조관념으로만 생각한다면 제유로 볼 수 있겠으나, 시의 전후 담화 맥락에 주목한다면 구체적 생활 속의 문화적 자장과 관련되어 의미가 드러나고 있다는 점 및 그를 통해 궁극적으로 회복을 암시한다는 측면에서 은유로 이해된다.

온 어느 의미 있는 사물을 만났을 때 비로소 스스로 깨어나기 시작한다. 현재, 주체의 감각과 물질적 대상의 우연한 조우에서 비롯한 화학반응은 무의식의 기억들을 현현시키는 장치[13]가 된다. 순간적으로 얻어진 이 상태는 이성적 혹은 체계적인 사고의 결과로 얻어진 일반적 기억이 아니다. 일반적 기억이 아니기 때문에 특수한 기억에 해당하는 이것은 의지와 사유 이전의 존재적 기억[14]이기도 하다.

> 明太창난젖에 고추무거리에 막칼질한 무이를 뷔벼 익힌 것을
> 이 투박한 北關을 한없이 끼밀고 있노라면
> 쓸쓸하니 무릎은 꿇어진다
>
> 시큼한 배척한 퀴퀴한 이 내음새 속에
> 나는 가느슥히 女眞의 살내음새를 맡는다
>
> 얼근한 비릿한 구릿한 이 맛 속에선
> 까마득히 新羅백성의 鄕愁도 맛본다
>
> —「北關−咸州詩抄 1」 전문

타관의 음식이 주는 특유의 내음새와 맛은 그 음식을 상용했던 사람들의 몸과 마음의 자취를 거슬러 시원의 역사에 이르게 하는 지도가 된다. 위의 시에서 강렬한 내음새와 독특한 맛이 감각세포들을 일시에 깨웠기 때문에, 화자는 무의식의 상상작용으로 더불어 한반도의 머나먼 역사까

---

13) 들뢰즈, 『프루스트와 기호들』, 서동욱 · 이충민 역, 민음사, 1997, 48~95쪽.
14) 들뢰즈, 『베르그송주의』, 김재인 역, 문학과지성사, 1996, 98쪽.

지 대면하는 중이다. 후각과 미각의 감각 자극으로부터 그 문이 열린 무의식의 집단 저장고는 또한 화자로 하여금 깊숙이 내재하던 기억을 불러내어 시원의 과거와 만나도록 주선한다.

사실 기억이란 대개의 경우 의식적으로 주의가 가해진 선별된 인상들의 덩어리[15]이지만 무심결에 촉발된 상황에서의 그것이야말로 좀 더 진실에 근접한 것으로 보인다. 현재 "明太창난젖에 고추무거리에 막칼질한 무이를 뷔벼 익힌 것"을 맛보고 냄새 맡는 속에서, 과거에 존재했던 "女眞의 살내음새"와 "新羅백성의 鄕愁"는 화자의 의식 위로 떠오른다. 마찬가지로 「북신─서행시초 2」에서는 "털도 안 뽑은 고기를 시꺼먼 맨모밀국수에 얹어서" 먹는 우연적인 행위를 통하여 과거의 것인 "小獸林王"과 "廣開土大王"의 아우라가 지금 여기에서 되살아난다.

물질성에 대한 감각의 매개가 화자를 과거의 한 부분으로 인도하는 데서 나아가 무의식 깊이 저장된 집단적 기억까지 보듬게 한 기저에는, 시원을 확인하고픈 화자의 간절한 열망과 역사를 거스르는 수직적 상상력이 동시에 가로놓여 있다.

4. 공동체와 연대하는 풍경들

상실감에서 비롯된 뿌리찾기의 대탐험은 화자에게 큰 위안을 준다. 그러나 뿌리찾기의 과정에서 더욱 분명해진 결론은 현재의 상실감으로부터

---

15) Langer, S., *Feeling and form*, Charles Scribner's Sons, 1953, p.263.

해방되어야만 한다는 당위적 사명감인 동시에, 이 문제가 화자 혼자만의 것일 수 없다는 인식이었다. 상실의 주체가 복수임을 깨달았기 때문에 이제 화자는 모두에게 시선을 두어야만 한다. 대상에의 피상적 인식이나 호기심에 그칠 뿐인 관찰의 태도를 지양하면서 비로소 그는 머리가 아닌 마음으로 외부를 받아들이게 된다.

외부를 구성하는 대상들은 그저 함께라는 사실만으로 소중하다. 무엇보다도 그 사실이 소중하기 때문에 화자는 그들을 단지 듣고 보는 데서 나아가 한껏 체험하고 연주하려 한다. 대상과의 심리적 거리를 좁혀가려는 이 노력은 신산한 시대를 함께 견디어내는 힘들에 대한 감사의 표현이기도 할 것이다.

(1) 자즌닭이 울어서 술국을 끓이는 듯한 鰍湯집의 부엌은 뜨수할 것
　　같이 불이 뿌연히 밝다

　　초롱이 히근하니 물지게꾼이 우물로 가며
　　별 사이에 바라보는 그믐달은 눈물이 어리었다

　　행길에는 선장 대여가는 장꾼들의 종이燈에 나귀눈이 빛났다
　　어데서 서러웁게 木鐸을 뚜드리는 집이 있다
　　　　　　　　　　　　　　　　　　　　　　　　　—「未明界」 전문

(2) 사람은 모든 것을 다 잃어버리고 넋 하나를 얻는다는 크나큰 그 말을
　　그 멀은 눈물의 또 볓살의 나라에서
　　이 세상에 나들이를 온 사람이여
　　　　　　　　　　　　　　　　　　　　　　　　　—「許俊」 부분

(1)에서 새벽을 여는 이웃들의 모습은 정신없이 분주하다기보다는 고요하면서도 아름답다. 연들은 각각의 이야기소들을 내포하면서 장면화되고 있다. 각 연에 나타나는 은유의 대상은 추탕집 주인, 물지게꾼, 장꾼들, 목탁을 두드리는 집의 주인 등이겠지만 이들은 개별적으로 존재한다기보다 한데 어울림으로써 공동체를 표상하고 궁극적인 의미로서의 회복을 지향한다. 연쇄된 의미들이 교차하면서 그려지는 장면들이 눈 앞의 풍경으로만 머물지 않고 감상자의 가슴으로 파고드는 것은 화자의 시선 속에 대상의 마음들이 담겨서일 것이다.

"추탕집의 부엌"이 "뿌연히 밝"아 "뜨수할 것" 같은 심정이 든다면 그것은 "술국을 끓이는" 그곳 주인의 마음이 따스할 것이기 때문이다. "별 사이에 바라보는 그믐달"엔 물지게꾼의 애환으로 인해 "눈물이 어리었"고 장꾼들을 꼭 닮았을 나귀눈과 여느 집에서 들려오는 목탁소리는 이 새벽, 고즈넉이 서러운 빛을 띠고 있다. 마음으로 세계를 바라보기 시작하면서 화자의 가슴은 연민과 따스함으로 가득차 오른다.

세 개의 연과 세 장면으로 이루어진 위 시는 각 연이 하나씩 이야기를 담고 있다. 각각의 이야기는 '불이 뿌연히 밝은 추탕집'과 '우물가를 비추는 그믐달'과 '나귀눈이 빛나는 종이등'을 배경 요소로 한다. 이미지의 효과에 힘입은 이들 배경이 인물과 사건을 용해시켜냄으로써 이야기들이 비로소 서정 속으로 수렴되고 있다. 여기에는 '뜨수할 것 같이', '눈물이 어리었다', '서러웁게' 등의 방향성을 가진 정서 표현들도 한몫 거든다. 배경의 휘장 안에 인물과 사건을 능숙하게 감추는 솜씨는 이 시세계 특유의 세련된 일면이기도 하다. 세계를 연민으로 수용하는 태도에서 외부와의 갈등은 무화되고, '무화'의 지점으로부터 이야기는 외부와의 '동일화'를 지향한 서정시[16]의 본질과 손을 맞잡는다.

본질적으로 서술의 자리에 서 있던 이야기들은 지금, 서정화되는 중이다. 이미지의 효과를 극대화시킨 배경의 전경화 및 갈등의 무화, 마음을 드러내는 정서 표현들의 어울림에 추동되면서 '서술적 서정'[17]은 이루어졌다. 이때 각각의 이야기를 담고 있는 장면들은 인과관계나 순차성과는 무관하게 자의적으로 배열된다. 이처럼 병치된 이야기들은 전체 시의 구도 안에서 보면 통일된 주제를 향한 작은 변주들이다. 한편, 이야기의 병치는 전체 화폭 안에서 이야기의 공간화를 만들어내고 이야기는 시간성

---

16) 동일화의 원리는 순간성, 압축성, 주관성 등과 더불어 전통적인 서정시의 기본 원리에 속한다. 자아와 세계의 동일성을 추구하는 방식으로는 동화와 투사가 대표적이다. 동화가 자아와 갈등의 관계에 놓인 세계를 자아의 욕망, 가치관, 감정에 적합한 것으로 만들어서 동일성을 획득하는 작용이라면, 투사는 감정이입에 의해 자아와 세계가 일체감을 이루도록 함으로써 세계 속에서 자아를 발견하는 방식을 따른다. 어떠한 경우든 자아는 세계와의 관계에서 소외되거나 초월의 위치에 있지 않고 '연속'되어 있다. (김준오, 『시론』, 삼지원, 1982, 39~41쪽; Calderwood & Toliver, *Forms of Poetry*, Prentice-Hall Inc, 1968, p.9.)

17) 이는 에밀 슈타이거가 『시학의 근본 개념』에서 밝혔던 바와 같이 기본적으로 여러 자질들 가운데 서정적인 것이 우위를 차지하고 있음을 강조한 표현이다. 그러나 여기서의 '서술'은 언어적 혹은 비언어적 대상을 포괄하는 서사와도 같지 않고, 허구 및 비허구적 장르를 포괄하는 개념으로서의 이야기와도 같지 않다. 백석 시세계의 개성을 집약하는 개념이기도 한 이 '서술적 서정' 안에는 옛날이야기에 가까운 시편들('가즈랑집」, 「여우난곬족」등)과 현실 인식에 관련된 플롯 구조가 드러나는 시편들(「여승」, 「팔원」 등) 및 대상에의 숙고를 통한 의미부여의 흔적이 강한 짧은 수필에 준하는 시편들까지(「목구」, 「국수」 등) 포함된다. (지주현, 「백석 시의 서술적 서정성 연구」, 전남대 박사논문, 2008, 15~17쪽.)

을 그 충분조건으로 하기 때문에 결국 시간 역시 '공간화' 되어진다.[18]

화자의 마음 속에 발아한 연민과 공감의 태도는 외부 대상에의 동일시로 한 열매를 맺기 시작한다. 그것은 (2)에서 "모든 것을 다 잃어버리고 넋하나를 얻는", "이 세상에 나들이를 온 사람"의 향기로운 마음에 닿아 있다. 「가무래기의 락(樂)」에서 이 공감의 정서는 "추운 거리"의 "추운 능당" 쪽을 걷는 '가무래기'에게 "맑고 가난한 친구"라 이름하기도 하고, 「선우사(膳友辭)」에서는 "너무나 정갈해서" 파리해진 '흰밥'과 '가재미'를 서슴없이 "우리"라 부른다. 미물에 불과한 대상들에게까지 자신을 투사할 수 있는 것은 애정의 범위에 경계가 없어서이다. 그리고 화자는 자청하여 목적인 이들 대상이 됨으로써 자칫 이 애정이 '찬양', 혹은 '우의'로 흐를 우려를 거두어낸다.

> 달빛도 거지도 도적개도 모다 즐겁다
> 풍구재도 얼럭소도 쇠드랑볕도 모다 즐겁다
>
> 도적괭이 새끼락이 나고
> 살진 쪽제비 트는 기지개 길고
>
> 홰냥닭은 알을 낳고 소리치고
> 강아지는 겨를 먹고 오줌 싸고
>
> 개들은 게모이고 쌈지거리하고
> 놓여난 도야지 등구재벼 오고

---

18) 위의 논문, 79~86쪽.

송아지 잘도 놀고
까치 보해 짖고

신영길 말이 울고 가고
장돌림 당나귀도 울고 가고

대들보 우에 베틀도 채일도 토리개도 모도들 편안하니
구석 구석 후치도 보십도 소시랑도 모도들 편안하니

—「연자간」 전문

    연민과 수용의 태도로 대상을 끌어안으며 그들과의 동일시를 꿈꾸던 화자의 눈은 이제 생명이 있고 혹은 없는 모든 대상의 본질에 다가가려 한다. 외부 세계의 구성 요소들을 평등한 시선으로 응시하면서 그는 생명을 부여하고 북돋는 창조자가 된다. 그가 전하려는 말은 세상에 존재할 이유가 없는 존재는 없다는 것과 본래 있어진 모습 그대로 존재함이 가장 아름답다는 것이 아닐까 싶다. 위 시에서 "달빛"과 "거지"와 "도적개"의 조합은 생물과 무생물, 종과 종을 넘어선 존재들의 기댐과 화합을 의미한다. 길게 기지개 트는 "쪽제비", 알 낳고 소리치는 "홰냥닭", 겨 먹고 오줌 싸는 "강아지" 등 본래 모습 그대로 자신의 자리에 놓인 존재들이 서로의 자리를 지켜주면서 활기차게 상생하는 곳에는 오직 '즐거움'과 '편안함'이 있다.

    굳건하게 연대와 평화적 공존을 모색할 수 있는 것은 소소한 대상들에의 섬세한 관심과 긍정이라는 화자의 신념이 뒷받침되었기 때문이다. 이러한 신념 아래 개별적 대상들 하나하나는 공동체를 지시하고 이 공동체는 회복의 은유가 된다. 소소한 존재를 소중히 여기는 마음 때문에 화자의 눈길은 소외된 것들에 닿아있다. 소외되었을지라도 소중한 대상들에게 그는 끊임없이 동등한 애정과 생명을 불어넣는다.

한편 인간 위주의 선입관을 내려놓고 보면 사실 자연계 안에서 인간이 차지하는 양적 비중이란 생각만큼 절대적이지 않다. 자연계를 구성하는 온갖 요소들이 그 어떤 가치의 구별도 없이 동등하게 규정되는 곳에서, 부분인 인간은 그저 인간적인 한 종류로서의 존재일 뿐이다. 자연계 전체를 대상으로 한 이 화합과 공존의 세계관으로 인하여 자연은 타자를 위하여 자신의 역할을 부여받는 곳이 된다.

(1) 山뽕잎에 빗방울이 친다
　　멧비들기가 닌다
　　나무등걸에서 자벌기가 고개를 들었다 멧비들기켠을 본다
　　　　　　　　　　　　　　　　　　　　　　　—「山비」 전문

(2) 산골집은 대들보도 기둥도 문살도 자작나무다
　　밤이면 캥캥 여우가 우는 山도 자작나무다
　　그 맛있는 메밀국수를 삶는 장작도 자작나무다
　　그리고 甘露같이 단샘이 솟는 박우물도 자작나무다
　　山너머는 平安道땅도 뵈인다는 이 山골은 온통 자작나무다
　　　　　　　　　　　　　　　　　　　　　　　—「白樺」 전문

(1)에서 산에 비가 내리고 그로 인해 산뽕잎은 빗방울과 조우한다. 이때 빗방울과 만난 산뽕잎의 존재가 성립하였음으로 인하여 "멧비들기"는 날아오를 수 있다. 산뽕잎이 비를 맞아 후두둑거리는 소리를 내지 않았다면

"멧비들기"가 날지 않았을 것이며, "멧비들기"가 날아오르는 상황이 이루어졌기 때문에 "자벌기"의 관심은 촉발된다. 서로에 대한 연쇄적 반응을 보이면서 자연물들은 하나의 유기적인 공동체를 이룬다. 멀리 눈을 들어 우주적 조화와 상생을 바라는 화자에게 따로이 독립된 존재란 없다.

자작나무를 제재로 한 (2)의 시 「백화」에서 역시 사물들은 그가 거기에 있었음으로 인하여 비로소 내가 여기 존재케 되는 상응의 미덕을 말해준다. (2)는 단 5행으로 구성된 짧은 시이지만, 집의 재료이면서 음식물을 조리해내는 장작이면서 단샘을 내는 박우물이기도 한 자작나무와 인간 및 다른 생명체들의 연대하는 풍경을 보여주는 데 조금도 부족함이 없다. 산골집, 여우, 자작나무, 산골(마을) 등은 공동체를 만드는 구성원들이며, 이들이 어우러져 이룬 공동체는 회복의 은유로 기능한다.

5. 결론

백석 시세계에서 은유는 이야기적 자질(이야기성)과 수필적 자질(진술성)을 포함한 서술적인 특성들과 깊이 결부되어 있다. 따라서 다분히 서사적인 성격을 획득한 은유는 문화와 관계된 요소를 전제로 한 전체 담화 차원에서 그 의의를 발휘한다. 문화적인 요소들은 시세계를 구축하기 위한 기본 토대로서 광범위한 파장에 걸쳐 정교하게 포획되고 있었다.

은유적 관점으로 바라볼 때, 텍스트는 일종의 거대은유이다. 백석 시세계 안에서 이 은유는 상실의 극복과 회복의 실현이라는 화자의 간절한 욕망을 지향하고 있다. 또한 문화적 자장을 구성하는 주된 범주이자 개별적 은유가 되는 요소들로 '수평적 문화 현상'으로서의 문화적 대상들(문화계), '수평적 문화의 수직적 확산'으로서 역사, '문화적 공동체'로서의 연대하는 풍경 등을 다루었다.

'잃어버린 것들의 회복'이라는 궁극적 의미를 향한 은유들은 문화적 상상력을 매개로 주변의 대상들을 호명하는 수평적 시도에서부터 출발한다. 여기에 기반한 계열의 작품들은 먼저 식민 치하의 궁핍하고 소외된 현실을 있는 그대로 보여준다. 현실에 천착한 시선은 이어서 생활 전반에 걸친 소소한 문화적 요소들을 밀도 있게 제시한다. 의식주 및 풍속과 관련된 이모저모뿐 아니라 당대의 고유한 한국적 생활상을 최대한 구체적으로 시화한 것은 문화에 대한 단순한 애정에서라기보다는 한민족으로서의 정체성을 확인하고 주체성을 구현하려 한 의도의 소산이다.

'잃어버린 것들의 회복'을 향한 두 번째 은유는 역사적 상상력과 손잡은 수직적 구도(求道)이다. 이는 문화적 오브제들에 대한 수평적 집착으로부터 탈피하여 시원의 원형을 회복하고자 하는 화자의 의지이기도 하다. 뿌리가 닿아 있는 곳은 민족이 살아온 삶의 터전들이므로 이 계열의 시편들에서는 민족적인 삶의 터전들이 집중적으로 조명된다. 이를 통해 역사를 저장해 온 장소와 공간의 의미들이 경우에 따라 긍정적 장소감, 혹은 생경한 공간감으로 표상되고 있었다.

한편, 뿌리찾기의 열망은 엄숙한 사유에 어울리는 수필 형식과 결합하여 뿌리에의 의미 탐색 과정을 보여주기도 한다. 이 과정에서 화자(話者)는 감각 기관들의 원초적 기억에 의지하여 과거 속으로 도약해간다. 즉 화자의 감각과 물질적 대상의 우연한 조우로부터 비롯한 화학반응이 무의식 속에 잠자던 시원의 기억들을 현현(顯現)시키는 장치가 된다. 또한 이 기억은 개인 차원에 국한된 것이라기보다 민족 전체에 해당되는 집단적인 성격의 것이다.

뿌리찾기의 여정이 준 위안에도 불구하고 그로부터 얻어진 결론은 상실로 가득찬 현재를 극복하기 위해 가능한 한 많은 힘들과 연대해야만 한다는 공동체적 인식이었으며, 이것이 세 번째의 은유를 이룬다. 이제 화자는 신산한 시대를 함께 견디어내는 이웃들에 대하여 적극적으로 애틋한 관심을 표한다. 연민과 공감의 태도는 가난한 동족들 및 소소한 자연물들에까지 자신을 투사하는 폭넓은 애정으로 드러나고 있다. 시적 대상들과의 연대와 공존을 모색한 시편들에서는 자연계의 일부로서 다른 생명체들과 유기적인 공동체를 이룬 인간의 모습까지 자연스럽게 포착된다.

백석 시의 화자는 시대적 불운이라는 도전에 대한 응전으로서 고달픈 현실을 직시하는 데서 시작하여 수평적(문화적) 상상력과 수직적(역사적) 상상력을 모색하고, 그곳에서 다시 연대의 몸짓으로 나아간다. '잃어버린 것들의 회복'이라는 궁극적 의미를 향해 세부적인 은유들을 통하여 일사불란하게 해답을 모색한 백석 시세계는 빛이 바래지 않는 시인의 고귀한 의지를 아름답게 보여준다. 그 안에 어려운 시대, 회복되어야 할 모든 것들을 부단히 직시했던 백석 시인의 혼이 값지게 살아 숨쉬고 있음을 본다.

제2장 현대시에 나타난 서술성의 양상

1. 서론

본 장에서는 현대시의 서술성[1]에 관한 면모를 조명하고 분석하는 것을 목표로 한다. 현재까지 이루어진 서술적인 시에 대한 논의들을 참고해보면 대체로 이들의 의의와 중요성에 동의하면서도 아직까지 이에 관한 통일된 견해가 확립되지 못하고[2] 있다. 다수의 논자들은 서술성을 일부의

---

[1] 일반적으로 서술성은 ①서술적 진술—한 사건 혹은 일련의 사건—을 이야기하는 구비적이거나 기록적인 담화, ②이 같은 담화의 주제인 사실적이거나 허구적인 연속적 사건에 대한 서술, ③자세히 말해진 사건이 아니라 사물을 열거하는 화자를 구성하는 사건 및 서술행위 그 자체로 이해된다. (Genette, G., *Narrative Discourse*, Trans., J. E. Lewin, Cornell University press, 1985, pp.25~26.)

[2] 이와 관련한 대표적인 언급들로는 '소재의 소설적 사건'에 착안한 김기진의 '단편서사시' 논의, 김동환의 「국경의 밤」을 대상으로 하여 '서정적 서술시'라는 개념을 소개한 오세영의 논의가 있다. 담론 및 의사소통의 측면에 초점을 두고 서술적인 시의 표현 방식을 탐구한 윤여탁의 연구와 서술시를 문체의 문제로 간주하고 묘사와 서술의 요소에 집중한 김준오의 논의 역시 주목된다. (김기진, 「단편서사시의 길로—우리의 시의 양식문제에 대

현대시가 지닌 하나의 경향 정도로 이해하고, 다양한 방식으로 이에 접근하는 모습이다.

그런데 현대시에 드러나는 서술성을 제한된 일부 시편들의 특성으로만 한정해 온 시각은 재고될 필요가 있다고 생각된다. 선행 연구[3]에서도 충분히 논의되었듯이, 모든 현대시가 정도에서의 차이는 보일지언정 공통적으로 서술적인 요소를 포함한다[4]는 견해가 타당하리라 여겨지기 때문이다.

현대시의 보편적 속성으로서의 서술적인 성격을 '서술성'이라 칭할 때, 필자는 이를 이야기의 측면이 부각된 면모와 나레이션 측면이 강조[5]된 면모의 양 시각에서 조명하는 것이 유효하다고 보았다. 물론 이 양자는 완전히 동떨어진 기능들이 아니라 서로 밀접한 함수관계에 있다. 즉 대체

하여」, 『조선문예』 창간호, 1929. 5, 47쪽; 오세영, 「국경의 밤과 서사시 문제」, 『국어국문학』 75집, 국어국문학회, 1977, 103~108쪽; 윤여탁, 「1930년대 후반의 서술시 연구」, 『선청어문』 9집, 서울대 국어교육과, 1991, 165~188쪽; 김준오, 「서술시의 서술학」, 『한국의 현대문학 연구』 5집, 한국현대문학회, 1997, 7~35쪽.)

3) 노철, 「현대시에서 '이야기'의 층위와 '이야기시'의 형태」, 『한국문학이론과 비평』 제42집, 한국문학이론과 비평학회, 2009. 3.

4) 노철은 시에서의 사건이 압축과 전치의 방식에 따라 변용되어 일부 혹은 상당 부분이 생략될 수 있지만, 언어 속에 숨겨진 스토리라 하더라도 그 존재를 부인할 수 없으므로 모든 현대시가 공히 '스토리'를 지녔다고 판단하였으며 이러한 측면에서 모든 현대시가 서술적 요소를 담보한 것으로 본다.

5) 모든 서사물을 '이야기'와 '담론'의 차원으로 구분한 대표적인 학자는 '채트먼'과 '토도로프'이다. 이때 이야기는 인물, 플롯의 요소와 관계되고 담론은 시점 및 서술의 요소와 관계되는데 이들을 각각 내용과 표현의 측면에서 바라볼 수 있다. 여기서 나레이션은 이야기하는 동작에 초점을 둔 것이다. (롤랑 부르뇌프 · 레알 월래, 『현대소설론』, 김화영 편역, 현대문학사, 1996, 66~67쪽.; 채트먼, 『영화와 소설의 서사구조』, 김경수 역, 민음사, 1990, 20~29쪽.)

로 시에서 이야기의 자질이 강화되면 상대적으로 나레이션의 비중은 감소되고, 반대로 나레이션의 비중이 커질수록 이야기의 밀도와 형체는 허약해진다. 이러한 관계로 말미암아 서술성을 분석하는 잣대로서 이야기와 나레이션의 양쪽 자질은 함께 고려되어야 한다. 또한 본고에서는 서술성을 잘 드러내는 현대시 일반에 대하여 기존의 여러 명칭들 중 '서술시'라는 이름으로[6] 통일하고자 한다.

본론에서는 모든 현대시가 기본적으로 서술적 성격을 담보한다는 전제 아래, 서술성이 대표성을 띠고 발현된 몇 가지 범주로 시의 영역을 세분화하고 각 경우에 나타난 서술성의 양상을 살펴보려 한다. 구체적으로 필자는 현대시에 나타난 서술성의 유형을 ①이야기가 전경화되고 나레이션이 후경화되었으면서 화자가 객관적 태도를 지닌 경우, ②이야기가 전경화되고 나레이션이 후경화되었으면서 화자가 주관적 태도를 지닌 경우, ③나레이션이 전경화되고 이야기가 후경화되었으면서 화자가 세계에 대한 동일시의 태도를 보이는 경우, ④나레이션이 전경화되고 이야기가 후경화되었으면서 화자가 세계에 대하여 비판적 태도를 보이는 경우 등 4가

6) '터코'와 '버튼'의 경우, 서사시와 서술시를 동일어로 사용하고 있다. 그런데 이 양자의 내용을 지칭하는 어휘들은 무수히 많고 여전히 하나로 통일되기에는 어려운 상황이다. 동일한 개념이 시인들 및 비평가들에 따라 각기 '서사시'(유엽), '장편서사시'(김동환), '정형압운서사시'(김안서), '민족서사시'(문충성), '장시'(김기림), '장편서정시'(김해강), '담시'(김상훈), '단편서사시'(김기진) 및 '설화시', '이야기시', '서술시' 등으로 지칭된다. (L. Turco, *Poetry*, Reston Publishier Company, 1973, p.256.; S. H. Burton, *The Criticism of Poetry*, Longmans Green Co., 1957, p.35.; 민병욱, 『한국서사시와 서사시인 연구』, 태학사, 1998, 20쪽.)

지로 나누는 것이 유효하다고 보았으며, 본 장에서 각 경우의 특징과 미감에 대하여 고찰하게 될 것이다.

아직까지도 시의 서술성을 바라보는 기준에 대한 논의가 단일하게 수렴되지 않은 상황에서 본 연구를 통해 현대시의 '서술성'이 지닌 여러 가지 모습들을 깊이 있게 탐색하고, 유형에 따른 미감과 양상을 밝힘으로써 서술시의 본질 규명에 한 걸음 더 다가설 수 있기를 기대한다.

2. 현대시의 서술적 형상화

흔히 전형적인 시 장르의 대표적 특성으로서 세계와의 동일시[7](감정이입 및 투사), 순간성[8], 압축성[9], 주관성[10]의 항목 등이 언급된다. 이러한 특성들을 지닌 시들에서 작품 내 갈등의 요소는 간접적으로 나타나거나 문맥 속으로 숨는 동시에, 이야기의 압축(생략)과 나레이션의 절제 양상이 돋보인다. 또한 이처럼 시가 전형적인 '서정성'을 중심 자질로 할 경우 일반적으로 고조된 운율미, 은유 중심의 비유, 언어적 형식미와 낯설게하기 등의 성취가 부각된다.

이때 서사적 자질이라 할 수 있는 '사건'[11]은 어휘가 지닌 '의미 및 이미

---

7) Calderwood & Toliver, *Forms of poetry*, Prentice-Hall Inc, 1968, p.9.

8) Paul Hernadi, *Beyond Genre*, Cornell University Press, 1972, p.47.

9) Brooks & Warren, *Understanding Poetry*, Rinehart and Winston, 1960, p.120.

10) Wellek, *Discrimination*, Yale University Press, 1972, p.246.

11) '토마체프스키'에 의하면 사건은 '핵사건'과 '주변 사건'으로 나누어진다. 서술적인 시에 주로 나타나는 사건은 핵사건으로 이는 사건들에 의해 취해진 방향으로 문제들을 발

지의 파장' 안으로 압축되는 모습을 보여주며, 시의 이미지는 '분위기의 형성 및 강화'에 기여하는 역할과 더불어 사건을 함축적으로 제시한다.

한편, 전형적으로 서정성이 강한 시들은 이야기 내의 생략된 부분들이 많아 독자들의 풍부한 상상력을 이끌어낼 여지가 크다.

> 한 송이 국화꽃을 피우기 위해
> 봄부터 소쩍새는
> 그렇게 울었나 보다.
>
> 한 송이의 국화꽃을 피우기 위해
> 천둥은 먹구름 속에서
> 또 그렇게 울었나 보다.
>
> 그립고 아쉬움에 가슴 조이던
> 머언 먼 젊음의 뒤안길에서
> 인제는 돌아와 거울 앞에 선
> 내 누님같이 생긴 꽃이여.
>
> 노오란 네 꽃잎이 피려고
> 간밤엔 무서리가 저리 내리고
> 내게는 잠도 오지 않았나 보다.
>
> ― 서정주, 「국화 옆에서」 전문

생시키는 서사적 계기들에 해당한다. 이때 상대적으로 핵사건에 의존하는 주변 사건들은 빈약해지거나 생략된다. (S. 채트먼, 『이야기와 담론』, 한용환 역, 푸른사상사, 2003, 63~67쪽.)

4연으로 구성된 위 시는 서정시의 전형처럼 인식되어 온 작품이다. 따라서 일견 서술적 요소와는 거리가 있어 보이지만 이와 같은 작품 안에서도 시의 본질적 요소인 서술성의 개입을 찾을 수 있다. 또한 전경화된 갈등이라 하긴 어렵고 생략된 부분이 많긴 하지만, 간접적으로 제시된 갈등의 측면이 시의 중심에 위치하는 것을 발견하게 된다.

위 시의 3연은 생략과 암시의 방식으로 갈등이 집약되는 대목이다. '국화꽃 한 송이를 피우기 위해 서정적 자아를 비롯한 온 우주가 유기적으로 동참함'이라는 위 시의 주제는 '개화'라는 사건이 이루어지기까지의 갈등, 즉 무참한 시행착오 및 기다림의 측면과 관계된다. 또한 '뒤안길'은 암시적인 맥락들의 다양한 파장과 간섭 안에서 존재가 꽃을 피워내기까지 겪어야 했던 녹록치 않은 과정을 표상하고 있다.

위 시에서 시상을 집약시키는 객관적 상관물인 '누님'은 그 고유명사의 뉘앙스가 확대되면서, 철없던 여자아이가 중년의 원숙한 여인의 모습을 이루기까지 삶에 지불해야 했을 크고 작은 갈등들을 효과적으로 암시한다. 즉, 국화가 꽃 한 송이를 피우기 위하여 순간순간 겪어야 했던 고초들은 '누님'을 통해 인간적인 것으로 변용된다. 나아가 이는 다시 무언가 유의미한 것을 만들어내기 위해서는 우주 내 모든 존재들이 거기에 함께 동참해야 한다는 '희생'의 의미망으로 연결되고 있다.

한편 이 경우의 시편들은 리듬감 및 언어의 형식미와 낯설게하기의 성취를 잘 보여준다. 리듬 측면에서 위의 시는 3 · 3 · 2, 3 · 3 · 3, 3 · 3 · 4조 및 6 · 5, 7 · 5, 8 · 5조를 중심으로 한 음수율과 전통적 서정시가의 대표적 음보율인 3음보의 형식을 지키는 모습이다.

언어 형식적인 면에서는 긴 고통의 시간을 강조하기 위해 '울다, 가슴 조이다' 등의 어휘를 의도적으로 선택하여 감상자들의 감정이입을 돕고 있음을 본다. 위에서 '노오란'은 특히 음상을 고려한 시어로 어휘의 참신성을 드러낸다. 또한 3연 1행의 '그립고 아쉬움'이란 대목은 이 시에서만 느낄 수 있는 독특한 언어미를 보여준다. '갖고 싶고 원하는 것이 많았음에도 불구하고 그럴 수 없었다'라든가 혹은, '후회가 가득하다' 정도의 의미망을 포함한 이 시어는 일상적인 경우라면 '그리움과 아쉬움'이라 써야 옳을 것이다. 그러나 비문의 형태를 보이는 이 대목에서 시는 형용사 서술어형을 그대로 노출시킴으로써 명사형의 쓰임에서보다 더욱 절절한 정서적 체험을 제공하게 된다. 이어지는 어휘 '머언 먼'은 '고통(아픔)이란 피하고 싶은 무엇임'에 근거하여 이루어진 비유적 표현인데, 정서적 범주를 물리적 범주로 치환시킴으로써 낯설게하기의 효과가 부각되고 있다.

3. 사건의 진행

1) 현실 세계의 표상

이 유형의 시편들에서 주목되는 것은 시 속에 드러난 '서술자로서의 화자'의 성격이다. 소설의 서사 이론을 임의적으로 적용해 볼 때, 전형적인 서정시의 화자는 1인칭 전지적 시점의 서술자에 가깝다고 본다. 이때의 1인칭 화자는 상황이나 사건에 주인물로 참여하고 있을 수도 있고, 관찰자와 보고자의 입장에서 부인물로 참여하고 있을 수도 있다.

선행 연구[12]를 참조하면 서정시의 기준 시점이라 할 1인칭 시점 역시 3인칭에서와 같이 전지적 시점 및 객관적 시점으로 나누어진다. 여기서 전지적 시점이란 화자가 누구의 마음속으로나, 혹은 어떤 시공간적 상황으로든 쉽게 침투하여 자유자재로 모든 것을 인지할 수 있는 시점을 의미한다.

한편 객관적 시점의 작품은 1인칭 화자의 경우라 할지라도 사건을 최대한 객관적으로 진술한다. 이때 1인칭 객관적 시점은 1인칭 화자의 건조한 시선으로 주변을 처리하며, 효과 면에서는 인칭만 다를 뿐 3인칭 선택 전지적 시점(인물적 시점)의 경우와 비슷한 결과를 낳는다. 따라서 시에 객관적 시점이 주로 쓰이면, 정서나 감정의 표출은 약화되는 반면 객관적 상황에 대한 인식 및 리얼리즘적 태도가 강조된다.

'서술자로서의 화자'의 문제와 함께 이 유형에서 이슈가 될 수 있는 부분은 이야기와 그 안에 형상화된 갈등[13]의 측면이라 하겠다. 물론 전형적인 서사에서의 '갈등'과 서술시에 드러나는 '서정화된 갈등'의 양상이 동일한 것은 아니다. 서사 양식에서의 갈등이 주체와 주체가 욕망하는 대상 사이의 길항관계, 즉 대결의 맥락 및 해결과정을 지시하는 데 반해, 서술

---

12) 김천혜, 『소설 구조의 이론』, 문학과지성사, 1990, 109~117쪽.

13) '포스터'는 소설의 플롯이 구조적으로 응집성을 가져야 한다고 보았다. 그런데 이는 토마체프스키의 '구성모티베이션'의 논리와도 상통하며 이에 의하면 서사물은 '시작, 발전, 갈등, 클라이맥스, 갈등의 해소'라는 과정을 거치면서 주제를 낳는다. (Forster, E. M., *Aspects of the Novel*, Edward Arnold, 1927; 권택영, 『소설을 어떻게 볼 것인가』, 문예출판사, 1995, 81~82쪽.)

시에서의 갈등은 특정 대상이나 상황에 대하여 '보고, 해명, 묘사, 서술'[14] 하는 가운데 제시되기 때문이다. 따라서 서술시에서의 갈등 분석이란 '갈등의 표현에서 생략 및 압축의 정도는 어떠하며 갈등이 어떤 방식으로 드러나 있는가'에 초점이 맞추어져야 할 것이다. 이러한 양자 간의 차이는 서사가 '갈등'을 직면하여 해결해야 할 대상으로 인식하는 반면, 서정은 '갈등'에 대하여 좀 더 미적 거리를 둔 방식으로 대처하려 하는 데 기인한 것으로 보인다.

소설을 기준으로 한 서술 상황을 대입해볼 때 시에서 갈등이 전경화되는 특성이 강할수록 객관적인 서술이 이루어지기 쉽다. 또한 시가 객관성의 고취를 의도할수록 논평적인 서술보다는 중립적인 서술이, 일률적인 작가 서술상황보다는 작가 서술상황과 인물 서술상황의 혼합 국면이 선택될 확률이 높다. 1인칭 시점의 경우, 대개 전지적 시점과 객관적(인물적) 시점이 혼용되어 드러나는 것으로 보인다.[15] 이때 비유의 쓰임에서는 환유가, 이미지의 활용에서는 감각적 이미지가 두드러지면서 시적 효과를 배가시키는 점도 주목을 요한다.

> 날로 밤으로
> 왕거미 줄치기에 분주한 집
> 마을서 흉집이라고 꺼리는 낡은 집

---

14) 디이터 람핑, 『서정시: 이론과 역사―현대 독일시를 중심으로』, 장영태 역, 문학과지성사, 1999.

15) 일단의 카프시나 전형적인 리얼리즘 시편들이 이 유형의 주류를 이룬다고 할 수 있겠다.

이 집에 살았다는 백성들은
대대손손에 물려줄
은동곳도 산호관자도 갖지 못했니라.

(…중략…)

"털보네는 또 아들을 봤다우
송아지래두 붙었으면 팔아나 먹지"
마을 아낙네들은 무심코
차가운 이야기를 가을 냇물에 실어보냈다는
그날 밤
저릎등이 시름시름 타들어가고
소주에 취한 털보의 눈도 일층 붉더란다.

갓주지 이야기와
무서운 전설 가운데서 가난 속에서
나의 동무는 늘 마음 졸이며 자랐다.
당나귀 몰고 간 애비 돌아오지 않는 밤
노랑고양이 울어 울어
종시 잠 이루지 못하는 밤이면
어미 분주히 일하는 방앗간 한구석에서
나의 동무는
도토리의 꿈을 키웠다.

(…중략…)

지금은 아무도 살지 않는 집
마을서 흉집이라고 꺼리는 낡은 집

제철마다 먹음직한 열매

탐스럽게 열던 살구

살구나무도 글거리만 남았길래

꽃피는 철이 와도 가도 뒤울안에

꿀벌 하나 찾아들지 않는다.

　　　　　　　　　　　　　— 이용악, 「낡은 집」 부분

　위 시는 서술시 중에서도 사건의 진행을 통해 현실 세계를 표상한 유형을 보여주고 있다. 시의 중심에는 가난에 허덕이던 일곱 식솔이 별안간 삶의 터전을 버리고 어디론가 떠난 사건이 존재한다. 위에서 1인칭 (서술자로서의) 화자는 사건의 주인공이 아니며 다만 관찰자의 입장에서 친구네 가족사를 전달한다. 8연으로 구성된 이 작품은 '집을 둘러싼 (역사적) 내력—초라해진 현실—이 집의 셋째 아들인 내 동무의 탄생—동무는 지독한 가난으로 출생을 축복받지 못함—동무는 가난으로 고생하면서도 한 가닥 꿈을 잃지 않음—어느 겨울 가족은 더 나은 삶을 찾아 떠남—이웃 늙은이들은 그들이 간 곳을 점쳐봄—그들이 살던 집이 이제는 마을의 흉가가 됨'이라는 사건의 맥락들을 정교하게 보이면서 이야기를 전개하고 있다. 그리하여 부분 부분의 의미소들이 '극도의 가난'과 '가난에 대한 대응 방식으로서의 떠남'이라는 갈등의 전경화를 위하여 결집되고 있다.

　2연을 제외하면 시간적인 순서를 충실히 따르고 있는 위 시에서 서술자로서의 화자는 1인칭 객관적 시점을 견지한다. 사건은 전체적으로 과거 시제를 사용하는 중립적인 서술자에 의하여 전개되는데, 과거 시제를 사용하는 중에 군데군데 현재 시제가 병용되고 1연과 4연의 끝 행에는 논평적인 서술자가 개입되어 있다. 또한 5연에서는 가난과 불안에 억눌린 어린 시절의 이야기가 '나'에서 '나의 동무'의 시점으로 급변하여 진술됨으로써 시가 내적 조망[16]의 공간 속으로 이동하는 모습이다. 즉, 이 대목에서는 부분적으로 반영자 시점이 도입되어 독자와 인물 간의 거리가 좁혀짐을 본다.

한편 위 시에서 이미지의 사용은 비유적 혹은 상징적인 방식보다는 감각적인 방식으로 드러난다. 대체로 고유명사들을 통하여 인식되는 이미지들은 '왕거미', '당나귀', '둥글소', '송아지', '사냥개', '꿩', '살구나무' 등으로 이어진다. 그런데 이들은 시적 분위기의 강화, 혹은 감정이입의 객관적 대상물로 존재하는 것이 아니라, 그저 '가난'이라는 의미 강화에 이바지하는 도구이거나 순수하게 사실적 대상 자체를 지시하는 역할을 수행한다. 따라서 이들은 사건을 부연하는 감각적 이미지로서의 형상을 보여준다. 물론 4연의 '차가운 이야기'라든지 5연의 '노랑고양이 울어 울어'에서는 비유적 이미지의 사용을 통해 정서적인 효과를 나타내기도 한다. 그러나 전체적인 면에서 감각적 이미지의 쓰임이 지배적이며, 이는 갈등의 구체적 형상화에 기여하는 하나의 요인이 되고 있다.

비유의 쓰임에서는 은유보다 환유가 우세한 것으로 생각된다. 2연의

---

16) 여기서는 편의상 다양한 국면의 조명에 유리하다고 여겨지는 슈탄젤의 서사 이론을 적용해보았다. 슈탄젤은 서술 상황 분석의 준거로서 서술 상황이 1인칭인가, 3인칭인가와 반성자와 서술자 중 어느 경우인지의 문제, 외적 조망인지 내적 조망인지 등 인칭, 시점, 서술 양식의 세 가지 측면을 제시하였다. (슈탄젤, 『소설의 이론』, 김정신 역, 문학과비평사, 1990, 82~95쪽.)

'당나귀, 둥글소'와 '왜양간'의 관계, 3연의 '노루, 멧돼지, 쪽제비'와 '산'의 관계, 마지막 연에서 '살구나무, 꿀벌'과 '집'의 관계는 공간적 인접성에 기초한 환유의 표현으로 볼 수 있을 것이다.

이상에서 살펴본 바와 같이 이야기가 전경화되고 나레이션이 후경화되었으며 화자가 객관적 태도를 지닌 서술시는 사건의 밀도 있는 진행을 통해 현실 세계를 표상한다.

2) 설화적 시공간의 현현(顯現)

이 유형의 서술시는 기본적인 면에서 앞의 경우와 비슷하지만, 이야기가 전경화되고 나레이션이 후경화되어 있으면서 화자의 태도는 '주관적'이란 점에서 앞의 유형과 구별된다. 그리고 이 유형의 시편들에 나타난 이야기들은 설화적 특성[17]을 보인다. 이야기 안에서의 갈등은 대개 신화계나 환상계에서 보여지는 방식으로 드러나며 비현실성이 크다. 따라서 감상자들에게는 앞 절의 서술시에 비해 갈등의 정도가 다소 희석된 것으로 여겨질 확률이 높다.

---

17) 설화의 세계관은 삶의 근원으로서의 '신성성'을 믿는다. 여기서 신성성을 믿는 세계관이란 '인간의 능력을 초월한 신적인(신성한) 힘의 존재를 믿는 인식 구조'를 말한다. 또한 이 설화의 세계관은 구연적 방식과도 밀접하게 연관되어 있다. '월터 J. 옹'에 따르면 화자가 구연하고 청중들이 지각하는 과정에서 인격이라는 내부의 의식들(화자-청중)은 마치 현악기의 소리처럼 서로 공명하는 효과를 낳는다. (월터 J. 옹, 『구술문화와 문자문화』, 이기우·임명진 역, 문예출판사, 1995, 117쪽; 나병철, 『소설의 이해』, 문예출판사, 1998, 42~43쪽.)

이 경우, 설화의 세계가 보여주는 전기적 요소나 우연적인 특징 등이 작품에 반영되기도 하는데 이때 시 속에 포함된 사건이나 갈등은 현실적으로 믿어지기 어려운 경향이 있다. 따라서 작품 안에서 내용에 신빙성을 부여해줄 만한 서술자로서의 화자의 존재가 요청된다. 대체로 중립적인 서술자보다는 논평적(기록자적)인 서술자가, 객관적인 서술자보다는 외적 조망의 전지적인 서술자가 이와 같은 상황에 부합하는 모습이다.[18]

1) 小者 李 생원네 무우밭은요, 질마재 마을에서도 제일로 무성하고 밑둥거리가 굵다고 소문이 났었는데요, 그건 이 小者 李 생원네 집 식구들 가운데서도 이 집 마누라님의 오줌기운이 아주 센 때문이라고 모두들 말했습니다.

2) 옛날에 新羅 적에 智度路大王은 연장이 너무 커서 짝이 없다가 겨울 늙은 나무 밑에 長鼓만한 똥을 눈 색시를 만나서 같이 살았는데, 3)여기 이 마누라님의 오줌 속에도 長鼓만큼 무우밭까지 鼓舞시키는 무슨 그런 신바람도 있었는지 모르지. 4)마을의 아이들이 길을 빨리 가려고 이 댁 무우밭을 밟아 질러가다가 이 댁 마누라님한테 들키는 때는 그 오줌의 힘이 얼마나 센가를 아이들도 할 수 없이 알게 되었습니다. ─〈네 이놈 게 있거라. 저 놈을 사타구니에 집어 넣고 더운 오줌을 대가리에다 몽땅 깔기어 놀라!〉 그러면 아이들은 꿩 새끼들같이 풍기어 달아나면서 그 오줌의 힘이 얼마나 더울까를 똑똑히 잘 알 밖에 없었습니다.

　　　　　─ 서정주, 「小者 李 생원네 마누라님의 오줌기운」 전문(번호는 필자)

위 시는 1)에서 "질마재 마을"을 소개하는 것으로부터 시작되고 있다.

---

18) 이 유형의 대표적인 예로는 서정주의 시집 『질마재 신화』에 수록된 설화적 분위기의 작품들, 혹은 백석 시집 『사슴』에 수록된 옛이야기 계열의 시편들을 들 수 있겠다.

"李 생원네 무우밭"에서는 "질마재 마을"에서 제일 실한 무우가 자라는데, 그것은 "이 집 마누라님의 오줌기운"이 매우 세기 때문이다. 그런데이와 같은 언급은 감상자들로 하여금 그 언표의 진실성에 대하여 의구심을 갖게 한다.

이런 연유로 화자는 1)의 내용을 2)와 3)의 신화적 세계 속에 연결시킴으로써 개연성을 확보하고 있다. 또한 3)에서는 "마누라님"과 "長鼓만한똥을 눈 색시"가 동일시된다. 이 신화적 세계 안에서 "질마재 마을"의 "이생원네 무우밭"이라는 현실의 공간과 "신라 지도로대왕"의 설화적 공간이 서로 겹쳐지고, 시는 이야기가 만들어지는 지점이 두 공간 사이의 어느 한 지점인 듯한 환영마저 불러온다. 이어 마치 "질마재 마을"이 신라의구체적 지명이기라도 한 것처럼 제시되면서 4)에서는 판타지 세계로의 비약적인 도약이 이루어지고 있다.

해학적 환상성이 지배하는 마지막 부분은 아이들의 입장을 기준으로했을 때 갈등이 형성되고 있는 지점이기도 하다. 그러나 마누라님의 신화적 힘과 대지의 생명성이 결합된 위 시에서 이 갈등은 그다지 의미를 지니지 못한다. 신화적 배경의 절대적인 영향 아래 갈등이 희화화되고 이완되어 그 존재감을 상실한 때문이다.

한편 위 시에서 서술자로서의 화자는 어린아이와 어른의 목소리를 동시에 사용하고 있다. 언표의 진실성이 의심스러운 1)의 대목은 그 불확실함에 걸맞게 '어린아이'의 어법으로 제시된 반면, 설화에서 가져온 내용인2)와 3)은 구연을 행하는 '어른'의 목소리로 드러난다. 그러다가 판타지적인 비현실성이 극대화되는 4)에 이르면, 어조가 다시 엄숙하고 진지한 어른의 것으로 바뀌는데 이는 감상자들에게 신뢰감을 더해주고자 하는 시적 의도의 소산으로 여겨진다.

설화적 특성이 잘 나타난 위 시는 주관적으로 윤색된 어조의 활용과 함께 외적 조망의 논평적인 서술자를 선택하여 시의 효과를 극대화하고 있다. 또한 이 시의 서술자는 특별히 '마을 사람들의 공동 시선'이라는 형식[19]에 따른 전지성을 지닌 점 역시 주목된다. 이상에서 살펴본 것처럼 이야기가 전경화되고 나레이션이 후경화되어 있으면서 화자의 태도가 주관적인 서술시는 설화적 시공간의 현현(顯現)을 형상화한다.

4. 상황의 이완

1) 조화와 통일성의 담보

서술시의 한켠에 이야기가 명확한 긴장된 방식이 존재한다면, 다른 한켠에는 나레이션이 살아 있는 이완된 방식이 존재한다. 앞서 3절에서 살폈듯이 전자와 관련해서는 사건 및 갈등의 부각과 서술자로서의 화자나 서술상황을 대입한 측면이 유의미한 것으로 주목된다.

반면 이 장에서는 이야기와 갈등이 후경화된 대신 일상적 삶을 대상으로 한 나레이션이 전경화되면서 상황이 자연스레 이완되어 있는 경우[20]

---

19) 나병철, 『영화와 소설의 시점과 이미지』, 소명출판, 2009, 191~193쪽.
20) 이 유형의 서술성은 양적 측면에서 다른 유형에 비해 압도적으로 편수가 많으며, 문학 장르 중 경수필이 주는 미감과 유사한 감상 효과를 주는 것 같다.

를 살펴볼 것이다. 이 경우 서술시는 이야기나 갈등의 측면을 지향하는 것이 아니라 주체의 사유나 체험의 과정적 제시를 주된 목표[21]로 한다.

즉, 이 유형의 작품들은 어떤 정황에서의 '느낌, 영감, 단상'이나 '경험'을 줄글 형식으로 드러낸다. 이 시편들은 '진술'이라는 형태적 특징으로 인해 산문적 느낌이 강하다. 또한 시가 산만해지거나 요설로 흐를 가능성을 안고 있으며 이와 같은 약점들이 시의 탄력을 약화시킬 수 있다. 따라서 약점을 방어하기 위한 방법으로 시에서 비유 및 이미지의 중첩과 강화, 관형어와 부사어들의 겹침을 통한 압축미의 도모 등이 강화되는 모습이다. 더불어 시의 특정 부분에서는 의도적인 정서의 토로가 이루어짐으로써 서정성이 보충되고 있다.

1) 이것은 어늬 양지귀 혹은 능달쪽 외따른 산옆 은댕이 예데가리밭에서
   하로밤 뽀오햔 흰김 속에 접시귀 소기름불이 뿌우현 부엌에
   산멍에 같은 분틀을 타고 오는 것이다
   이것은 아득한 녯날 한가하고 즐겁든 세월로부터
   실 같은 봄비 속을 타는 듯한 녀름볕 속을 지나서 들쿠레한 구시월 갈바람
   속을 지나서
2) 대대로 나며 죽으며 죽으며 나며 하는 이 마을 사람들의 으젓한 마음을 지
   나서 텁텁한 꿈을 지나서

---

21) 프라이는 문학의 종류를 허구적 양식과 주제적 양식으로 나눌 수 있다는 네 동의하고 전자가 주인공과 그의 환경이라는 '작품 내적 허구'에 초점을 둔 반면, 후자는 작가와 잠재적 독서 대중 사이의 관계를 강조한 '작품 외적 허구'에 해당한다고 보았다. 이 경우의 서술시는 후자의 언급에 해당된다고 하겠다. (N. 프라이, 『비평의 해부』, 임철규 역, 한길사, 1982, 78~80쪽; 김준오, 『현대시와 장르비평』, 문학과지성사, 2009, 60쪽.)

지붕에 마당에 우물둔덩에 함박눈이 푹푹 쌓이는 여늬 하로밤

아배 앞에 그 어린 아들 앞에 아배 앞에는 왕사발에 아들 앞에는 새끼사발

에 그득히 사리워 오는 것이다

이것은 그 곰의 잔등에 업혀서 길여났다는 먼 녯적 큰마니가

또 그 집등색이에 서서 자채기를 하면 산넘엣 마을까지 들렸다는

먼 녯적 큰 아바지가 오는 것같이 오는 것이다

3) 아, 이 반가운 것은 무엇인가

이 히수무레하고 부드럽고 수수하고 슴슴한 것은 무엇인가

겨울밤 쩡하니 닉은 동티미국을 좋아하고 얼얼한 댕추가루를 좋아하고

싱싱한 산꿩의 고기를 좋아하고

그리고 담배 내음새 탄수 내음새 또 수육을 삶는 육수국 내음새 자욱한 더

북한 삿방 쩔쩔 끓는 아르궅을 좋아하는 이것은 무엇인가

4) 이 조용한 마을과 이 마을의 으젓한 사람들과 살틀하니 친한 것은 무엇인가

이 그지없이 枯淡하고 素朴한 것은 무엇인가

— 백석, 「국수」 부분(번호는 필자)

위 작품은 세계관의 측면에서 조화와 통일성을 담보한 동시에 자연스
럽게 이완된 서술시에 속한다. 위 시에서 화자는 현실에서의 직접적인 갈
등이나 사건을 매개로 말하는 대신, 사유와 체험에 입각한 나레이션에 집
중한다. 생활 주변의 구체적 소재인 '국수'를 대상으로 그에 대한 단상 및
소회를 표현한 이 작품은 진술의 구체성 및 주제의 상세화 측면을 잘 보
여주고 있다.

위 시의 화자는 '국수'라는 음식을 근간으로 살아온 이들의 '국수'와 관

련지을 수 있는 수많은 체험들 및 관련된 맥락에서 온 문화적 요소들을 시화한다. 하나의 주제에 대한 복합적인 사유와 행위들을 유기적인 의미 구조 아래 나열, 보고하는 방식을 취한 위 시에서 독자들은 사실적이면서도 친근한 정서와 상황의 자연스러운 이완을 확인케 된다.

한편, 2)의 '지붕에 마당에 우물둔덩에'나 3)의 '이 희수무레하고 부드럽고 수수하고 슴슴한'의 대목은 수식어구에 해당되는 부사어와 관형어를 의도적으로 중첩시킴으로써 시적 진술 및 열거에 속도감을 부여하는 모습이다. 관형어나 부사어의 중첩 이외에도 위 시는 이미지를 총체적으로 극대화시키는 방식으로 시적 탄력을 유지한다. 즉 1)과 2)에서는 시각적 이미지를 중심으로 한 감각의 집적이, 3)에서는 미각과 후각적 이미지 및 촉각적 이미지의 복합적인 형상화가 이루어지고 있다. 서술시에서 감각적 이미지들의 중첩은 대상을 생생하고 밀도 있게 진술하는 데 기여할 뿐 아니라 강렬한 장면성을 부각시킨다. 4)의 마지막 행은 '국수'에 대한 '예찬'이 직접적으로 피력된 곳으로서 의미의 조화와 통일성을 담보하면서도 이완된 상황의 서술시가 보여주는 '서정적 토로의 집중'을 엿보게 한다.

이와 같이 나레이션이 전경화되고 이야기가 후경화되었으면서 화자가 세계에 대한 동일시의 태도를 보이는 서술시는 의미의 조화와 통일성을 표방하면서 자연스레 이완된 상황을 효과적으로 드러낸다.

2) 해체적 세계관의 반영

이 절에 소개한 서술시의 유형은 넓게 보면 체험 및 사유를 대상으로 이완되어 있다는 측면에서 앞 절의 서술시와 유사하다. 그러나 앞에서 시의 화자가 세계에 대한 동일시의 시선을 지닌 채 특정 대상에 대해 시종일관 논리적이고 일관성 있는 태도로 의미를 부여하고 있는 데 반하여, 이 유형의 작품들에서는 세계에 대한 화자의 태도가 비판적이면서 시의 의미가 사방으로 해체되는 모습을 보인다는 점이 변별적이다.

> 그날 아버지는 일곱시 기차를 타고 금촌으로 떠났고
> 여동생은 아홉시에 학교로 갔다 그날 어머니의 낡은
> 다리는 퉁퉁 부어올랐고 나는 신문사로 가서 하루종일
> 노닥거렸다 前方은 무사했고 세상은 완벽했다 없는 것이
> 없었다
> (…중략…)
> 그날 태연한 나무들 위로 날아오르는 것은 다 새가
> 아니었다 나는 보았다 잔디밭 잡초 뽑는 여인들이 자기
> 삶까지 솎아내는 것을, 집 허무는 사내들이 자기 하늘까지
> 무너뜨리는 것을 나는 보았다 새占 치는 노인과 변통의
> 다정함을 그날 몇 건의 교통 사고로 몇 사람이
> 죽었고 그날 시내 술집과 여관은 여전히 붐볐지만
> 아무도 그날의 신음 소리를 듣지 못했다
> 모두 병들었는데 아무도 아프지 않았다
>
> ― 이성복, 「그날」 부분

위에서 시 속에 등장하는 수많은 "그날"들은 말 그대로 전체인 '그날'의 파편화된 조각들일뿐이며 시를 구성하는 각각의 통사적 단위들은 서로 간에 통일된 유기적 맥락을 만들어내지 못한다. 즉, "그날"들은 특정한 정

체성을 지닌 하루하루로 존재하지 못하고 시 속의 여러 사건들 역시 철저하게 개별화되어 있다. "모두 병들었는데 아무도 아프지 않았다"라는 마지막 구절은 파편화된 나날들 속에서 발견되는 파편화된 삶의 병리적 현상을 의미하며, 이러한 측면에서 이 구절은 역설이나 상징의 방식이 아닌 사실 그대로 읽히는 게 타당하다.

상황이 이완된 방식 중 해체적인 세계관을 반영한 서술시의 유형은 포스트모더니즘의 탈중심적 경향과 만나 유니크한 감성의 세계를 드러낸다.[22] 이때 화자가 다루는 경험이나 행위들은 현실 세계 안에서 선택된 것이기는 하지만, 위 시에서 드러나듯이 비논리적 맥락 아래 현실적인 논리를 잃어버린다. 현대시에서 이러한 양상은 때로 자유연상의 초현실주의 기법과 연결되기도 하고, 환상의 경향으로 비약하기도 한다.

이상에서 살펴본 바와 같이 나레이션이 전경화되고 이야기가 후경화되었으면서 화자가 세계에 대하여 비판적 태도를 견지한 유형의 서술시는 의미의 해체를 표방하면서 이완된 상황을 드러낸다.

5. 결론

본 논저는 모든 현대시가 보편적으로 서술적인 성격을 지닌다고 전제한 기존 연구[23]를 바탕으로 현대시가 보여주는 서술성의 양상들과 그 양

---

22) 이러한 서술성의 경향은 황지우, 오규원 등의 포스트모던한 일부 작품들에서도 포착되며 유하, 장정일 등의 본격적인 포스트모더니즘적 시편들로 연결되었다.

23) 노철, 앞의 논문.

상에 따른 미감에 대하여 고찰하였다.

일반적으로 전형적인 서정시는 서정 본연의 특질인 동일성, 순간성, 압축성, 주관성 등의 특성을 만족시키면서 은유를 즐겨 사용하고 운율미와 언어의 형식미 역시 엄격하게 구현한다. 그런데 서술적 요소의 집중적인 탐구를 위해 편의상 서술성의 관점에서 이들을 조망하면 이야기는 이미지나 비유를 통해 압축 혹은 생략되고, 나레이션은 지극히 절제된 양상을 보이고 있다. 이때 서사적 자질이라 할 수 있는 사건은 어휘가 지닌 의미 및 이미지의 파장 안으로 수렴되는 모습이다.

한편 현대시의 서술성에 천착한 결과, 현대시는 특히 서술성이 대표성을 띠고 발현된 몇 가지 범주로 대별되었다. 그중 첫 번째는 이야기가 전경화되고 나레이션이 후경화되었으면서 화자가 객관적 태도를 지닌 서술시의 유형이다. 이 유형에서는 사건의 진행이 중심에 놓이면서 갈등이 부각되고 있었다. 또한 서술적 요소를 주의깊게 살필 때 화자의 서술자적 역할이 주목된다. 편의상 다양한 국면을 조명하는 데 유리한 '슈탄젤'의 서사 이론을 여기에 대입해보면 논평적인 서술보다는 중립적인 서술이, 일률적인 작가 서술상황보다는 작가 서술상황과 인물 서술상황이 혼합된 경우가 우세하다. 또한 이 시편들에서는 이미지의 쓰임이 감각적으로 이루어지는 것과 비유에서 환유 표현이 우세한 점도 특징적이다.

다음으로 두 번째 유형은 이야기가 전경화되고 나레이션이 후경화되어 있으면서 화자의 태도가 주관적인 서술시로서 이들은 설화적 시공간을 형상화한다. 여기에 속한 시편들의 경우, 여전히 사건의 진행이 중심에 놓이지만 시가 대개 '옛날이야기'와 같은 분위기를 지닌다. 이들은 설화에 등장할 듯한 이야기를 담고 있으며 갈등의 성격은 약화되거나 희화화된다. 또한 민속적 분위기 혹은 해학적 미감을 연출하는 경향을 보인다.

한편 이 유형의 시편들은 우연적, 전기적 요소의 삽입 혹은 판타지의 개입 등으로 인해 리얼리티와 개연성이 감소되는 특성을 보였다. 이에 따라 적극적으로 신빙성을 확보해줄 만한 어조를 지닌 화자의 존재가 도입되고 있었다. 서사 이론을 참고로 하여 설명하자면, 주로 외적 조망의 논평적인 서술자가 서술 상황을 주도하면서 시적 효과를 극대화하는 모습이 연출된다.

다음으로 세 번째의 유형은 나레이션이 전경화되고 이야기가 후경화되었으면서 화자가 세계에 대한 동일시의 태도를 보이는 서술시로 의미의 조화와 통일을 표방하면서 자연스레 이완된 상황을 드러낸다.

이에 해당되는 시편들은 화자의 일상적인 체험이나 사유를 논리적 맥락에 기대어 비교적 상세하게 기술한다. 따라서 이 시편들은 산문적인 느낌이 강하고 편안하게 읽혀지는 데 반해, 요설화의 경향으로 시적 탄력을 잃기 쉬운 약점을 지닌다. 이러한 약점을 보완하기 위한 전략으로서 관형어와 부사어의 중첩 및 이미지의 극대화가 이루어짐과 더불어 시의 특정 부분에서는 의도적인 정서의 토로가 부각됨으로써 서정성이 보충되었다.

마지막으로 네 번째의 유형은 나레이션이 전경화되고 이야기가 후경화되었으면서 화자가 세계에 대하여 비판적 태도를 견지한 서술시로 시의 부분 간 의미의 해체를 표방하면서 이완된 상황을 드러낸다.

이 유형의 시편들은 포스트모더니즘 시대를 살아가는 현대인들의 복잡다단한 개성을 잘 대변하고 있다. 따라서 시 속에서 개인의 체험 및 사유의 내용이 비논리성 혹은 무논리성에 기대어 파편화된다. 또한 이 시편들은 초현실주의적인 자유연상의 기법을 활용하기도 하고 환상의 경향으로 연결되기도 한다.

결과적으로 본고는 서술성이 현대시 전체를 능히 포괄할 수 있는 개념이라는 전제에서 출발하여 현대시 중 서술성이 특히 대표성을 띠고 잘 구현된 4가지의 시적 범주를 설정한 후, 각 유형의 양상과 미감에 대하여 고찰하였다. 그 결과 확인된 점을 다시 한 번 간략하게 정리하면 다음과 같다.

①이야기가 전경화되고 나레이션이 후경화되었으면서 화자가 객관적 태도를 지닌 서술시는 사건의 밀도 있는 진행을 통해 현실 세계를 표상한다. 이때 화자의 서술자적 역할이 부각되었으며 이미지는 감각적 쓰임이 주가 되고 환유 중심의 비유가 우세하게 드러났다.

② 이야기가 전경화되고 나레이션이 후경화되어 있으면서 화자의 태도가 주관적인 서술시는 설화적 시공간을 형상화한다. 이때 갈등의 성격은 약화되고 희화화되며 개연성의 확보를 위하여 신빙성을 더해줄 수 있는 어조를 지닌 화자가 선택되었다.

③ 나레이션이 전경화되고 이야기가 후경화되었으면서 화자가 세계에 대한 동일시의 태도를 보이는 서술시는 전체 의미의 조화와 통일성을 표방하면서 자연스레 이완된 상황을 드러낸다. 이때 시적 탄력을 보강하기 위해 관형어와 부사어의 중첩 및 이미지의 극대화가 이루어졌으며 시의 특정 부분에서는 의도적인 정서의 토로가 드러남으로써 서정성이 보충되고 있다.

④ 나레이션이 전경화되고 이야기가 후경화되었으면서 화자가 세계에 대하여 비판적 태도를 견지한 유형의 서술시는 부분들 간 의미의 해체를 표방하면서 파편적으로 이완된 상황을 나타낸다. 이때 시는 포스트모더니즘적인 개성과 결부되며 자유연상이나 환상의 경향과도 쉽게 결합한다.

■∷ 참고문헌

1. 기본자료

김재용 편, 『백석전집』, 실천문학사, 1997.

_____, 『백석전집』(증보판), 실천문학사, 2003.

김학동 편, 『백석전집』, 새문사, 1990.

백　석, 『사슴』, 선광인쇄주식회사, 1936.

서정주, 『미당시전집』, 민음사, 2005.

이숭원 주해·이지나 편, 『원본백석시집』, 깊은샘, 2006.

이성복, 『뒹구는 돌은 어디서 잠을 깨는가』, 문학과지성사, 1980.

이동순 편, 『백석시전집』, 창작과비평사, 1987.

윤영천 편, 『이용악시전집』, 창작과비평사, 1988.

정효구 편, 『백석』, 문학세계사, 1996.

2. 국내논저

1) 단행본

강현국 외, 『문학의 이해』, 학문사, 1995.

고형진 편, 『백석』, 새미, 1996.

_____, 『백석 시 바로 읽기』, 현대문학, 2006.

권택영, 『소설을 어떻게 볼 것인가』, 문예출판사, 1995.

금동철, 『한국현대시의 수사학』, 국학자료원, 2001.

김동근, 『서정시의 기호와 담론』, 국학자료원, 2001.

김상환, 『해체론 시대의 철학』, 문학과지성사, 1996.

김성기 편, 『모더니티란 무엇인가』, 민음사, 1994.

김용직, 『한국현대시사 2』, 한국문연, 1996.

_____ 외, 『문학의 이해』, 방송통신대 출판부, 1988.

김욱동, 『은유와 환유』, 민음사, 1999.

김윤식 · 김현, 『한국문학사』, 민음사, 1973.

_____, 『김윤식 선집 5』, 솔, 1996.

김재홍, 『현대시와 역사의식』, 인하대 출판부, 1988.

_____ 편, 『한국현대시 · 시어사전』, 고려대 출판부, 1997.

김종도, 『환유의 세계』, 한국문화사, 2005.

김준오, 『시론』, 문장사, 1982.

_____, 『현대시와 장르비평』, 문학과지성사, 2009.

김천혜, 『소설 구조의 이론』, 문학과지성사, 1990.

김형효, 『데리다의 해체철학』, 민음사, 1993.

나병철, 『소설의 이해』, 문예출판사, 1998.

나병철, 『영화와 소설의 시점과 이미지』, 소명출판, 2009.

남기심 · 고영근, 『표준국어문법론』, 탑출판사, 1995.

노 철, 『한국현대시 창작방법 연구』, 월인, 2001.

목원대 국어교육과 편, 『북한문학의 이해』, 국학자료원, 2002.

문덕수, 『한국 모더니즘시 연구』, 시문학사, 1981.

민병욱, 『한국서사시와 서사시인 연구』, 태학사, 1998.

박정호 외, 『현대 철학의 흐름』, 도서출판 동녘, 1996.

박주택, 『낙원회복의 꿈과 민족 정서의 복원』, 시와시학사, 1999.

박태일, 『한국근대시의 공간과 장소』, 소명출판, 1999.

백 철, 『신문학사조사』, 신구문화사, 1968.

성기옥 외, 『한국시의 미학적 패러다임과 시학적 전통』, 소명출판, 2004.

송 준, 『남신의주 유동 박씨봉방 1, 2』, 지나, 1994.

신범순, 『한국현대시사의 매듭과 혼』, 민지사, 1992.

오규원, 『현대시작법』, 문학과지성사, 1990.

오성호, 『서정시의 이론』, 실천문학사, 2006.

오세영, 『한국 현대시인 연구』, 도서출판 월인, 2003.

_____ 외, 『한국현대시사』, 민음사, 2007.

오탁번 · 이남호 ,『서사문학의 이해』, 고려대 출판부, 1999.

유영희,『이미지로 보는 시 창작교육론』, 역락, 2003.

유종호,『다시 읽는 한국 시인 : 임화, 오장환, 이용악, 백석』, 문학동네, 2002.

_____,『비순수의 선언』, 민음사, 1995.

유평근 · 진형준,『이미지』, 살림출판사, 2001.

윤여탁 · 이은봉 편,『시와 리얼리즘 논쟁』, 소명출판, 2001.

이경수,『한국현대시와 반복의 미학』, 월인, 2005.

이동하,『한국문학 속의 사회주의와 자본주의』, 새미, 2006.

이상섭,『문학비평용어사전』, 민음사, 2001.

이숭원,『백석 시의 심층적 탐구』, 태학사, 2006.

_____,『한국시문학의 비평적 탐구』, 삼지원, 1985.

이정호,『텍스트의 욕망』, 서울대 출판부, 2003.

임환모,『한국현대시의 형상성과 풍경의 깊이』, 전남대 출판부, 2007.

장성만,『모더니티란 무엇인가』, 민음사, 1994.

정한숙,『현대한국문학사』, 고려대 출판부, 1982.

정효구,『백석』, 문학세계사, 1996.

조연현,『한국현대문학사』, 성문각, 1969.

최동호,『현대시의 정신사』, 열음사, 1985.

_____ 외,『백석 시 읽기의 즐거움』, 서정시학, 2006.

최창섭 외,『교양언론학 강좌』, 범우사, 1997.

한국기호학회 편,『은유와 환유』, 문학과지성사, 1999.

한독문학번역연구소,『도이치문학용어사전』, 서울대 출판부, 2001.

한명숙,『이야기 문학교육론』, 박이정, 2007.

현대시학회 편,『한국서술시의 시학』, 태학사, 1998.

2) 평론 및 소논문

강연호,「백석 시의 미적 형식과 구조 연구」,『현대문학이론연구』17, 현대문학이론
　　　학회, 2006. 6.

고현철,「한국 현대서술시의 서술방식 연구」,『부산대 인문논총』55, 부산대 인문과

학연구소, 2000. 6.

고형진, 「백석 시와 '엮음'의 미학」, 박노준·이창민 외, 『현대시의 전통과 창조』, 열
　　　화당, 1998.

＿＿＿, 「백석 시와 판소리의 미학」, 『현대문학이론연구』 21, 현대문학이론학회, 2004. 4.

＿＿＿, 「서사적 요소의 시적 수용: 백석과 신경림을 중심으로」, 『고려대 한국어문교육』
　　　3, 고려대 국어교육학회, 1988. 8.

김기림, 「『사슴』을 안고」, 『조선일보』, 1936. 1. 29.

김명인, 「백석시고」, 『우보 전병두 박사 화갑기념논문집』, 우보 전병두 박사 화갑기
　　　념논문집 편찬위원회, 1983.

김열규, 「신화와 소년이 만나서 일군 민속시의 세계」, 『1930년대 민족문학의 인식』,
　　　한길사, 1990.

김영민, 「백석 시의 특질 연구」, 『현대문학』, 1989. 3.

김재홍, 「민족적 삶의 원형성과 운명애의 진실미, 백석」, 『한국학보』, 한국문학사, 1989.
　　　10.

김종철, 「30년대의 시인들」, 『문학과 지성』, 1975년 봄호.

김준오, 「서술시의 서술학」, 『한국의 현대문학 연구』 5집, 한국현대문학회, 1997.

김학동, 「백석 시의 속신적 삶의 세계」, 『성기열 박사 화갑논총』, 1989.

노　철, 「현대시에서 '이야기'의 층위와 '이야기시'의 형태」, 『한국문학이론과 비평』
　　　제42집, 한국문학이론과 비평학회, 2009. 3.

도정일, 「자크 라캉이라는 좌절/유혹의 기호」, 『세계의 문학』, 1990년 여름호.

문혜원, 「서술시 논의의 확산과 가능성」, 『민족문학사연구』 13, 민족문학사학회 민
　　　족문학사연구소, 1998. 12.

박용철, 「시단의 일면의 성과」, 『조광』 제2권 제12호, 조광사, 1936. 12.

＿＿＿, 「백석 시집 『사슴』평」, 『박용철전집 2』, 동광당서점, 1940.

박태일, 「백석 시와 구체성의 미학」, 『경남어문논집』 2, 경남대 국어국문학과, 1989. 12.

신범순, 「백석의 공동체적 신화와 유랑의 의미」, 『한국현대시사의 매듭과 혼』, 민지
　　　사, 1992.

오세영, 「국경의 밤과 서사시 문제」, 『국어국문학』 75집, 국어국문학회, 1977.

오장환, 「백석론」, 『풍림』 5, 1937. 4.

유종호, 「소리지향과 산문지향」, 『작가세계』, 1994년 봄호.

_____, 「시와 토착어 지향」, 『유종호전집 2 – 동시대의 시와 진실』, 민음사, 1995.

윤여탁, 「1930년대 후반의 서술시 연구」, 『선청어문』 9집, 서울대 국어교육학과, 1991.

이경수, 「백석 시의 반복기법 연구」, 『상허학보』 7, 깊은샘, 2001. 3.

이동순, 「민족시인 백석의 주체적 시정신」, 『백석시전집』, 창작과비평사, 1987.

이숭원, 「풍속의 시화와 눌변의 미학」, 『한국시문학의 비평적 탐구』, 삼지원, 1985.

_____, 「백석 시의 난해 시어에 대한 연구」, 『인문논총』 8, 서울여대 인문과학연구
        소, 2001. 12.

이은봉, 「백석 시의 표현방법」, 『실사구시의 시학』, 새미, 1994.

정효구, 「백석 시의 정신과 방법」, 『한국학보』 57, 일지사, 1989. 12.

천정환, 「문화론적 연구의 현실 인식과 전망」, 『상허학보』 19, 깊은샘, 2007.

최두석, 「백석의 시세계와 창작 방법」, 『우리 시대의 문학』 제6집, 문학과지성사, 1987.

최재서, 「二月詩壇評」, 『인문평론』, 인문사, 1940. 3.

한용환, 「서사유형의 통합적 개념」, 『동국어문학』 8, 동국대 사범대학 국어교육과,
        1996. 12.

3) 학위논문

고형진, 「백석시 연구」, 고려대 석사논문, 1983.

_____, 「1920-30년대 시의 서사지향성과 시적 구조」, 고려대 박사논문, 1995.

곽봉재, 「백석 문학 연구」, 경희대 박사논문, 1999.

김명인, 「1930년대 시의 구조 연구」, 고려대 박사논문, 1985.

김영익, 「백석 시문학 연구」, 충남대 박사논문, 1999.

나희덕, 「서정주의 『질마재 신화』 연구 – 서술시의 특성을 중심으로」, 연세대 석사논
        문, 1999.

노 철, 「이용악 시세계 변모과정 연구」, 고려대 석사논문, 1990.

박순원, 「백석 시의 시어 연구」, 고려대 박사논문, 2007.

박태일, 「1940년 전후 한국시에 나타난 공간인식의 문제」, 부산대 석사논문, 1984.

_____, 「한국 근대시의 공간현상학적 연구」, 부산대 박사논문, 1991.

박현진, 「백석 시의 인용적 어법과 시의식」, 고려대 석사논문, 2006.

서지영, 「한국현대시의 산문성 연구」, 서강대 박사논문, 1999.

심재휘, 「1930년대 후반기 시 연구」, 고려대 박사논문 , 1997.

양문규, 「백석 시 연구」, 명지대 박사논문 , 2003.

윤지영, 「백석 시에 드러나는 시적 주체의 사유과정 연구」, 서울대 석사논문, 2001.

이경수, 「한국 현대시의 반복 기법과 언술구조」, 고려대 박사논문, 2002.

이동순, 「일제시대 저항 시가의 정신사적 성격」, 경북대 박사논문, 1988.

이은봉, 「1930년대 후기시의 현실인식 연구: 백석 · 이용악 · 오장환의 시를 중심으로」, 숭실대 박사논문, 1992.

임지룡, 「개념적 은유에 대하여」, 『한국어 의미학』 20집, 한국어의미학회, 2006.

이지나, 「백석 시의 원전비평적 연구」, 서울여대 박사논문, 2006.

전동진, 「1930년대 시의 시간성과 서정성 연구」, 전남대 박사논문, 2006.

지주현, 「김춘수 시의 형태 형성과정 연구」, 연세대 석사논문 , 2002.

_____, 「백석 시의 서술적 서정성 연구」, 전남대 박사논문, 2008.

최두석, 「한국 현대리얼리즘시 연구: 임화 · 오장환 · 백석 · 이용악의 시를 중심으로」, 서울대 박사논문, 1995.

최정례, 「백석 시의 근대성 연구」, 고려대 박사논문, 2004.

3. 국외논저

Auerbach, E., 『미메시스: 서구문학에 나타난 현실묘사―근대편』, 김우창 · 유종호 역, 민음사, 1987.

Barthes, R., 『이미지와 글쓰기』, 김인식 역, 세계사, 1993.

Beiser, A., 『현대물리학』, 현대물리연구회 역, 반도출판사, 1998.

Benjamin, W., 『발터 벤야민의 문예이론』, 민음사, 2000.

Berger, J., 『이미지』, 동문선, 2002.

Bergson, H., 『물질과 기억』, 박종원 역, 아카넷, 2005.

Bollnow, O. F., 『삶의 철학』, 백승균 역, 경문사, 1979.

Boorstin, Daniel J., 『이미지와 환상』, 사계절, 2004.

Calinescu, M., 『모더니티의 다섯 얼굴』, 이영욱 외 역, 시각과 언어, 1993.

Chatman, S., 『영화와 소설의 서사구조』, 김경수 역, 민음사, 1990.

_____, 『이야기와 담론』, 한용환 역, 푸른사상사, 2003.

Crary, J., 『관찰자의 기술』, 임동근 · 오성훈 외 역, 문화과학사, 2001.

Culler, J., 『문학이론』, 이은경 · 임옥희 역, 동문선, 1999.

Deleuze, G., 『베르그송주의』, 김재인 역, 문학과지성사, 1996.

_____, 『차이와 반복』, 김상환 역, 민음사, 2004.

_____, 『프루스트와 기호들』, 서동욱 · 이충민 역, 민음사, 1997.

Deleuze, G. & Guattari, F., 『천 개의 고원』, 김재인 역, 새물결, 2001.

Deveres, R., 『이미지의 삶과 죽음』, 정진국 역, 시각과 언어, 1994.

Durand, G., 『상상계의 인류학적 구조들』, 진형준 역, 문학동네, 2007.

Frye, N., 『비평의 해부』, 임철규 역, 한길사, 1982.

Gasset, O., 「예술의 비인간화」, 『세계사상전집 2』, 장선영 역, 삼성출판사, 1976.

Hernadi, P., 『장르를 넘어서』, 김준오 역, 문장사, 1983.

Kojin, K., 『일본근대문학의 기원』, 박유하 역, 민음사, 1997.

Kotaro, L., 『사진의 힘』, 양수영 역, 타임스페이스, 1997.

Kövecses, Z., 『은유』, 이정화 · 우수정 · 손수진 · 이진희 역, 한국문화사, 2003.

Jakobson, R., 『문학 속의 언어학』, 신문수 역, 문학과지성사, 1989.

_____, 「시학과 언어학」, 『언어과학이란 무엇인가』, 이정민 역, 문학과지성사, 1978.

Lakoff, G. & Johnson, M., 『삶으로서의 은유』, 노양진 · 나익주 역, 서광사, 1995.

Lamping, D., 『서정시: 이론과 역사—현대 독일시를 중심으로』, 장영태 역, 문학과지성사, 1999.

Licoeur. P., 『시간과 이야기 1 : 줄거리와 역사 이야기』, 김한식 · 이경래 역, 문학과지성사, 1999.

Link, J., 『기호와 문학』, 고규진 외 역, 민음사, 1994.

Lotman, J., 『시텍스트의 분석: 시의 구조』, 유재천 역, 가나, 1987.

Lunn, E., 『마르크시즘과 모더니즘』, 김병익 역, 문학과지성사, 1986.

Meyerhoff, H., 『문학과 시간현상학』, 김준오 역, 삼영사, 1987.

NorbergSchulz, C., 『실존, 공간, 건축』, 김광현 역, 산업도서, 1981.

Ong, W. J., 『구술문화와 문자문화』, 이기우 · 임명진 역, 문예출판사, 1995.

Prince, G., 『서사론사전』, 이기우 · 김용재 역, 민지사, 1992.

Proust, M., 『잃어버린 시간을 찾아서 1』(스완네 집 쪽으로 1), 김창석 역, 국일미디어, 1998.

Relph, E., 『장소와 장소상실』, 김덕현 · 김현주 · 심승희 역, 논형, 2005.

Richards, I. A. , 『수사학의 철학』, 박우수 역, 고려대 출판부, 2001.

Stanzel, F., 『소설의 이론』, 김정신 역, 문학과비평사, 1990.

Steiger, E., 『시학의 근본 개념』, 오현일 역, 삼중당, 1978.

Upton, B. L., 『사진』, 성낙인 · 배병우 역, 미진사, 1999.

Wertheim, M., 『공간의 역사』, 박인찬 역, 생각의 나무, 2002.

Zima, P., 『문예미학』, 허창운 역, 을유문화사, 1993.

Bachelard, G., *La Psychanalyse du Feu* (불의 정신분석), Gallimard, 1949.

_____, *L'air et les songes* (공기와 꿈), José Corti, 1943.

Bergson, *Matter and Memory*, Humanities Press, 1970.

Brooks & Warren, *Understanding Poetry*, Rinehart and Winston, 1960.

Burton, S. H., *The Criticism of Poetry*, Longmans Green Co., 1957.

Calderwood & Toliver, *Forms of poetry*, Prentice-Hall Inc, 1968.

Erikson, H., *Psychological Issues* 1 (1), 1959.

Forster, E. M., *Aspects of the Novel*, Edward Arnold, 1927.

Genette, G., *Narrative Discourse*, Trans., J. E. Lewin, Cornell University press, 1985.

Hernadi, P., *Beyond Genre*, Cornell University Press, 1972.

Jakobson, R., *Language in literature*, ed. Krystyna Pomorska and Stephen Rudy, Harvard University Press, 1987.

Langer, S., *Feeling and form*, Charles Scribner's sons, 1953.

Lynch, K., *The Image of the city*, MIT press, 1960.

Matoré, G., Existential space, *Landscape 15* (3) 5-6, 1966.

M. H. Abrams, *A Glossary of Literary Terms*, Hacourt Brace College, 1993.

Tuan, Y. F., *Topophilia*, Prentice Hall Inc, 1974.

Turco, L., *Poetry*, Reston Publishier Company, 1973.

Wellek, R., *Discrimination*, Yale University Press, 1972.

■■■ 저자 약력

지주현 池周炫

1972년 광주에서 태어나 이화여대 국어국문학과를 졸업하고 연세대 대학원 국어국문학과에서 석사 학위를, 전남대 대학원 국어국문학과에서 박사 학위를 취득했다.

2008년 『시와 사람』으로 평론 활동을 시작하였으며 현재 전남대와 조선대, 목포대 등에서 강의를 하고 있다.

주요 논문으로 「김춘수 시의 형태 형성과정 연구」 「백석 시의 서술적 서정성 연구」 「김춘수 시의 심리기제」 「김춘수 시의 영화적 요소」 「서정인 소설의 소통과 미의식」 「은유적 시각으로 본 백석 시세계」 「오정희 소설의 트라우마와 치유」 「현대시에 나타난 서술성의 양상」 「나희덕 시에 나타난 생태여성주의적 특성」 「박인환 시의 양면적 의미와 기억」 등이 있다.